谢柏梁京剧及地方戏剧本集

谢柏梁 著

中国戏剧出版社

图书在版编目（CIP）数据

谢柏梁京剧及地方戏剧本集 / 谢柏梁著．— 北京：中国戏剧出版社，2019.12
ISBN 978-7-104-04666-0

Ⅰ．①谢⋯ Ⅱ．①谢⋯ Ⅲ．①剧本－作品集－中国－当代 Ⅳ．① I230

中国版本图书馆CIP数据核字（2018）第 098078 号

谢柏梁京剧及地方戏剧本集

责任编辑：王　恬
责任印制：冯志强

出版发行：	中国戏剧出版社
出 版 人：	樊国宾
社　　址：	北京市西城区天宁寺前街2号国家音乐产业基地L座
邮　　编：	100055
网　　址：	www.theatrebook.cn
电　　话：	010-63385980（总编室）
传　　真：	010-63383910（发行部）

读者服务：010-63381560
邮购地址：北京市西城区天宁寺前街2号国家音乐产业基地L座

印　刷：	固安县京平诚乾印刷有限公司
开　本：	787mm×1092mm　1/16
印　张：	22.625
字　数：	283千字
版　次：	2019年12月　北京第1版第1次印刷
书　号：	ISBN 978-7-104-04666-0
定　价：	88.00元

版权专有，违者必究；如有质量问题，请与出版社联系调换。

总　序

在中国的文化发展长河中，诸子百家，诗词曲赋，都已经成为中国人的基本素质修养和宝贵精神财富。其中的曲，通常分为散曲和戏曲两大类别。

戏曲具备综合集成、左右逢源的特点。一边与艺术圣殿融为一体，因为戏曲包括了音乐、舞蹈、绘画、雕塑、建筑乃至表演的诸多艺术元素。从另外一边来看，剧本又构成了戏剧文学的主体，成为文学圣殿中诗歌、散文、戏剧和小说的四大明珠之一。

戏曲艺术需要有人写剧本，这是古今中外的通例。草台班所表演的即兴创作，毕竟言之无文行而不远。所以"剧本剧本，一剧之本"的说法，已经成为大家的共识。而且从文化遗产留存的角度来看，剧本流传的恒久性比舞台演出的保存要长远得多。古希腊当年的剧场以及表演艺术如今安在？但是约31种古希腊悲剧至今还可以看到。中国宋代的戏曲演出杳然难觅，但是当年所演出的宋金杂剧戏目与南戏戏文剧本，却还是可以一叶知秋，看到大概。

就我国来看，目前可以看到的戏曲剧本，先后贯穿了宋、元、明、清及现当代数个历史时期，已经成为中华民族不可或缺的宝贵的文化遗产之一。

近千年来的戏曲剧本写作，大多数情况下属于文人骚客们的业余创作行为，少数属于养家糊口的职业卖剧行为。元杂剧作家几乎很少有机会参加科考，那么大家就扎堆去写剧本。清代的李渔和洪昇，几乎是把写剧本当成一种职业和谋生的手段，他们也同样很有成就。

百行百业，原本不一定都需要专门的院校设置对口的专业来培养。但是随着人类社会发展的需求，随着资本主义社会专业分工的细致化和明确化，大学里头的专业设置，几乎实践着社会需要什么人才，大学就培养何种人才的教育模式。

尽管中央戏剧学院和上海戏剧学院也培养出不少戏曲编剧人才，但是这两所明显以培养话剧影视艺术人才作为基本特色的学院，对于民族戏剧的关注只是其副业而已。

中国戏曲学院作为培养中国戏曲艺术高级专门人才的唯一学府，其戏曲文学系也以培养戏曲编剧人才作为自己的立系之本和基本使命。这也是全球范围内唯一独立设置的戏曲编剧专业。

独养的儿子从生存环境来看，未必属于最好的状态。这是因为其没有可比性，不能太多地从兄弟姐妹的行列中分享经验和教训，当然也有可能会被宠爱出固步自封、资源独占的毛病来。戏曲文学系开办以来，也是在一空依傍的情形下，逐步在摸索自己的办学路数。从姚清水、孙月霞到颜全毅、吕育忠，从王若皓、龚孝雄，到王晓菁等，都在不同程度上体现出戏曲文学系在戏曲创作人才培养方面的教学成果。

从师不高，学也不妙。戏曲文学系，必须要具备一个较有实力的戏曲创作教学团队。

好的戏曲剧作家，不一定都是好的戏曲创作导师。在一位经验丰富、基础较好的成熟剧作者那里出出主意，有的时候真可以收到点石成金乃至脱胎换骨的功效。但是，就培养一位刚刚高中毕业进入戏曲学院的"生坯子"同学而言，您得要有足够的时间、充分的耐心，按部就班地进行培养。从唱词与念白、小戏改编一直到大戏改编、独立创作，这其中的艰难程度简直可以称之为是戏曲写作者一次艰难的万里长征。聪明、高明而又繁忙事冗的剧作家，富于创见与激情的剧坛才子，不一定都能具备如此的耐心以及忍受那种漫长的等待。有时间的话还不如自己写一出新戏，焕发出作为剧坛才人的又一次富于天才创意的光彩。

于是戏曲文学系必须要延请一批可以以教书为职业、以教授编剧为专业方向的老师。他们勤勤恳恳，心无旁骛，以学生的成长作为自身的快乐，以同学的作品作为自己生命价值的最高体现。在他们身上，天才的闪光可能要少一些，但化作春泥更护花的教师职业所带来的与生俱来的不厌其烦、敬业献身的精神必须要多一些。

我想，较为理想的戏曲编剧教师，尽管自己本人不一定是第一流的剧作家，但却一定要是写过一些剧本，上演过一些作品的实践者，他们必须亲身体验过编剧行当的艰难辛苦，理解整个创作过程中的喜怒哀乐，方能如鱼在水，冷暖自知。这样的老师，指导起学生的创作来，可能会更加游刃有余，得心应手；这样的老师，可能会更能够得到学生的拥戴和业内的认可。我曾经在上戏、国戏的戏文系执教过19年之久，确实常常听到有的学生抱怨个别编剧教师说："这个老师自己从来不写剧本，他凭什么要对我的构思横加指责、全面否定，非要让我另起炉灶？"

不能说同学们的抱怨都对，但也必须承认编剧教师自身一定要具备编剧的足够的经验。要求编剧教师的作品具备全国乃至世界性的影响，那只是一种希望而已；但是，老师的作品至少要能立得住，可以搬上舞台，可以比较规范，能够成为自己所论的编剧法则的些许论据。即使失之于规整，甚至时过境迁之后还有几丝平庸之感，但编剧教师创作剧本这一必备经验，从个人角度来看，还是万万不可省略的。

有鉴于此，我开始特别关注中国戏曲学院戏文系教师的戏曲创作，并决定把其中部分教师的作品作为一套丛书，分别结集出版。如此做法，不仅是为了戏曲学院65年校庆的一瓣小小献礼，也不仅是为了体现出本系戏文创作与理论专业作为北京市优秀教学团队和北京市特色教学建设专业的光彩以及为了反映该专业作为北京市优秀教学成果奖得主的教师实力,更为重要的是要让学生们知道,老师们是以自己的创作和教学的多年实践,在与大家同甘共苦,共同分享创作和生命活动的苦涩与欢趣。这也将激励更加年轻的老师们教有余力,最好要投身到戏曲创作的专业实践领域之中去。

榜样的力量是无穷的。如果中戏与上戏的老师不写话剧与影视作品,学生们就会没有专业敬仰和崇拜的对象,甚至连参与分集"打工"的前提条件和基本氛围都没有。上戏陈耘先生的《年轻的一代》,勾起了上戏学子多少光荣的梦想啊。同样道理,国戏戏文系的同学要有所景仰、师范和继承,同样还是需要从自己身边最为熟悉而亲切的老师这里,获得写作剧作的第一动力。

因此,将本系教师的戏曲与话剧创作结集出版,符合戏曲戏剧教学的基本规律,既符合戏曲文学系的办学方向,也符合中国戏曲学院对于戏文专业的根本定位。

当然,这些作品跨越了老中青几代人,也见证着不同时代的社会烙印,也未必都是当时和今日的佳作,但都体现出编剧教师们的匠心、苦心和忠诚于戏曲教育事业的一片真心。至于创作水平之高低优劣,时过境迁之后的不合时宜,也都见证出历史和个人的选择,以及这种选择之后是否合乎个人与社会的目的性的成败体验来。即使当年的创作未必高明,但是以老师们的挫折乃至失败作为借鉴,也许更能够使学生少走一点弯路,在戏曲创作方面逐渐变得聪明起来。

我们首批所推出的戏文系戏曲编剧教师的剧作专集有:

一、《奎生京剧剧作集》

奎生先生是曾经的戏文系的老主任,受过中国戏校严格的表演科班训练。近些年来,奎生先生致力于京剧新剧目的整理改编和创作,他所主创的《对花枪》，他所指导的《夜莺》，都是中国京剧史上不能忽略的作品。自然，先生之文字，有时略显粗糙，先生之剧目，大多为改编；但是先生之作品大多可以搬上舞台，可以称之为名副其实的场上之作。

我与奎先生，最早相识于1986年。彼时的我，刚从上海华东师范大学中文系中国文学批评史戏曲理论方向硕士毕业。因为导师徐中玉和齐森华教授的影响较大，所以家乡的华中师范大学人事处处长，特地来到丽娃河招贤，希望我到桂子山任教；北京的中国戏曲学院，希望我到该校去任职。出于对戏曲事业的热爱，我最终选择了戏曲学院，奎生老师代表戏曲学院到上海来接我进京。

就在这一事关个人去向的关键时刻，中山大学王季思与黄天骥先生向我抛来了就读博士生的录取简帖。我便及时将此事向奎生师汇报，奎生师马上爽快地说："年轻人读书上进是好事。中大博士毕业之后再到中国戏曲学院工作，我们也同样欢迎！"

当然，中大毕业之后，我先到上海戏剧学院、多伦多大学、上海交通大学和南京师范大学等地教学达25年之久，直到2008年才又履践前约，来到戏曲学院任教，与奎生老师再度重逢。人生有命运，人际有缘分，于此可见一斑。

二、《郝荫柏戏曲剧作集》

郝荫柏老师作为抗日忠良之后，先学京胡，后转创作，经历了几度人生起伏，终于回到戏曲学院戏文系担任戏曲编剧教师。作为戏文系的副主任，他在工作上勤勉认真；作为编剧教师，他对学生热情负责；作为戏曲编剧，他这么多年来创作出不少剧本，体现出对于戏曲事业的赤诚之心。其剧本体现出不同时期的历史政治风云和价值评判观念，而由他所改编的京剧《悲惨世界》，在京沪演出时深得观众好评，体现出艺术品对于时空的超越力量。

三、《谢柏梁戏曲剧作集》

这几年，我的戏曲作品被先后搬上越剧、京剧等剧种的舞台，这令好多朋友们特别惊讶，因为他们都知道我是一位戏剧史论方面较为资深的学者，怎么会在几年之间华丽转型为编剧？其实我小时候就曾在基层剧团担任编剧之职，还担任过全国棉花会议文艺节目的总撰稿。更为重要的还在于我的两位祖师爷——吴梅与老舍先生，同时也是戏曲和话剧方面的创作大家。作为他们的再传弟子，尽管心向往之而不能至，但却不可以不为；作为戏曲文学系的主任，如果连我都不参与戏曲创作，那么大家都可以在教授编剧时进行空谈式的纯理论教学。为此，我在近几年重拾旧业，顺理成章地回到了戏曲创作专业领域，希望在编剧与理论上齐头并进。

四、《颜全毅戏曲剧作集》

前面提到过，颜全毅是戏文系所培养出来的学生，也曾跟随我就读过博士生。他在创作与理论方面都比较擅长，特别在戏曲剧本创作方面，可以说在戏曲学院乃至在北京市的青年戏曲编剧人才里头，都是一枝独秀，独领风骚。北京市愿意专门从事戏曲创作但又每年都有新作推出的青年才俊，实在是凤毛麟角，而颜全毅就是成果较为丰硕的默默耕耘者。唯其如此，他先后进入北京市和教育部的人才培育序列，前景无限美好。

五、《胡叠戏曲创作集》

胡叠是我系的青年女教师。她特别钟爱戏曲编剧，也曾经获得过老舍青年文艺奖项。她的剧本，具备唯美化的倾向，也带有案头文学的诸多气质和个人性情的诸多烙印。她的小剧场戏曲剧作《倾国》搬上舞台后，引起了大家的关注和好评。相信她今后会有更多剧作被剧团慧眼识珠，付诸演出。

六、《钟鸣剧作集》

钟鸣是我的副将，目前担任中国戏曲学院戏文系副主任之职，分管本科教学工作。他曾先后在厦门大学、上海戏剧学院等高校就读，属于转益多师的复合型人才。在戏剧理论方面有建树，在话剧创作方面有成果，在戏曲创作方面有开拓。我也相信他将会在理论与实践方面双丰收，在戏曲与话剧创作方面皆能取得较为丰硕的成果。

七、《韩萌戏曲剧本集》

韩萌属于戏文系教师中的年轻一代，但却成绩不菲。这些年来，他所编写的剧作有现代戏《古城女人》（菏泽市地方戏曲传承研究院）、现代戏《南下》（菏泽市地方戏曲传承研究院）、现代戏《河都老店》（济宁市山东梆子剧院）、古装戏《红颜钦差》（河南豫剧院一团）、古装戏《李清照》（平顶山市豫剧团）、古装戏《青天泪》（焦作市豫剧团）、古装戏《玉梳记》（太康县道情剧团）、现代戏《口上的女人》（周口市豫剧团）、现代戏《忠诚》（菏泽市地方戏曲传承研究院）、青春版神话戏《白蛇传》（郸城县豫剧团）、神话剧《升仙桥》（郸城县豫剧团）、戏曲音乐剧《羊脂球》（中国戏曲学院大学生艺术团）等。此外，还参加了18集电视剧《山里的汉子》（中央电视台）、100集电视剧《清明上河图》（河南电视台）等电视剧的编创工作。作品曾荣获国家"文华剧作奖"（第14届），电视剧"飞天奖"戏曲电视剧二等奖（第28届），"田汉戏剧奖"剧本三等奖（第24届），河南省戏剧大赛金奖及剧本一等奖，山东省戏剧大赛金奖及剧本一等奖，河南省及山东省"五个一"工程奖,河南省委宣传部"优秀剧本征集评选"入选奖等。

八、《陈云升剧作选》

陈云升是从广东走出的80后戏曲编剧,热衷于戏曲创作及理论研究。2006年至2010年他曾在广东文艺职业学院、广东省戏剧家协会、广州市海珠区文化馆工作,2010年考入中国戏曲学院攻读硕士研究生,2013年毕业留校任教。主要作品有《熙宁变法》《梦唐》《王昭君》《郑板桥为官》《精忠魂》《范进中举》《沈清传》《三笑记》等20余部,其中上演剧目5部。作品曾获2015年中国-东盟戏剧周优秀剧目奖,第五届中国戏剧奖·理论评论奖提名奖,第八届全国戏剧文化奖编剧银奖、导演银奖,第四届中国戏剧文学奖剧本奖,第五届中国戏剧文学奖铜奖,第二届广东戏剧文学奖·入围剧本奖,第二届广东省戏剧文学奖·戏剧理论评论奖二等奖,第三届广东戏剧文学奖·评论奖三等奖,第六届福建艺术节剧目三等奖,陕西省2013年度剧本征集三等奖;另有若干作品在《剧本》增刊以及《新剧本》《当代戏剧》《中国京剧》《新世纪剧坛》《广东艺术》《广东文艺研究》等刊物发表。

今后,国戏戏曲文学系不仅要继续为教师出版剧作专集,还要为本科生与研究生的佳作提供更多的出版和上演的园地与平台。我们已经与《剧本》月刊合作,为国戏同学的戏曲剧作出版过4期专辑。中国戏剧出版社也已经先后出版了我们本科生与研究生的三册剧作集。我们还曾与浙江艺术学院合作,将我系同学的"红楼小戏"搬上了舞台。近些年来,戏文系的老师与同学的剧本创作势头出现了一个井喷式的大好局面,众多戏曲与话剧作品搬上舞台,呈现出前所未有的大好局面。

戏文数种,心香几瓣,付梓问世,其中或有佳作场境,人物风标,化身为诸多妙像,倘若会引起共鸣,提供一些启发,则善莫大焉。希望得到社会各界的批评与指正，也希望得到戏曲文学系同学们的品评和建议。

在这个地球上，只有一家中国戏曲学院，也只有一个以戏曲创作为主体、以影视创作为侧翼的戏文系。因此，我们的创作勾连着传统与现代的贴近，我们的成绩彰显着民族与人类的未来。读者诸君，务请支持我们；各大院团，希望能联手将我们的作品搬上舞台。

为了戏曲事业的明天，为了中华民族优秀文化的复兴，我们必须团结一致，共同依傍，努力前行。

是为序。

中国戏曲学院戏文系主任

（2008—2018）

谢柏梁

序 言

2020年春夏之交，在荆楚大地、四海五洲漫长而又痛苦的抗疫期间，我也先后校订好了四本新著，行将由中国戏剧出版社付梓发行。

这四本新著的名称是：

《缤纷舞台审美谈——谢柏梁戏曲评论集》（上下册）。

《国戏红烛，场上案头——谢柏梁京剧及地方戏剧本集》

《国戏红烛，场上案头——谢柏梁昆曲及地方戏剧本集》

由此，个人撰写或主编出版的学术与创作专著约40种，主编出版的传记类著作约90种，个人担任首席专家将要鱼贯出版的国家哲学社会科学重大项目丛书15种。

多乎哉，不多也。145种书籍先后面世，看起来洋洋大观，实在是汗颜自惭。

从读书人转型为写书人，其中陶铸成型的过程太为漫长。从小学到初中，从本科到博士，用了将近20年的青葱岁月。

从写书人又兼职业的教书匠，从1989到如今，也已经有了整整31年。

1989年夏天，我在中山大学博士毕业，承蒙余秋雨院长之聘请，来到上海戏剧学院首执教鞭13年。

2000年到2005年，又蒙何永康院长之邀约，徐中玉先生与章培恒先生之推荐，我到南京师范大学文学院，担任该校该院特聘教授与学科带头人5年。

2002年到2007年，接受我和何院长的博士生胡惠林教授的建议，感谢叶取源校长、方明光主任和江晓原院长等人之约请，我来到上海交通大学担任中文系主任5年。

2008年至今，接受我的博士生颜全毅教授的建议，感谢杜长胜院长的再三诚请、巴图院长与龚裕书记的多次挽留，我得以谢绝了多所大学的重金诱惑，在中国戏曲学院先后担任系主任和中国文艺评论基地主任，又在京城走过了12年的漫漫长路。

在海外大学的教学也有两年。

上海戏剧学院胡妙胜院长，推举我1991年到加拿大多伦多大学教授中国戏剧史；

多亏都文伟教授之举荐，我申请了美国学术委员会（USLS）的项目。得到批准和邀请后，我从1999到2000年到美国的佛萨大学、斯坦福大学、加州大学柏克莱分校研习讲学。

半个世纪来，为了养家糊口、求学问道而转徙于南北西东，为了开阔眼界、交流文化而奔波于美洲欧洲，漫漫长路学到了不少知识，也耗费了诸多的精力。

作为一位博士毕业就从业31年的职业教师，上课和讲演是我的本行。从课堂到会堂，看起来津津乐道、侃侃而谈，看起来轻松潇洒，博闻强记，不看书能讲，不做PPT能说，听起来口吐莲花，舌吐珠玑，其实备课的历程很长很长，准备资料的过程饱受艰苦。

对着听众讲得最多的一次，是文化部组织的一次创作培训班，我居然能够接连讲了整整五天课。个中的辛苦，只有自己知道，比起主演在台上唱大戏，可能还要不容易一些。

最痛苦难堪的一次讲座，是在河南给全国的豫剧培训班学员讲了三个半天的戏剧美学。因为严重的感冒，生活中基本失声，半句话也说不出来。然而只要一上讲台，居然就能够神定气闲地说话布道。这简直是个人讲课史上的一次奇迹。

是老师，就要批改作业，指导论文或者创作。因为20年来担任综合性大学和戏剧学院的系主任与学科带头人，我还是古典文学、比较文学和戏曲类硕士与博士论文、戏曲创作的天然评委之一,也是各种会议的参与者和组织者之一。

做教师批改作业,耗费时间,天经地义。

做了20年的系主任与学科带头人,这更是一个无比耗费时间的差事。如果我从一开始就严肃拒绝,坚决不当这一高校的系科"弼马温",我想我的学术研究和艺术创作,原本应该有着更多的成绩。

一位高校基层的处级干部,不得不开各种有聊和无聊的会议,填写各种有用和无用的表格和计划,执行上级各种英明和无奈的指令,面对教师们永远的的升职压力,处理种种"野火烧不尽,春风吹又生"的学生们的大小事务,这又耗费了大量的时间和生命。

凡此种种,都是我学业不精、创作不美的理由。更兼天性上的慵懒不达,得过且过,于是数十年来,碌碌无为,建树不多,遗憾不少。

可以将我自己的学术简历,大致罗列如下:

第一、个人简历

谢柏樑(谢柏梁),1958年9月25日生,湖北天门人。

湖北师范大学文学学士(1983)。

华东师范大学文学硕士(1986),导师徐中玉、齐森华。

中山大学文学博士(1989)。导师王起(季思)、黄天骥。

获国务院政府特殊津贴专家(1996)。

2018年入选香港政府优秀人才,同时拥有北京和香港两地的户籍与身份。

现任北京市特聘教授、二级教授、北京市教学名师,北京市高创计划领军人物,中国戏曲学院戏文系主任(2008—2018)。中国戏曲学院学术委员会副主任、创作委员会副主任。中国文艺评论基地主任。国家社科重大项目首席专家。北京剧协常务理事,中国戏曲学会常务理事,中国戏剧文学学会副会长,国际戏剧家评论学会中国分会副理事长。中国作家协会会员。

香港港澳非遗委员会顾问,香港崇正牛津学校中国文化顾问。

2019年起在北京师范大学担任博士生导师。

曾任上海戏剧学院副教授(1991)、教授(1996—2002),戏剧史论教研室主任。

南京师范大学特聘教授,戏剧影视学科带头人、博士生导师(2000—2005)。

上海交通大学跨文化交流与研究中心主任、中文系主任、交大外国语学院博士生导师(2002—2008)。

加拿大多伦多大学客座教授(1993),美国佛萨大学、加州大学柏克莱分校、斯坦福大学(1999—2000)等校访问与讲座教授。

组织并代表上海交大与加州大学北岭分校在洛杉矶共同举办犹太人在中国会议,在上海交大举行《长生殿》国际学术研讨会(2005)。上海交大中文系本科点与三个硕士点、外国语言文学博士后流动站的主要开拓者之一。

上海市高校第二届"曙光学者"(1996),上海市大学语文研究会会长。曾担任民进上海市委委员、文化艺术委员会主任。《文化与传播》丛刊主编。曾任上海市戏剧精品工程评委、国家艺术节暨文华大奖评委、教育部项目、国家哲学社会科学基金项目终审评委。

兼任四川师范大学、湖北师范大学和中南大学、武汉大学、北京大学等校客座教授。湖北省楚天学者。

主要从事中国古典文学史、古代戏曲、西方戏剧史、比较文学和影视文化学的教学研究工作。先后开设的主要课程有:《中国文学史》《中国古代戏曲》《戏曲编剧教程》《世界悲剧文学》《中国电影史》《中国电影批评史》等。曾在《中国社会科学》《文学遗产》和《文艺研究》等学术杂志上发表过60万字以上学术论文。

出版专著有:《中国悲剧史纲》(学林出版社1993)、《中国分类戏剧学史纲》(台湾商务印书馆1994)、《世界悲剧文学史》(上海文艺出版社 1995)、《中国当代戏曲文学史》(中国社会科学出版社 1995 年初版。入选教育部 2004—2005 优秀研究生教材之后,由高等教育出版社出版 2006 年增订版)、《中国公案戏曲》(东方出版中心 1996)、《〈诗经〉〈尔雅〉注译》(国际文化交流出版中心 1997 年)、《中国文学史——明代戏剧部分》(教育部统编教材,袁行霈主编,高等教育出版社 1999 年版)、《戏剧宗师关汉卿》(上海书店出版社 2002 年版)、《世界古典悲剧史》《世界近代悲剧史》(中国戏剧出版社 2004 年版)、《中华戏曲文化学》(国家"十五"重点出版规划项目,南京师大出版社"随园文库" 2004 年版)、《中国悲剧文学史》(台北"国家出版社" 2010 年版)、《中国悲剧美学史》(台北"国家出版社" 2010 年版)。

与袁玉琴教授共同主编《影视艺术概论》(中国文联出版社 2002)和《中国影视发展史》(中国电影出版社 2005 年版)等书。主编《随园影视论丛》(6 种)(中国电影出版社 2005 年版)。

《中国悲剧史纲》曾获得过全国青年美学著作优秀奖(1993)、《世界悲剧文学史》获全国外国文学著作优秀著作奖(1998)等多种奖项。参编的《中国文学史》先后获北京市哲学社会科学特别奖,2001 年第 5 届中国图书奖,2002 年教育部优秀教材奖。《中国当代戏曲文学史》入选教育部 2004—2005 年度优秀研究生教材。《中华戏曲文化学》获得北京市 2007—2008 哲学社会科学优秀成果奖二等奖、江苏省优秀出版读物奖。先后承担过国家社科基金项目 2 项,上海市"曙光工程"基金项目 1 项,上海市教育委员会青年教师学术基金项目 1 项,上海市新闻出版局学术著作出版基金项目 1 项,美国学术委员会中美学者交流基金项目 1 项,上海市社会科学项目 1 项,上海交大学术基金 1 项。承担北京市特聘教授科研基金 1 项、北京市哲学社会科学项目 1 项。先后主持国家社会科学基金青年项目、一般项目、重大项目共 3 项。先后创作主持国家艺术基金项目 4 项。

2008 年《中华戏曲文化学》获得北京市哲学社会科学二等奖、江苏省优秀学术出版物奖;《中国当代戏曲文学史》获得北京市精品教材奖;《红楼元妃梦》获得北京市文化局、河南省委宣传部优秀剧本奖。

领衔中国戏曲学院戏曲创作与理论团队,获得北京市2008年优秀教学团队奖、获得2009年北京市教学成果二等奖。

获2009年北京市教学名师称号。

2010年获精品课程奖。2012年获得全国戏剧文化奖杰出贡献奖,2013年获得全国戏剧文化奖戏剧丛书主编金奖。

2015年获得北京市"高创计划"领军人才称号。

2015以来先后担任武汉大学、中南大学、楚天学者湖北师范大学、四川师范大学的特约研究员和讲座教授。

第二、科研成果简目。

1. 专著部分（1993年起）

（1）《中国悲剧史纲》（学林出版社1993年版）。获1992年第二届全国青年优秀美学著作奖。

（2）《世界悲剧文学史》（上海文艺出版社1995年版）。该书是国家哲学社会科学基金项目,上海市新闻出版局出版资助项目。获上海戏剧学院1996年科研一等奖。国家新闻出版总署、全国外国文学学会1998年外国文学研究著作优秀奖。

（3）《中国分类戏剧学史纲》（台湾商务印书馆1994年版）。

（4）《中国当代戏曲文学史》（中国社会科学出版社1995年版）。

（5）《中国公案戏曲》（东方出版中心1996年版）。

（6）《〈诗经〉、〈尔雅〉注译》（国际文化交流出版中心《白话十三经》1997年版）。

（7）《中国文学史——明代戏剧部分》（高等教育出版社1999年版）。该书系面向21世纪系列教材之一,主编为袁行霈先生,获北京市人民政府第六届哲学社会科学优秀成果特等奖,第五届国家图书奖。

（8）《戏剧宗师关汉卿》（上海书店出版社2002年版）。

（9）《影视艺术概论》（与袁玉琴教授共同主编，中国文联出版社2002年版）

（10）《中华戏曲文化学》（南京师范大学出版社2004年版，国家十五重点图书规划项目）

（11）《世界古典悲剧史》（中国戏剧出版社2004年版）

（12）《世界近代悲剧史》（中国戏剧出版社2004年版）

（13）《走近中国艺术大师》（中国戏剧出版社2005年版）

（14）《海派文化与传播》（中国戏剧出版社2005年版）

（15）《中国影视艺术简史》（中国电影出版社2005年版）

（16）《影视艺术概论》（中国电影出版社2005年版）

（17）《比翼长生——昆曲圣殿帝妃情》（古吴轩出版社2005年版）

（18）《中国当代戏曲文学史》（高等教育出版社2006年修订版，该书获得教育部2004-2005年研究生教材奖）

（19）《千古情缘——〈长生殿〉国际学术研讨会论文集》（上海古籍出版社2006年版）

（20）《海派文化与传播》（第二辑）（上海古籍出版社2008年版）

（21）《国戏文脉》（主编）上海古籍出版社2008年版）

（22）《中国悲剧文学史》（台北"国家出版社"2010年版）

（23）《中国悲剧美学史》（台北"国家出版社"2010年版）

（24）主编《梅韵兰芳》（上海古籍出版社2010年版）

（25）《李渔传奇》（上海古籍出版社2011年版）

（26）《我辈岂是蓬蒿人》（中央编译出版社2011年版）

（27）《春华秋实——谢柏梁戏曲创作集》（上海古籍出版社2011年版）

（28）《中国昆曲大官生——蔡正仁评传》（上海古籍出版社2012年版）

（29）《世界悲剧通史》（上海古籍出版社2014年版）

（30）《中国悲剧美学史》（上海古籍出版社2014年版）

（31）《中国悲剧文学史》（上海古籍出版社2014年版）

（32）主编《中国戏曲评论》（中国文联出版社2017年版、2018年版、2019年版）

（33）主编《中国戏曲艺术家传记丛书》（上海古籍出版社、中华书局、中国文史出版、中国戏剧出版社、中国文联出版社至2019年为止已经出版《俞振飞传》《吴梅传》《昆曲传字辈》《李淑君传》等95部）

（34）《诗经全注全译》商务印书馆2020年版

（35）主持国家社科重大项目丛书15种（中国戏剧出版社2019-2020年版）

（36）主编《中国戏曲文学史》（高等教育出版社2020年版）

（37）（38）《缤纷舞台审美谈——谢柏梁戏曲评论集》（上下册）（中国戏剧出版社2020年版）

（39）（40）《国戏红烛，场上案头——谢柏梁京昆及地方戏剧本集》（上下册）（中国戏剧出版社2020年版）

（41）《红尘四梦：汤显祖传》（作家出版社2020年版）

2. 主编《中国戏曲家列传丛书》

（截止到2020年4月，共出版81种，持续更新中）

上海古籍出版社

（1）同光十三绝（张永和）

（2）程长庚（王灵均）

（3）谭鑫培（周传家）

（4）王瑶卿（孙红霞）

（5）余叔岩（翁思再）

（6）言菊朋（张伟品）

（7）马连良（张永和）

（8）梅兰芳（李伶伶）

（9）程砚秋（陈培仲）

（10）尚小云（李伶伶）

（11）盖叫天（龚义江）

（12）唐韵笙（林殿弼）

（13）李万春（周桓）

（14）李少春（魏子晨）

（15）厉慧良（魏子晨）

（16）田汉（田本相、吴卫民、宋宝珍）

（17）欧阳予倩（陈珂）

（18）吴石坚（顾聆森）

（19）吴梅（王卫民）

（20）俞振飞（唐葆祥）

（21）昆曲传字辈（桑毓喜）

（22）永嘉昆曲人物（沈不沉）

（23）扬昆人物传（林鑫、林喆）

（24）蔡正仁（谢柏梁、钮君怡）

（25）梁谷音（王悦阳）

（26）丛兆桓（陈均）

（27）李淑君（陈均）

（28）侯少奎（胡明明）

（29）蔡瑶铣（胡明明）

（30）柯军（顾聆森）

（31）昆曲发源地人物传（陈益）

上海人民出版社

（1）王芝泉（张泓）

（2）小王桂卿（金勇勤）

（3）张美娟（忻鼎亮）

（4）赵燕侠（和宝堂）

（5）孟小冬（许锦文）

（6）童芷苓（朱继彭）

（7）言慧珠（费三金）

（8）杨宝森（许锦文）

（9）李玉茹（李如茹）

（10）李少春（许锦文）

中国文史出版社

（1）梅葆玖（吴迎）

（2）谭元寿（和宝堂、张思琦）

（3）叶少兰（张正贵）

商务印书馆

（1）清代伶官传（王芷章）

（2）张庚（安葵）

（3）刘秀荣（卢哲）

（4）周信芳（沈鸿鑫）

（5）王金璐（朱继彭）

（6）孙毓敏（李成伟）

中国文联出版社

（1）红线女（谭志湘）

（2）白驹荣（张紫伶、尚德贤）

（3）胡芝风（陈建平）

（4）范均宏（郝荫柏）

（5）张爱珍（陈衡英）

（6）王安祈（张启丰、曾建凯）

（7）郭启宏（钟鸣）

（8）郎咸芬（赵峰、于学剑）

（9）张继青（田支平、刘诗嘉、夏源）

（10）袁雪芬（卢哲、唐含章、李俊蓉）

（11）高盛麟（牛绪妹）

（12）陈巧茹（潘乃奇）

（13）赵松樵（赵绪昕）

（14）黄遵宪（赵峰、于学剑等）

（15）冯保全（牟妮、于学剑等）

（16）迟皓文（莫非、于学剑）

（17）孔祥启（王笃祥）

（18）李松云（郑娇娇）

（19）李艳珍（李磊）

（20）黄新德

（21）王文娟

（22）徐玉兰

中国戏剧出版社

（1）宋丽（印成）

（2）刘忠河（方俊涛）

（3）张爱珍（陈衡英）

上海书店出版社

（1）大戏剧家关汉卿（谢柏梁）

作家出版社

（1）《红尘四梦：汤显祖传》（谢柏梁）

学苑出版社

（1）民国京昆史料集第16辑

（2）民国京昆史料集第17辑

（3）民国京昆史料集第18辑

3.主编《中华戏曲剧本集萃》(从宋元南戏到当代优秀戏曲剧本整理汇编,共12册。中国戏剧出版社)

第三、科研项目

1.《中国当代戏曲文学史》(上海教委1990年青年教师基金项目)

2.《世界悲剧文学史》(1991年国家哲学社会科学青年基金项目,1993年结项。上海市新闻出版局资助项目)

3.《世界近代悲剧史》[1995年国家哲学社会科学基金九五规划项目(95CWW001)、上海曙光计划基金项目,于2002年7月28日结项。全国哲学社会科学规划办公室颁发的结项证书号为:20020275]

4.美国学术委员会基金项目《上海戏曲的人文精神与外来影响》,2002年3月完成。

5.《中国近代悲剧史》(2002年上海交通大学人文科学基金项目)

6.《中国悲剧美学史》(2003年上海市哲学社会科学基金项目)

7.《中国京剧批评史》(2008年北京市哲学社会科学项目)

8.《中国京昆艺术家系列评传一百部》(2009—2020年北京市教委、上海市文化基金会、全国政协文史馆持续支持项目)

9.《戏曲艺术当代发展路径研究》,国家社科基金艺术学重大项目(2014ZD01)

第四、国家艺术基金项目

1.《红珠记》(赣剧)编剧 国家艺术基金2015年原创大戏支持项目。

2.《红珠记》巡回演出项目 国家艺术基金2015年支持项目。

该剧早在北京市文化局征集评选为2012年度优秀剧作和重点排演剧目,2015年获得国家艺术基金资助项目原创剧目支持,2016年4月13日起,由南昌大学赣剧中心推上舞台。2018年获得国家艺术基金传播推广项目支持,并在全国各地巡回演出已满155场。

3.《槐花谣》(黄梅戏)国家艺术基金2016年原创大戏支持项目,已经先后演出55场。

4.《鄢氏夫人》(曲剧)国家艺术基金2017年原创大戏支持项目,同时获得北京市文化基金支持,获得北京市文艺作品重大项目支持。目前已经演出10场

5.《玉龙飞驰》(湘剧)国家艺术基金2018年原创大戏支持项目,目前已经演出8场。

第五、论文部分

1977年

《一朵鲜艳的小花——试论民间曲艺莲花落》(《群众演唱》1977年第8期)

1978年

《白玉栏杆寄深情》(《天门文艺》1978年第4期)

1979年

《腊梅朵朵迎新春》(《评论简报》1979年元月)

1980年

《中小学文言课文应使用繁体字》(《湖北师院学报》1980年第1期)

1981年

《李北桂长篇小说〈贼狼滩〉的情节设置》(《湖北师院学报》1981年第2期)

1982年

《从〈琵琶行〉到〈青衫泪〉》(《湖北师院学报》1982年第3期)

1983年

《钟惺〈夏梅说〉浅探》(《竟陵风》1983年第1期)

《钟惺〈谐丛〉小引》(《竟陵风》1983年第4期)

1984年

《古代戏曲序跋刍议》(《光明日报〈文学遗产〉》1984年11月27日)

1987年

《中国戏曲序跋的发展规律》(《戏曲艺术》1987年第1期)

《中国古典戏曲序跋的批评模式》(《华东师大学报》1987年第3期)
《金圣叹论戏剧人物典型化》(《湖北大学学报》1987年第2期)
《古代曲序的文化史意义》(《戏剧艺术》1987年第3期)
《牡丹亭的主题是情战胜理》(《中大研究生学报》1987年第4期)
《古代戏曲理论家研究掠影》(《文学研究参考》1987年第9期)
《关汉卿的戏剧创作》(《读书》1987年第6期)

1988年
《关于戏曲定名的新发现》(《学术研究》1988年第2期)
《王正祥的剧场学说发微》(《戏剧艺术》1988年第3期)
《南戏之祖,剧中之珠——〈琵琶记/糟糠自餍〉赏析》
《专心投水浒,回首望天朝——〈宝剑记/林冲夜奔〉品鉴》
《春心锁不住,牡丹出园来——〈牡丹亭/闺塾〉撷英》
《古典名篇欣赏》(学林出版社1988年版)
《吴祖光剧论谈片》(《读书》1988年第9期)

1989年
《宋代戏剧评论的基本趋势》(《中大研究生学刊》1989年第2期)
《王骥德与晚明剧论》(《中大学报》1989年第2期)
《王正祥的"剧场"学说发微——〈新订十二律京腔谱〉的理论精神》(《戏剧艺术》1989年第3期)
《明代戏曲悲剧观》(《文学遗产》1989年第1期)
《古典戏曲序跋的美学系统》(《文学遗产》1989年第6期)
《戏曲批评史上的南戏源流问题》(《南戏学术研讨会论文集》)

1990年
《沈汤之争的历史渊源及其流变》(《广东社会科学》1990年第1期)
《明代戏剧人物论的整体研讨》(《戏剧艺术》1990年第2期)
《戏剧文学与影视》(《戏剧艺术》1990年第3期)
《周信芳的演剧美学》(《艺术百家》1990年第2期)

《中国戏剧观念的历史演进》(《艺术百家》1990年第4期)

《近年来四部古代曲论专著略评》(《古代文艺理论研究》,上海古籍出版社1990年)

《元明演剧理论的历史演进》(《剧论》,中山大学出版社1990年)

《中国悲剧的美学本质》(《中国社会科学》1990年第6期)

1991年

《中国戏曲体系的宏观描述》(《戏曲艺术》1991年第1期)

《戏剧作品与时代精神》(《上海艺术家》1991年第2期)

《走向世界的中国戏剧》(《戏剧艺术》1991年第2期)

《元稹〈莺莺传〉非文过饰非作》(《中国文学研究》1991年第2期)

《清代苦戏风格论》(《湖北师院学报》1991年第2期)

《中国悲剧的审美特性》(《文艺理论研究》1991年第3期)

1992年

《中国悲剧美学的历史发展》(《艺术界》1992年第1期)

《上古东方悲剧雏形》(《戏剧》1992年第4期)

《梨园才子有知音——读安葵的〈当代戏曲作家论〉》(《上海戏剧》1992年06期)

1993年

《中国戏剧的历史发展》(1993年上半年在多伦多大学的系列讲演)

《黄梅季说黄梅戏》(《黄梅戏艺术》1993年第1期)

《多伦多观剧记》(《戏剧艺术》1993年第3期)

《中国戏剧百年繁荣的十大标志》(《上海戏剧》1993年第4期)

《戏曲的兴与衰》谢柏梁、朱文相(《上海戏剧》1993年第6期)

《李渔的戏曲美学体系》(上)(《戏曲艺术》1993年第3期)

《李渔的戏曲美学体系》(下)(《戏曲艺术》1993年第3期)

1994年

《中国戏剧发展的地域性特征》(《文艺研究》1994年第6期)

1995 年

《跨世纪的昆曲传人》(《上海戏剧》1995 年第 6 期)

《杨村彬的〈清宫外史〉三部曲》(《杨村彬艺术世界》，上海文艺出版社 1995 年版)

1996 年

《辨戏曲成说，成一家之言》(《戏剧艺术》1996 年第 1 期)

《上海话剧的文化定位》(《上海艺术家》1996 年 6 期、人大报刊复印资料《戏剧戏曲研究》1996 年第 8 期)

《计镇华与当代昆曲》(《戏曲艺术》1996 年第 4 期、人大报刊复印资料《戏剧戏曲研究》1997 年第 1 期)

1997 年

《上海京剧的历史定位》(《中国戏剧》1997 年第 8 期、人大报刊复印资料《戏剧戏曲研究》1997 年第 11 期)

《平凡中包蕴着的诗意》(《徐虎师傅》，中国美术学院出版社 1997 年版)

《穆欣欣与美丽街》(《澳门日报》1997 年 6 月 3 日)

《澳门戏剧今昔谈》(《澳门日报》《文艺专刊》1997 年 12 月)

《澳门文化史话》(连载 7 篇)(《澳门日报》1997 年 9 月—12 月)

《上海与港、澳的文化个性比较》(《澳门杂志》创刊号 1997 年 7 月)

《明代杂剧概论》(《戏剧》1997 年第 4 期)

《澳门戏剧录序言》(澳门戏剧出版社 1997 年)

1998 年

《罗怀臻与都市新淮剧》(《剧本月刊》1998 年第 2 期)

《汤显祖及其四大名剧》(上、下)(《佳木斯大学学报》1998 年第 1 期、第 2 期)

《澳门文学一瞥》(《文学报》台港澳文学专版 1998 年 6 月)

《澳门作家过眼录》(《新民晚报》文学角 1998 年 6 月)

《我看世界三大戏剧体系》(《中国戏剧》1998年第9期、中国人民大学《戏剧戏曲研究》1998年11期)

《〈杨门女将〉中的穆桂英形象》(《中国京剧》1998年第6期)

《关于〈中国戏剧通史〉》(《中国戏剧》1998年第11期)

1999年

《京剧〈狸猫换太子〉的历史源流》(《中国电视戏曲》1999年4月)

《台上佳人台下师,演出教学总相宜》(《中国戏剧》1999年第4期)

《新版越剧〈红楼梦〉在戏曲史上的意义》(《文汇报》《文艺百家》1999年8月)

《盛世红楼谱新章——新版越剧〈红楼梦〉观后》(《今日上海》1999年第10期)

《新编淮剧〈西楚霸王〉的文化品格》(《今日上海》1999年第8期)

《中国戏曲的审美特点》(1999年10月在纽约佛萨大学东亚系的演讲)

2000年

《中国历史悲剧中的新女性》(2000年11月纽约亚洲学会戏曲分会场宣读)

《三千年修史 一百年辉煌——中国文学史编写的回顾与小结》(2000年2月加州大学柏克莱分校、斯坦福大学中国文化系列讲座专题演讲稿)

《中国喜剧文化的新纪元》(《人民日报》2000年1月12日)

《世界悲剧与近代悲剧》(《学术月刊》2000年第7期)

《耕耘在文学史的学术土壤中——谢柏梁教授访谈录》(《学术月刊》2000年第7期)

《大都市戏剧文化的转型》(《戏剧》2000年第2期)

《探索人性人格》(《戏曲艺术》2000年第3期)

2001年

《屏幕文学——中国文学史的新纪元》(《文艺理论研究》2001年

第 2 期，CSSCI 论文）

《20 世纪中国戏曲史著作回顾》(《中国文化报》2001 年 10 月 12 日)

2002 年

《简论中国戏曲发展史》(《中国戏剧》2002 年第 8 期)

《汤显祖的四大名剧》(《明代文学国际讨论会论文集》,2002 年,南京)

《金圣叹的戏曲评点》(中国文学评点国际讨论会,2002 年,上海)

2003 年

《中国式的典型观》(《中国文学评点研究论集》,上海古籍出版社 2003 年版;《南京师范大学学报》2003 年第 5 期)

《与时俱进觅新路——上海淮剧团建团 50 周年启示录》(《中国戏剧》2003 年第 8 期)

《淮剧:长三角的第一大剧种》(《上海戏剧》2003 年第 3 期)

《传统文化审美精神的再度回归》(《电影艺术》2003 年第 4 期,CSSCI 论文)

《荡漾在电影与戏剧之间:〈红灯记〉系列作品的演进》(《南京师大文学院学报》2003/4)

2004 年

《当代剧作家的出处与风格》(台湾大学戏剧编剧研讨会 2004 年 4 月)

《中国戏剧学的地望与学派》(厦门大学戏剧戏曲学研讨会 2004 年 5 月)

《戏剧批评的四部力作》(《戏剧》2004/4 CSSCI 论文)

《亚洲近代悲剧之花》(《艺术学》,学林出版社 2004 年版)

《先秦悲哀原则的逻辑秩序》(《海南师范学院学报》2004/4)

《曹禺悲剧艺术论》(《湖南文理学院学报》2004/4)

《江南有幽兰》(《中国戏剧》2004/11)

2005 年

《苏州园林与昆曲》(《上海交通大学学报》2005 年第 3 期、《高等学校文科学报文摘》《新华文摘》摘要转载,CSSCI 论文)

《昆苏融通归然境》(《艺术百家》2005年第3期，CSSCI论文)

《清代京剧文学史序言》(北京出版社2005年版)

2006年

《昆曲〈长生殿〉国际研讨会综述》(《上海交通大学学报》2006/1，CSSCI论文)

《从〈长恨歌〉到〈长生殿〉》(《上海交通大学学报》2006/1，CSSCI论文)

《老中国通国际学术研讨会综述》(《上海文化》2006/1)

《21世纪京剧艺术的曙光》(《戏曲艺术》2006/3)

《从〈房间〉话语看男性霸权》(《山东外语教学》2006/6)

《企盼高校招生的更多自主权》(《教育发展研究》2006年/7，CSSCI论文)

《从交大到无锡国专》(《文汇报》《我与上海交大》征文：2006-3-31)

《百年越剧的世界性辉煌》(《绍兴日报》2006年/9月/24日)

《楚国戏剧文化的传统精神》(《光明日报》2006.11.24)

2007年

《红楼梦中的悲剧角色》(《东南大学学报》2007/2，CSSCI论文)

《〈金锁记〉：从小说到戏剧的嬗变》(《台北艺术大学学报》2007/2)

2008年

《共同的骄傲》(《光明日报》2008年7月27日)

《戏曲复兴文学归位——20世纪中国戏曲文学之崛起》(《戏曲研究》第76辑，CSSCI论文)

2009年

《泛戏剧时代的观念与实践》[《艺术百家》(第31届国际戏剧节论文专辑)2009/1]

《吴梅王起与北京昆曲》(《戏曲艺术》2009/2)

《陈西汀的古典戏文》(《戏剧丛刊》2009年第6期)

《新中国戏曲六十年》(《中国艺术报》2009年9月29日)
《当代戏曲发展概观》(《中国戏剧》2009年第12期)
《越剧百年的战略思考》(《文化艺术研究》2009年第2期)
《国际文化交流的先行者张彭春》(南开大学校庆专辑2009年10、22)
《徐进及其越剧红楼梦》(《越剧红楼梦艺术谈》,中国戏剧出版社2009年12月)

2010年
《全球化语境下的中国戏曲》(《艺术百家》2010年第3期,CSSCI论文)
《孟称舜的怨世曲论》(《戏曲艺术》2010年第2期)
《元杂剧中的佛法救世精神》(《东南大学学报》2010年第3期,CSSCI论文)
《昆曲艺术的复兴之光》(《艺术百家》2010年第6期,CSSCI论文)

2011年
《中国导演,还能走多远》(约5千字)(《光明日报》2011年3月2日)
《曾静萍表演艺术谈》(《中国戏剧》2011年第3期)
《北京平谷赋》(《中华辞赋百家赋选》新华出版社2011年版)
《世界戏剧都会中的北京小剧场风景》(《文艺报》2011年11月25日)
《国戏幽兰分外娇》(《中国戏剧》2011年第1期)

2012年
《从楚调汉戏到京剧崛起》(《艺术百家》2012年第1期,CSSCI论文)
《伍子胥变文源流简析》(《曲艺》2012年第2期)
《孟姜女变文源流简析》(《曲艺》2012年第3期)
《敦煌变文中的复仇哀曲》(《曲艺》2012年第4期)
《楚国文化背景下的湖北京剧》(《戏曲艺术》2012年第3期)

《越剧百年之后的文化思考》(《地方戏论坛》中国戏剧出版社2012年)

《如何纪念世界文化巨人汤显祖》(《光明日报》2012年12月22日大版文章)

2013年

《奏响国际剧坛中国声部》(《艺术百家》2013年第1期,CSSCI)

《戏曲新戏打破独占,走向全国》(《光明日报》2013年5月25日整版文章)

《呼唤反映当下生活的戏剧诗篇》(《光明日报》2013年11月30日整版文章)

《石磊新古典戏剧的文化意义》(《艺术评论》2013年第8期)

《韩世昌的文化意义》(《戏曲艺术》增刊2013年第6期)

2014年

《请给编剧们以应有的尊严》(《光明日报》2014年1月25日大版文章)

《韩世昌与"二梅"的文化凤缘》(《艺术百家》2014年第1期,CSSCI)

《余笑予与鄂派京剧》(《戏曲艺术》2014年第1期,CSSCI)

《中国戏曲的现代化与国际化》(《光明日报》2014年7月30日大版文章)

《亚洲悲剧文化的发展》(《戏剧》2014年第2期)

《中国首届小剧场戏曲节的反思》(《剧本月刊》2014年第6期)

2015年

《亚洲悲剧的审美特色》(中央戏剧学院学报《戏剧》2015年第3期,CSSCI)

《中国小剧场戏曲的缘起与发展》(中央戏剧学院学报《戏剧》2015年第3期,CSSCI)

《论戏曲编剧的培养历程》(《光明日报》大版文章)

《昆曲演员返乡演出的文化思考》(2015年4月27日《光明日报》大版文章)

《如何培养更多的戏曲编剧》(2015年05月25日《光明日报》大版文章)

《豫剧新时代的领军人物李树建》(《光明日报》2015年5月28日大版文章)

《国务院关于支持戏曲传承发展若干政策的解读》(《艺术百家》2015年第3期)

2016年

《洞庭波涌连天雪——第二届湖北艺术节、第五届湖南艺术节侧记》(《艺术百家》2016年第1期,CSSCI)

《姚金成:戏曲当代题材创作的一面旗帜》(《戏剧艺术》2016年第1期,CSSCI)

《程派张韵:张火丁现象的文化解读》(《中国文艺评论》2016年第1期,CSSCI)

《人类口头与非物质文化戏剧代表作保护的中国模式》(《中国文艺评论》2016年第3期)

《风雨故园中的朱安夫人》(《光明日报》2016年4月11日)

《走向世界的汤显祖》(《光明日报》2016年4月25日)

《汤显祖的编剧创作》(《新剧本》2016年第2期)

《草根基层的仁义之情》(《中国文化报》2016年8月26日)

《生命密码呼唤人间大爱》(《光明日报》2016年8月27日)

《戏进京的文化自信》(《艺海》2016年10月)

《2015年我国戏曲发展态势》(《中国社会科学报》2016年10月11日)

《当代戏剧的发展趋势》(《上海戏剧》2016年11月)

《戏曲编剧的"国家军"崛起》(《光明日报》2016年12月5日)

《2015年中国戏曲发展趋势》(《艺术百家》2016年第5期,CSSCI)

《汤显祖戏剧的艺术魅力与审美意蕴》(《人民论坛》2016年12月3日)

2017年

《花鼓戏〈我叫马翠花〉观后》(《艺海》2017年1月)

《多剧种牡丹亭姹紫嫣红开遍》(《光明日报》2017年1月6日)

《谱写三国英雄的新篇章——评新编湘剧〈赵子龙取桂阳〉》(《艺海》2017年5月)

《戏曲艺术中母亲形象的新拓展》(《光明日报》2017年9月29日)

《繁荣戏剧创作,无愧伟大时代》(《光明日报》2017年10月27日)

《当代中国文艺评论的文化传统与话语特色》(《中国文艺评论》2017年第5期)

《蒯氏夫人》(《艺海》2017年第1期)

《曲艺学科之发展趋势》(《艺海》2017年第8期)

《精准扶贫剧目的诗意演绎》(《中国戏剧》2017年10月)

《中国创世神话的戏曲呈现》(《上海采风》2017年11月)

2018年

《飘逸教戏,优雅远行》(《中国戏剧》2018年2月)

《越剧〈红楼梦〉的经典意义》(《中国文艺评论》2018年第3期)

《〈槐花谣〉剧本与阐述》(《新剧本》2018年第4期)

《与时代同步,铸传世经典——田汉戏曲创作的当代启示》(《光明日报》2018年7月21)

《推进基层院团发展,促进戏曲行业交流》(《中国文化报》2018年8月28)

《越剧〈红楼梦〉的经典意义》(《中国文艺评论》2018年8月)

《中国戏曲的欧洲守护者》(《光明日报》2018年10月31)

《烟雨江南 寸草春晖——越剧〈游子吟〉观后》(《光明日报》2018-

05-05）

《盛世奇观，功莫大焉》(《中国文化报》2018年12月12日）

2019年

《徐中玉先生的诲人之道》(《文艺争鸣》2019年8月）

《瓯剧〈杀狗记〉的返本开新》(《中国戏剧》2019年10月）

第六、中国戏曲评论基地板块

1. 主编出版《张火丁艺术论集》

2. 主编出版《2017中国戏曲评论》《2018中国戏曲评论》《2019中国戏曲评论集》(3部）

3. 主编出版《中国戏曲学院京剧研究生班访谈录》

第七、2020年国家社科重大项目板块

国家艺术基金重大项目已经完成并且行将出版的书籍有15部。先期出版的是：

1.《中国戏曲教育发展路径研究》、

2.《北京市戏曲艺术发展路径研究》

3.《中国戏曲广播发展路径研究》

4.《中国戏曲电视发展路径研究》

5.《中国戏曲电影发展路径研究》

6.《中国戏曲文学发展路径研究》

7.《中国戏曲舞美发展路径研究》

8.《中国戏曲绘画发展路径研究》

9.《中国戏曲音像资料发展路径研究》

第八、艺术创作与演出

1. 散文集《走近南方艺术大师》中国戏剧出版社

2. 散文集《我辈岂是蓬蒿人》中央文史出版社

3. 戏曲剧本集《春华秋实——谢柏梁戏曲剧本集》

4. 戏曲剧本论集《李渔与三姬》

5. 戏曲编剧作品上演、传播、获国家艺术基金简况

《孔雀东南飞》越剧版和动漫剧版，都先后多次在央视播放过，并获得中国越剧节银奖和全国动漫剧评选银奖。

京剧《杨七娘》（北京京剧院演出）中央电视台两次播放过全剧。

京剧《李渔与三姬》（中国戏曲学院、东城区文化馆、国家大剧院演出版），获得全国戏剧文化奖优秀剧目。中央电视台播放过该剧片段。

《红珠记》被北京市文化局征集评选为2012年度优秀剧作和重点排演剧目，2015年获得国家艺术基金资助项目原创剧目支持，2016年4月13日起，由南昌大学赣剧中心推上舞台。2017年获得国家艺术基金传播推广项目支持。先后选出185场。

《槐花谣》（合作）获得2017年国家艺术基金原创剧目支持，先后演出50场。

《鉴真传佛》获得2017年江苏省艺术基金原创剧目资助，演出20场。

《鬻氏夫人》获得2017年国家艺术基金支持、北京市文化基金支持，共演出8场。

《玉龙飞驰》获得2018年湖南省重点扶持项目支持，并先后演出10场。

第九、所获奖项

2015年获得推动京昆艺术杰出贡献奖。

2015年获得北京市"高创计划"领军人物教学名师奖。

2015年获评湖北师范大学湖北省楚天学者讲座教授。

2014年《中华戏曲文化学》获得北京市优秀社科成果奖二等奖。

2013年参编之《中国文学史》先后获得国家图书奖、北京市哲社成果特别奖、教育部优秀教材奖。

2012年获得全国戏剧文化奖戏剧丛书主编金奖。

2011年获得全国戏剧文化奖杰出贡献奖，

2010年起主编《中国京昆艺术家系列评传》《中国非遗戏曲艺术家列传》，先后获得北京市教委、上海市委宣传部和中国政协文史馆立项支持。到2019年已经出版95种。

2010年起主持《中国当代戏曲文学史》，获北京市精品课程，获教育部优秀教材奖。

2010年主持戏文系戏曲创作与教学团队，获得北京市特色教学专业称号。

2009年专著《中国当代戏曲文学史》获得北京市精品教材奖，2006年获得教育部颁优秀教材。

2009年获得北京市优秀教学名师奖。

2008年主持戏曲创作与理论专业获得北京市优秀教学成果二等奖。

2008年主持戏曲创作与理论专业获得北京市专业特色建设基地。

2008年《中华戏曲文化学》获得北京市委市政府哲学社会科学二等奖。

2008年主持戏曲创作与理论专业获得北京市优秀教学团队。

2008年《中国悲剧美学史》获得上海市社会科学项目优秀成果一等奖。

2007年起获聘北京市特聘教授（2000—2005年获聘南京师范大学特聘教授）。

2014年以来先后获聘湖北师范大学、四川师范大学、南昌大学、武汉大学讲座教授与研究员。

2019获聘中南大学讲座教授。

2019年获聘北京师范大学博士生导师。

第十、港台与海外讲学简表

1993年1月—4月

加拿大多伦多大学戏剧学院客座教授。讲授中国戏曲史。对象：

本科生、研究生35人

1999年9月—2000年5月

美国学术委员会基金会项目支持,到美国佛萨大学、加州大学伯克利分校、斯坦福大学讲授中国戏曲史研究与中国文学史研究专题。期间,在2000年3月加拿大召开的北美亚洲年会上,与美国都文伟、傅鸿础等教授主持元杂剧分会场。

2006年7月 代表上海交大与美国加州大学北岭分校:联合主持召开"上海避难犹太人"学术研讨会

2008年11月在芝加哥大学为硕士、博士研究生讲解:中国戏曲研究流派

2011年起多次在日本相关大学访学交流。日本大学艺术学部的讲座题目是:中国戏曲学院的戏文教学与研究。

2013年3月 美国圣地亚哥:亚洲文学年会、北美中国戏曲曲艺年会:中国戏曲教育

2013年6月 德国海德堡大学、维也纳大学、维也纳音乐学院:《昆曲〈牡丹亭〉演讲》

2015年1月 美国佛萨大学讲座:中美戏曲学研究。

2016年3月 美国艺术大学讲座:中国京剧艺术撷英。

2018年5月,作为香港政府引进的优才,多次在香港浸会大学、香港城市大学、香港理工大学等院校讲座、交流并参加学术会议,与香港非遗委员会展开多项活动。被聘为香港港澳非遗委员会顾问。

2019年10月 与台湾大学先后在台北、北京联合召开第9届海峡两岸创作会议。

弹指一挥间,博士毕业已经有31年了。

借四部新著出版之际,简要回顾一下过往的雪泥鸿爪,也是对自己的总结、反省和鞭策。

俱往矣,以上种种小小的学术与创作成绩,匆匆的文化过往活动,

要说太偷懒也过于矫情；要说较勤奋，也远不如我的好些同辈人用功。

当然太用功也有问题，同辈好友和后代精英中，就有好几位优秀学者归天去也。但是他们的精神还是在激励着我们。

从师范类大学到综合性大学，从211、985和双一流大学到戏剧与戏曲等艺术学院，我一直在学术的江湖泛舟，在艺术的天地中跋涉。

如果说个人还小有成就，那都是托徐中玉、王季思、齐森华、黄天骥、阮国华等诸多导师们的提携之恩，教化之福，都是托祖师爷老舍、吴梅的大树浓荫之庇佑。是他们，使我从一位荆楚大地江汉平原上的青年农民，转型为一位学术人和艺术人。

应该说个人能把生命中的大部分时间用在了学术文化事业上，那是因为父母亲多少年来含辛茹苦的鼎力支持。

但是今年3月31日，我82岁的老母遽然离世，归天去也，这令我的生命中第一次受到无可挽回的沉重打击，深切领会到已丧慈妣的无边痛苦。作为一位职业编写传记的学人，这段时间来，我为老母亲写了一部传记，希望这部传记能够成为个人生命和家族后代的永恒的记忆。

2020年，谨以《缤纷舞台审美谈——谢柏梁戏曲评论集》（上下册）、《国戏红烛，场上案头——谢柏梁京剧及地方戏剧本集》《国戏红烛，场上案头——谢柏梁昆曲及地方戏剧本集》《红尘四梦——汤显祖传》，还有主编的《中国戏曲文学史》（古代近代部分）、即将修订完成的《中国当代戏曲文学史》《诗经译注》8部新著，献给我敬爱的老师和亲爱的读者们。

谨以无边的深爱，献给新近归天的敬爱的慈母。星河永照，母亲的光辉常在；世代沐恩，母亲的功绩永恒。

是为序。

谢柏梁

2020年4月23日星期四写于京西青龙湖畔

目录

1	总序
11	序言
1	小剧场实验京剧：《麦克白的噩梦》
29	大型古装赣剧：《红珠记》
74	汉维史诗曲剧：《翦氏夫人》
108	大型扬剧：《鉴真传佛》
157	神话京剧：《巫山神女》
193	大型历史故事剧：《母仪天下》
232	大型新编京剧：《巾帼杨七娘》
280	大型楚剧：《木兰传奇》

小剧场实验京剧

麦克白的噩梦

（根据莎士比亚原剧改编）

人物表：

麦克白　　　　苏格兰大元帅，国君邓肯表弟（武生饰演）

麦克白夫人　　苏格兰大元帅之妻（花衫饰演）

女巫甲　　　　（武旦饰演）

女巫乙　　　　（武旦饰演）

女巫丙　　　　（武旦饰演）

〔阴森瘆人的音乐渐起，舞台深处烟雾弥漫、磷火闪烁……
〔一声霹雳震响，一阵诡异的笑声从暗处突然传来，三个面目丑恶的命运女巫依次走出，各自显现在不同位置的三束定点造型光中。

女巫甲　人心隔肚皮，私欲永膨胀。
女巫乙　君王宁有种，野心强中强！
女巫丙　江山轮流坐，今年我坐庄！
女巫甲　奴家，就是你肚中无限膨胀的私欲。
女巫乙　贱妾，就是你胸中抢班夺权的期望。
女巫丙　卑人，就是你心中执掌江山的梦想。
女巫甲　朋友，且让我神魂附体，
女巫乙　深入到你的五腑六脏。
女巫甲　让你尽情做梦，
女巫丙　让你无端发狂！
女巫甲　带你去享九五之尊，把江山执掌！
三女巫　（狂笑介）哈哈哈……
女巫乙　朋友，大幕拉开！
女巫丙　好戏登场！
女巫甲　麦克白的噩梦之旅，就此启程、开张！

〔又一声惊天霹雳炸响，女巫们瘆人的笑声在舞台上空回旋……
〔古旧的大门拉开声，一束侧光从上场门斜射而来。

麦克白　（内唱）逢乱世上疆场杀气方刚……

〔麦克白身着大斗篷惊恐地扶剑而上。

麦克白 （接唱）大元帅我所向披靡立马挥刀逞豪强。
　　　　　自古江山本无主，
　　　　　脚踏着鲜血成帝王。
　　　　　可叹我铁骨铮铮英雄汉，
　　　　　为表哥、保朝纲，出生入死上战场，
　　　　　只落得伤痕累累、气息奄奄、关山阵阵苍！
　　　　　老舅是先皇，表兄赐君王……
　　　　　说什么君王本是先皇赐，
　　　　　改朝换代也寻常。
　　　　　胜者为王败者寇，
　　　　　不开杀戒怎称皇？
　　　　　有心杀掉那邓肯帝，
　　　　　王朝明日我称王！
　　　　　力拔山兮气盖世，
　　　　　却缘何拔剑欲刺我心慌张？

〔闪电如钩，麦克白急忙躲过。

麦克白 想我麦克白在万马军中，所向披靡，横刀砍去，杀人有方！可今天，我面对着邓肯这无能的君王，竟然手发颤、腿发麻、心发抖、神发慌。我这是怎么了？快动手啊，麦克白，今日不下手，明日怎称王？麦克白啊麦克白，你别忘了这是神灵的启示，命运的希望，江山轮流坐，今朝我为皇！（猛然举剑刺向上场门处）看剑！

〔幕内传来了邓肯王中剑的惨叫声："啊，杀人了！"强烈的霹雳声、暴雨声盖住了惨叫声……

麦克白　　（恍惚地）一个凄厉的声音在睡梦中高喊："杀人了，弑君、刺王！"我得手了，我成功了？我终于一剑克敌、轻而易举地杀了邓肯王，这才是元帅本色，得意洋洋！且慢，好像人们在高喊："上帝保佑，凶手投降！"他们会冲过来吗？他们会看到我杀人的手上，还残留着皇上的血浆！仓促之间，洗不净啊，搓不掉，挥之不去，欲盖弥彰！我恨不得让海水冲刷双手，让惊涛冲洗血浆；如若不然，我要让这一手的血迹，把这碧波荡漾的海水，染成一片红汤！

〔三女巫从麦克白身披着的巨大将军斗篷内，像毒蛇般的蜿蜒钻出……

女巫甲　　恭喜大元帅！麦克白，你终于下手了！
女巫乙　　贺喜大英雄！麦克白，您实现了最大的欲望！
女巫丙　　万岁！麦克白，明日之君王！
三女巫　　万岁！麦克白，明日之君王！
麦克白　　谁？是谁？你们这群丑陋的女巫，你们看见了什么，让我如此着慌？
三女巫　　看见了，我们都见证了您一剑穿心的辉煌！
麦克白　　什么？你们既然都看见了，看见了我一双血手、满是血浆，可怜君王，暴死在客房？哎，一不做二不休三不怕四不狂，宝剑是我刺，可全都是依从着你们的主张！数天前我班师回朝，是你们在阴森的密林，点燃我弑君的欲望；从此我日思夜想，失眠、抓狂、野心勃勃、血脉偾张。要说有罪，你们才是蓄谋策划的真正匪帮！
三女巫　　（怪诞瘆人的狂笑）唔啊哈哈哈！唔啊哈哈哈！
女巫甲　　麦克白，预言皆妄语，野心逞凶狂！

三女巫　　心比蛇蝎毒，剑比欲望长。权欲巅峰上，亡君换新王！
（又发出瘆人得意的狂笑）唔啊哈哈哈！唔啊哈哈哈！

〔三女巫在麦克白周围急速旋转、消失……时空迅速转换到了十天前的荒郊密林。麦克白独自一人在阴森的密林中跨马急奔……

〔密林中刮起了狂风，下起了暴雨，麦克白在风雨中迷失了方向……

麦克白　　十日前班师回朝，密林阵阵，风暴茫茫！胯下战马受惊，一骑绝尘，百般的癫狂！风似刀剑，恶鬼打墙！忽然，有人在唤我，让我瘆得慌！

三女巫　　（内喊）麦克白……大元帅……好君王……

麦克白　　呀，想这深林之中，漆漆黑黑，杳无行藏，却有吱吱呀呀，声声呼唤，若断若续，由弱到强，令我不寒而栗，一时间好无主张！哎！本主帅身经百战，杀人如麻，福星高照，神鬼昭彰，哪里会在乎这点小小的恐怖声响。再说那名号确凿，却怎生唤我君王？唉，想我麦克白在那刀光剑影的战场之上啊——

　　　　　（唱）身先士卒威力强，
　　　　　　　　凯歌高奏震四方。
　　　　　　　　英武勇猛敌胆战，
　　　　　　　　护国卫家帅旗扬。

麦克白　　来吧！来吧！何方妖孽，恐怖的东西，你们快快现身此地，看本帅手中的宝剑一举轻提……

〔三女巫在密林深处又依次飘然出现……

〔合：驾毒雾翱翔在妖雾里，

三姊妹朝飞暮返打游击。

美即丑恶丑即美，

白骨生肉红颜迷。

要使那野心膨胀弥天地，

要使那人妖颠倒是非混淆朝纲大乱，

乌烟瘴气谁能敌！

三女巫　（瘆人的阴笑）啊哈哈哈！哈哈嘻嘻！

〔三女巫纠缠在麦克白周围嬉笑。

麦克白　（厉声地）妖孽，走开！你们究竟是鬼是人，是活是死？为何形容如此枯瘦，举止如此怪异，叫声如此的诡秘？

女巫甲　万福，大元帅！我是你内心无限膨胀的野心。

女巫乙　万安，考特爵士！我是你内心蠢蠢欲动的欲望。

女巫丙　万岁，未来的君王！我是你内心朝思夜盼的梦呓，预知未来的仙女！

三女巫　祝福……祝福……祝福……

麦克白　且慢！你们这些闪烁其词的女贼，收起你们所谓的祝福，告诉我，你们到底是谁？

女巫甲　我们就是你！

女巫乙　你就是我们！

女巫丙　我们是永不分割的整体！

三女巫　对！永不分割的整体！

麦克白　什么？你们真是我内心深处的所思所虑？

三女巫　是的！

麦克白　　你们真能预知祸福,把上天的预言来传递?

三女巫　　是的!是的!是的!

麦克白　　不不不,尔等有诈!

三女巫　　无诈!

麦克白　　若是无诈,怎敢称我为考特爵士?要知道考特爵士现在还在,还有显赫的势力。至于尔等说我会做君王,那更是荒唐无稽。如今圣上犹在,谁敢与他为敌?

女巫甲　　麦大元帅,我等倾情相告,万不可泄露天机。考特爵士将失去生命,他的爵位将由君王转封于你!

麦克白　　啊,那是一人之下,万人之上的大爵位!

女巫乙　　还有更精彩的在后面,你天天思、夜夜想的,君临天下的皇冠,马上也会属于你。

三女巫　　对!属于你、属于你、属于你!

麦克白　　啊,除了爵位,还有皇冠?

女巫甲　　(唱)魑魅魍魉来相逢,

女巫乙　　(唱)预言祷告谁不从?

女巫丙　　(唱)说破谜底情义在——

女巫甲　　(唱)送终!

女巫乙
女巫丙　　(合唱)送终!

女巫甲　　(唱)弑君篡位做君王,

女巫乙　　(唱)浑身鲜血坐殿堂。

女巫丙　　(唱)一旦头颅落地上——

女巫甲　　(唱)泡汤!

女巫乙
女巫丙　　(合唱)泡汤!

〔三女巫在群魔乱舞中忽隐忽现，最后消失在云烟尽处……

麦克白 这群神奇的女巫——
（唱）来无影儿去无踪，
　　　一会发誓一会空。
　　　内心深处之向往，
　　　朝思暮想之美梦：
　　　老天爷呀，您在冥冥之中眷顾我，
　　　若让我做一代伟君王，
　　　我必建一世之奇功！

麦克白 （跳出闪回时空，面对观众述说）当我走出森林，班师开宴，神奇预言，马上兑现！考特爵士，果然应验，登上爵位，风度翩翩，万人之上，感觉……晕眩！怨只怨君王邓肯，加封储君，突然之间！王子马尔康，又横亘在我脖子上面。想那战场上无功无绩、何德何能的王子马尔康，却偏要衣钵相传，再续君权。而我麦克白为国家浴血奋战，保住天下，却要屈居在一个无用之才之下。怪不得封我爵士，爵士其实不值钱！当了君王，才能威风万千！天哪！我为何不能当储君？我为何不能握皇权？神仙女巫，早有预言，君临天下，定会实现！……且喜今日，邓肯君王，说要光临我城堡之间，这岂不是弑君夺位、政变翻身，天赐我最好的机缘？嘘，安静，且看我因时处变。

〔庄严的鼓乐渐渐奏响，麦克白隐身而下。
〔场景在音乐中转换到了麦克白庄园的古城堡中。
〔麦夫人上。

麦夫人 （唱）麦王府做夫人威风凛凛,

苏格兰孰比我国戚皇亲。

仆役如云勤伺候,

（夹白）昨天我让鞭打了十八位奴才——

奴才不打不成人!

宏大的府邸总嫌小,

（夹白）今日我给大管家说,地还得多占,房还得多造!

跑马圈地才称心。

自小来抓蛇的尾巴胡乱舞,

天生就女汉子壮志凌云。

奴家,麦克白元帅夫人是也。只因夫君征战,捷报频传,夫人我么,又是欢喜,又是生气。喜的是夫君骁勇,无人可敌;气的是那些王公贵族中,连那些从来不上战场的无用之才都封上了爵位,号称什么安国公、保国公……让我那耿直的夫君,心气难平,郁闷再三!

（接唱）夫君他前线杀敌功高盖主,

早应该封爵赐荫荫为储君!

邓肯王赏罚不明偏袒他人,

气得那立功元勋心寒意冷。

〔麦克白手捧凤冠霞帔上。

麦克白 夫人!

麦夫人 元帅!

麦克白 夫人,本帅战场平叛,功绩累累。皇上封俺为考特爵士。如今,这爵士夫人的凤冠霞帔……夫人你也该换上了!

麦夫人 （欣喜地披戴上凤冠霞帔）祝福你!我英勇无畏的考特

爵士！

麦克白 夫人，适才京城来报，今晚皇上要驾临府中，以示庆贺。这是皇上对你我的无上宠爱，还请夫人速速安排接驾！

麦夫人 妾身遵命！

麦克白 哦！夫人，不知为何，此番回转府邸，本帅总是心神不定，心中总是被那些个密林之中的女巫预言搅得辗转难眠，寝食不安。

麦夫人 伟大的葛莱密斯，尊贵的考特，征战回来数天，妾身知道，你一直被那神奇的预言苦苦缠绕，整日冥思苦想，形容也日渐消瘦，妾身甚是担忧！

麦克白 夫人，这神奇的预言不像是噩兆，可也不像是吉兆。假定它是恶兆，为什么一开始就用应验的预言来预示我未来的成功呢？你看，预言说我即将要升为考特爵士，未过数日，我果然升为考特爵士，这一切俱是按预言的启示来应验。可如果说它是吉兆，为什么我这内心中总是感觉有一丝不安的迹象？夫人哪！

（唱）密林之中遇女巫，
　　　获取灵异神预言，
　　　考特公爵已应验，
　　　皇位难道在眼前？

麦夫人 爵士呀！

（接唱）天大的喜事总相连，
　　　　攀龙附凤在眼前。
　　　　天生我才必有用，
　　　　君临天下梦成真！

哎呀爵士，我们麦家为何非要攀龙附凤，为何不能取而代之，自成龙凤？这邓肯王今日不是要光临麦府，与我等贺喜同乐么？爵士，你我一不做、二不休，举起乾坤剑，兑现神预言！

麦克白 举起乾坤剑，兑现神预言？夫人，言得甚是！
（唱）奇耻大辱诉不尽，

麦夫人 （唱）夫君言来洗耳听。

麦克白 （唱）同样是金枝玉叶帝王后，

麦夫人 （唱）为什么他是君来你为臣？

麦克白 （唱）若无我披肝沥胆刀枪见红杀敌制胜的男子汉，

麦夫人 （唱）哪有他坐景旁观气定神闲喝酒观花的太平君？

麦克白 （唱）巫女说我有封爵运，

麦夫人 （唱）定国公高位到家门。

麦克白 （唱）巫神道我有君王命，

麦夫人 （唱）子承父业他立储君。

麦克白 （唱）英雄到此悲难忍，

麦夫人 （唱）百年机遇好时辰。

麦克白 （唱）趁他们人仰马翻酒鬼梦，

麦夫人 （唱）看我家高墙大院警备森。

麦克白 （唱）倒不如，剑走偏锋临危思变铲除昏君唯我独尊，

麦夫人 （唱）搏一个，清平世界胜者为王强龙崛起的锦乾坤。

麦克白 （念）杀！

麦夫人 （念）杀！

麦克白 （唱）先下手为强，

麦夫人 （唱）后下手遭殃！

麦克白 （唱）量小非君子，

麦夫人 （唱）无毒不强梁！

麦克白	（唱）怎奈我嫡亲表弟是皇上……
麦夫人	（唱）这世上哪个帝王不把亲人伤？
麦克白	（唱）君王驾临我家庆辉煌，
	只怕杀了他名气不彰。
麦夫人	我的爵爷，你放宽心，放大胆，我们今晚一定要好好招待光临考特爵士城堡的尊贵客人。你可以把今晚的大事都交给我去办，凭此一举，我们今后就可以掌握君临天下的无上权威。
麦克白	夫人，我们……（有些犹豫）再……商议……商议。
麦夫人	坦然自若地抬起你的头，脸上变色最容易引起猜疑，今晚的事情一切都包在我身上。去吧，去吧，我的考特爵爷。去吧！

〔麦夫人轻轻狞笑着慢慢隐下。

麦克白	对！夫人说得对！坦然自若地抬起头，命运和神奇的力量已经把黄金的宝冠罩在我的头上，鼓起心中的勇气，抓住上天赐予我的机会吧！

〔欢快的迎宾乐曲奏响……

〔麦克白猛一转身，人物情绪瞬间跳出戏外，进入了自身独自述说的环境时空。

麦克白	哈哈哈！邓肯来了，他观赏了我城堡的景致，尝到了我丰盛的晚宴，受到了考特爵士夫人盛情的款待。他太兴奋了，喝得酩酊大醉，被扶进了我的客房。现在，该是我干的时候了。我如果一剑砍下去，就能够解决一切、完成一切、终结一切，那我也就顾不得那么多了！可是，他来这对我有

着双重的器重。第一，我是他的臣子，又是他的亲戚，按照名分，不该发生这样的事啊！这第二，他是我的主人，应当保佑他生命的安全。我怎么可以自己持剑行刺呢？

〔三女巫在后区上空出现。

女巫甲　斑猫已经叫过三声。
女巫乙　刺猬已经啼了四次。
女巫丙　怪鸟在鸣啸。
女巫甲　时候到了！
女巫乙　时候到了！
女巫丙　时候到了！
三女巫　时候到了！！！（三女巫隐去）
麦克白　哦不！邓肯本性仁慈，处理国事，从来没有过失，要是将他杀死，我从此就会在天下人面前落下一个弑君的重罪恶名。

〔三女巫又突然在后区上空出现。

女巫甲　怜悯，像一个赤身裸体在狂风中飘泊的婴儿，也像一个泄气而行的天鹰。
女巫乙　怜悯，将使你坚强的勇气丧失殆尽。
女巫丙　没有一种力量可以鞭策你的决心，只有跃跃欲试的野心。
女巫甲　麦克白，欲望在召唤你！
女巫乙　麦克白，皇权在召唤你！
女巫丙　麦克白，君临天下的金冠在召唤你！
女巫甲　时候到了！
女巫乙　时候到了！

女巫丙　　时候到了！

三女巫　　时候到了！（隐去）

麦克白　　不！不！不！面对着仁慈的邓肯，我……我下不了手！

〔麦克白痛苦地抱头蹲下。
〔麦夫人急上，递上锋利的宝剑。

麦夫人　　亲爱的考特，邓肯已经睡着了，你该动手了！

麦克白　　夫人，面对着仁慈的邓肯，我……我下不了手！

麦夫人　　你怎么突然像一只畏首畏尾的猫，你的行为让我瞬间抬不起头来！爵士，快鼓起你以往的勇气，趁着天赐的大好良机动手吧！

麦克白　　天赐的大好良机？对！动手！我们动……手……

〔三更鼓响。

麦克白　　（唱）鼓打三更悄无声，

麦夫人　　（唱）血剑之下换乾坤。

麦克白　　（唱）叩响地狱门，

麦夫人　　（唱）黑暗掩祸心。

麦克白　　（唱）狗不吠，

麦夫人　　（唱）鸡不鸣。

麦克白　　（唱）鼠躲藏，

麦夫人　　（唱）蛇隐身。

麦克白　　（唱）蹑步向前我胆战惊，

麦夫人　　（唱）熟睡的皇上似婴儿。

麦克白　　（又犹豫了）夫人，我们还是不要做这件事吧！邓肯王如今赐予我极大的尊荣，我也从众多人的口中获取了极大的美誉。如今，我的官宦之路已经闪烁出了璀璨的光芒，我不能这么快就将它给丢弃了！

麦夫人　难道你沉浸在自己心中的那些希望只是最后的妄想吗？你现在好像刚从一场睡梦中醒来，因为追悔自己的孟浪，而将自己的脸色吓得这样苍白。爵士，从今天起，我要把你的爱情看成同样靠不住的东西。

麦夫人　（唱）好时机稍纵即逝，

　　　　　　　恶命运猝不及防！

麦克白　（唱）我杀人如麻在战场，

　　　　　　　如今为何心发慌？

麦夫人　（唱）今生若是能生养，

　　　　　　　我敢把吃奶的婴儿甩出脑浆！

麦克白　（唱）是男人，

麦夫人　（唱）就得上！

麦克白　（唱）是女人，

麦夫人　（唱）要沾光！

〔五更鼓响。

麦克白　（唱）五更快到天将亮，

麦夫人　（唱）切莫辜负好时光！

麦克白　（唱）百年等到好机缘，

麦夫人　（唱）弑君夺位在今天。

麦克白　（唱）量小非君子，

麦夫人　（唱）无毒不安眠，

麦克白　（唱）皇帝轮到我麦家做，

麦夫人　（唱）皇后我趾高气扬……

两　　人　　（合唱）笑开花。

麦克白　　可夫人，我还是有点担忧，假如我们失败了——

麦夫人　　失败？只要你集中全部的勇气，我们决不会失败。邓肯赶了这一天辛苦的路程，一定睡得很熟；我已将他的那两个侍卫用酒灌醉，他们头脑昏沉，烂醉如泥，任何记忆都将化成一阵烟雾。我们把那毫无防备的邓肯一刀结果，再把这谋杀之罪推到他的两个醉酒的侍卫身上，一切天衣无缝，毫无破绽。要是我们再在那醉酒的侍卫身上涂抹上邓肯的血迹，众人皆会相信他们所干下的恶事！等邓肯的死讯传出之后，我们就假意装出号啕痛哭的样子，这样还有谁敢不相信乜？

麦克白　　夫人言之有理，我的决心已定，我要用全身的力量，去完成这惊人的举动。去吧，我亲爱的夫人，用你最美妙的外表把人们的耳目欺骗；奸诈的心必须罩上虚伪的笑脸。

麦夫人　　亲爱的考特，先镇定一下你的情绪。然后稳稳拿起你锋利的宝剑，向未来的预言坚定地走去，去实现你君临天下的愿望吧！去吧！去吧！去吧！（隐下）

麦克白　　好！成就梦想的机会就在眼前，我会拿出非凡的勇气。

〔三女巫瞬间闪出。

女巫甲　　坚定你心中的决心，麦克白，紧抓住锋利的宝剑。

女巫乙　　成功的道路就在眼前，麦克白，紧抓住锋利的宝剑。

女巫丙　　从天而降的机遇瞬间就会消失，麦克白，紧抓住锋利的宝剑。

麦克白　　对！紧紧抓住锋利的宝剑，紧紧抓住从天而降的机会，我已经看到成功的希望！

〔空中传来了震耳欲聋的教堂钟声,狂暴强劲的气氛音乐骤起,三女巫纠缠在麦克白身上分别露出狰狞的面目。

女巫甲 鼓起你的勇气,麦克白,这就是为邓肯敲响的丧钟。

女巫乙 举起你的宝剑,麦克白,光明的未来大道就在眼前。

女巫丙 打起你的精神,麦克白,神奇预言的应验就在眼前。

女巫甲 去吧!

女巫乙 去吧!

女巫丙 去吧!

三女巫 去吧!

麦克白 我去!就这么干!钟声在召唤着我,不要再犹豫了!邓肯!这就是你上天堂或者下地狱的丧钟!

〔钟声转换成一片凌乱的乱钟狂敲。
〔麦克白抖擞精神,拿起宝剑向邓肯下榻的房内冲去……
〔麦克白夫人在舞台的前区定点造型光中出现。

麦夫人 酒,把他们醉倒了,却提起了我的勇气;酒,浇熄了他们的馋焰,却燃起了我心头的烈火。听!不要响!这是夜枭的啼声,它正在鸣着丧钟,向人们道凄厉的晚安。我尊敬的爵士在那里动手了。门都开着,那两个醉饱了的侍卫用如雷般的鼾声代替了他们的守望;我曾经在他们的乳酒里放下了麻药,瞧他们熟睡的样子,简直分辨不出他们是活人还是死人。

〔麦克白惊慌失措地拖剑而上……

麦夫人 我还是担心他们会醒过来,这样就会坏了我们的大事。我刚才在邓肯熟睡的房前碰见了守护着他的大将班柯，我假装热情地拥抱他，却猛然从后面一刀捅死了他。原本我还想进去杀死君王。可他睡着的模样，真有点像我的父亲。我临阵怯场了，未敢丧尽我仅剩的一点天良，说到底还是我的气力不够了，狠心不强！

麦克白　　夫人，我已经把事情办妥了。哎，夫人，你刚才有没有听见什么声音？

麦夫人　　声音？没有啊！

麦克白　　我仿佛听见一个人在睡梦里大笑，还有一个人在喊："杀人啦！"他们把彼此都吵醒了。其中一个高喊："上帝保佑我们！"另一个在喊："阿门！"好像他们看见我高举这双杀人的血手似的。我躲在暗处，听着他们惊慌的口气，当他们说过了"上帝保佑我们"以后，又都睡着了。

麦夫人　　这是梦话，不要把它放在心上。

麦克白　　夫人，你听！我听见了，我听见了！有一个声音在喊："不要再睡了！不要再睡了！麦克白已经杀害了睡眠，那睡眠是把忧虑的乱丝编织起来的睡眠！"

麦夫人　　你怎么了？我的爵士。

麦克白　　你听！你听！那声音还在屋子里喊："不要再睡了！不要再睡了！葛莱密斯已经杀害了睡眠，所以考特将再也得不到睡眠，麦克白将再也得不到睡眠！"

麦夫人　　（厉声地）我的爵爷！您这样胡思乱想，是会损害您的健康的。去拿些水来，把您身上、手上的血迹洗净。您怎么把我特意放着的这两把刀也带来了？它们应该放在那边。快，把它们拿回去，再涂一些邓肯的血在那两个熟睡的侍卫身上。

麦克白　　我不想再去了；我不敢再回想刚才所干的事，更没有胆量再去看那场景一眼。

麦夫人　　意志动摇的人！把刀给我。睡着的人和死了的人不过和画像一样；只有小儿的眼睛才会害怕画中的魔鬼。要是他还流着血，我就把它涂在那两个侍卫的脸上；因为我们必须让人家瞧着是这两个侍卫造成的罪恶。（急下）

〔突然，屋外猛烈的敲门声一阵阵传来。

麦克白　　啊！这敲门声是从什么地方传来的？我怎么了？我这是怎么了？一点点敲门声都会让我吓得心惊肉跳？啊！血！血！这是什么手？嘿嘿！这些血迹，它们是那样狰狞地看着我，好像要挖出我的眼睛。这大洋深处所有的水，能够洗净我这手上的血迹吗？不，恐怕我这一手的血，倒要把一碧无垠的海水，染成一片殷红了呢。（注：麦克白这个地方的念白可以改成独唱，写得好的话会是一段载歌载舞很精彩的京剧"独角戏"的表演戏段。）

〔麦夫人处理完事情，复上。
〔鸡鸣声又起。

麦夫人　　君王虽死，储君未亡。

麦克白　　（恍惚地）哦！储君未亡。

麦夫人　　不如策马穷追，杀死王子马尔康和小王子殿下！

麦克白　　（惊恐地）杀死王子马尔康和小王子殿下！

麦夫人　　我们再摆下一道鸿门宴，请皇储们前来赴宴……

麦克白　　（迷茫地）请皇储们前来赴宴……

麦夫人　　酒过三巡，动起刀枪。

麦克白　　对对对，斩草除根，不留后患！

麦夫人　　把皇家满门杀他个精光！

麦克白　　（猛然脸上变异）对！杀他个精光！

麦夫人　　哈哈哈！

麦克白　　（变异地）哈哈哈！

〔麦夫人转身隐下。

〔麦克白也慢慢转身，走向观众，跳出戏外，转入了自身的独自述说情景空间。

麦克白　　皇上虽死，可马尔康和小王子殿下却逃脱异乡。为杀储君我寻遍四海、走遍天涯，但可惜只斩杀了小王子，狡猾的马尔康在我的剑下逃亡了。我四处搜捕于他，只恨手下之人把消息泄露，几次未能如愿。本人登基在即，只得暂且罢手！

（唱）紧跟踪逃亡人形迹不见，

　　　欲追杀又恐怕狗急跳墙残喘苟延。

　　　须保平安命，

　　　登基在眼前。

　　　待等那新朝开国蔚大典，

　　　云开待日出，河清复海晏，

　　　到那时，我再把那乱臣贼子尽收罗网一举全歼。

〔三女巫出现。

三女巫　　拜见君王！

麦克白　　我是君王？

三女巫　　你是君王！

麦克白　　哦！对对对！我是君王！我是君王！我是即将登基、君临天下的皇上！嗳！那我的皇后呢？

〔麦夫人一身皇后打扮上。

麦夫人　　我在这里，我尊贵的皇上，金光闪耀的宝座已经等候您多时了，您若再不登基，那可要耽误大好的加冕时光了！（向两旁挥手）

〔号角声四起，三女巫抬上金光璀璨的龙椅。

三女巫　　君王、王后，请上座。

〔舞台中央，一束闪亮的定点造型光中，金黄色的九龙皇椅显得格外的金光闪烁，麦克白和麦夫人遥望着朝思暮想的"皇椅"，两眼喷发出了极尽贪婪的目光。

麦克白　　（唱）万千衣冠齐拜伏，
麦夫人　　（唱）君临天下权显赫。
麦克白　　（唱）梦中黄粱终兑现，
麦夫人　　（唱）得意开怀饮玉壶。
麦克白　　（唱）龙椅天生为我筑，
麦夫人　　（唱）琼浆注定为王留。
麦克白　　（唱）夫唱妇随掌乾坤，
麦夫人　　（唱）万里江山归我统！

（这段男女声二重唱是一段夫妻俩围绕着"皇椅"连唱带做的感情戏，抒情、柔美。两个人会利用"皇椅"这一道具上上下下、高低起伏、大开大合、"钻、滚、站、躺"，展现出京剧双人椅子功、椅子造型和椅子技巧的很多唯美、

　　　　　　　独特的画面。）
三女巫　　我们的君王啊——
女巫甲　　（唱）登基即刻办盛宴，
女巫乙　　（唱）提防敌兵遮云天。
女巫丙　　（唱）勃南森林莫靠近，
三女巫　　（唱）那是催命的长枪利剑与钢鞭！
麦克白　　好！王后，我们分头置办！

　　　　　〔麦克白、麦夫人两边隐下。
　　　　　〔三女巫得意狂舞。

三女巫　　（狂笑介）哈哈哈……
女巫甲　　（唱）皇上登基心欢畅，
女巫乙
女巫丙　　（唱）我们心欢畅。
女巫甲　　（唱）麦氏朝廷新开张，
女巫乙
女巫丙　　（唱）朝廷新开张。
女巫甲　　（唱）龙位归皇上，
女巫乙
女巫丙　　（唱）夫人成娘娘。
女巫甲　　（唱）好酒饮十缸，
女巫乙　　（唱）夫妻登华堂！
女巫甲　　（唱）预言终实现，
三女巫　　（唱）梦想成佳话。
女巫丙　　（唱）仪仗伴左右，
三女巫　　（唱）社稷归麦家！

〔麦克白、麦夫人身着龙袍、霞帔两边上,春风得意地分别站立于两旁定点造型光中。

三女巫　请新皇登基,入坐龙椅!

〔内"效果人声":吾皇万岁!万岁!万万岁!
〔麦克白和麦夫人在欢快的音乐声与欢呼声中走向高高在上的龙椅……

麦夫人　(唱)劝君王坐龙椅皇威浩荡,
　　　　　　微臣等仰天颜日月齐光。

〔麦克白和麦夫人相互敬酒畅饮……

麦克白　(唱)蒙上天赐预言梦想成真,
　　　　　　好男儿痛下手才得天地。
　　　　　　酒过三巡眼迷离,
麦夫人　(唱)把盏扶君心欢庆。
麦克白　(唱)猛然眼前黑影现,
麦夫人　(唱)醉眼蒙眬兴致尽。

（两人披上龙凤超长披风,你敬我喝,推杯换盏,把这对贼夫妻双双得意、欢喜的心情运用京剧的唱做鲜明地展现出来。）

〔三位女巫转变成鬼魂黑影在麦克白面前飘飞而过……
〔麦克白停住脚步,目光搜寻忽隐忽现的黑影……
〔突然,龙椅背后,由女巫甲瞬间转换的"邓肯鬼魂"持剑出现在麦克白眼前。

麦克白　　（唱）猛见得邓肯的鬼魂持剑在上，
　　　　　　　　吓得我战兢兢无有主张。
　　　　　　　　有意向前坐龙椅，
　　　　　　　　无计驱鬼心慌张。

　　　　　〔内"效果人声"：皇上登基，稳坐龙椅，皇上登基，稳坐龙椅！

麦夫人　　皇上，你看，下面的文武群臣都在祝贺你登上龙座。
　　　　　（唱）劝夫君走上前大模大样，
　　　　　　　　切莫要优柔寡断贻笑大方。

麦克白　　啊不！邓肯！邓肯！
　　　　　（唱）啊呀吓……
　　　　　　　　吓得我魂飞魄散无处可逃，
　　　　　　　　权迷心窍必遭后报。
　　　　　　　　血染的王冠岂能随抛？
　　　　　　　　拼着命要把龙位抢到！

　　　　　〔麦克白跨步向前，拔出宝剑，与自己意识之中的"邓肯鬼魂"做殊死搏斗……
　　　　　〔内"效果人声"：皇上疯了！皇上疯了！

麦夫人　　噤声！下面休得喧哗，皇上没有疯，皇上要坐上龙椅！
麦克白　　（神智昏乱状）皇上！你……你……你休来缠我哇！吃我一剑！

　　　　　〔麦克白一剑刺去，一缕青烟，女巫甲转变的"邓肯鬼魂"在麦克白眼前消失。
　　　　　〔舞台前区，女巫乙转变的"班柯鬼魂"又突然出现……

麦夫人　　（惊吓）啊！班柯！班柯！
麦克白　　（发现，更加惊慌失措）班柯休走！且吃我一剑！
　　　　　（麦克白举剑猛然向"班柯鬼魂"刺去。"班柯鬼魂"避开利剑，转身扑向麦夫人。）
麦夫人　　（惊恐万分，跌倒在地）啊！皇上救我！皇上救我！
麦克白　　（唱）拔剑向天镇邪魔，
　　　　　　　　怎奈我心慌意衰神智缥缈。
　　　　　　　　咬牙切齿强提劲，
　　　　　　　　救皇后驱魍魉再显神武！
　　　　　（高高举起宝剑，凶狠地反手一剑刺去……）
女巫乙　　（一声惊叫）啊……
　　　　　（女巫乙转变的"班柯鬼魂"被刺中倒地，在青烟中消失。）

〔麦克白神情恍惚地拖剑坐上龙椅，脚底下又钻出女巫丙转变的"小王子鬼魂"，吓得麦克白滚下龙椅，拔剑乱刺……"小王子鬼魂"又随之迅速消失……

〔麦夫人关切地迎上前去，不料麦克白把麦夫人当做了班柯，也拔剑刺去。麦夫人急忙躲开，三女巫转变的三个"鬼魂"紧紧围绕着麦克白、麦夫人疯狂地旋转，麦克白夫妇慌乱不已，漫天嘶叫乱砍……

麦夫人　　（神智错乱地厉声大喊）皇上！

〔场上瞬间定格静止，三个"意识流中的鬼魂"随烟雾消失……

麦夫人　　（神经质的嘴里不停地念叨）班柯，饶了我吧！饶了我吧！
麦克白　　皇后，血！血！你的手上都是血迹，快洗净它，快洗净它！

麦夫人　　血？（下意识地擦手）血！（脑子混乱）血！啊！都是血呀！

麦克白　　鲜血，刀上有血，手上有血，身上有血，哈哈！哈哈！洗不尽，难躲藏！哈哈！哈哈！（疯笑着趴下）

麦夫人　　鲜血，心头有血，眼睛滴血，浑身锸血，血泊中，成君王！不行，我如今是皇后，手上不能有血迹，我要擦干它，我要擦净它，我要擦去它……（神经质般地擦手、洗手……）
（唱）满手的鲜血洗不净，
　　　我是欲收难收欲罢不能。
　　　刺老王杀太子暗害班柯，
　　　为王位将所有凶事做尽。
　　　夫妻俩夜夜噩梦鬼缠人，
　　　满手的鲜血……
　　　哎呀难……
　　　哎呀难……
　　　哎呀难、难、难、难洗清。

〔麦克白慢慢转过身来。

麦克白　　皇后！

麦夫人　　我怕……

〔俩人害怕地相拥在一起。

麦夫人　　（唱）血手难掩罪千般，
　　　　　　阴风冷雨揪心寒。
　　　　　　这黄金宝殿光璀璨……

麦克白　　皇后，我也怕！我也怕呀！

麦夫人　　（唱）魂似游丝留命难！

〔麦夫人惊恐疯癫，倒地而亡。

麦克白　　啊呀！皇后！
　　　　　（唱）见皇后命归西双目紧闭，
　　　　　　　　恨苍天怨鬼将我逼。
　　　　　　　　风刀霜剑俱来袭，
　　　　　　　　外患内忧相煎急。
　　　　　　　　悔不该预言三则信为真，
　　　　　　　　悔不该心生贪欲成恶人。
　　　　　　　　悔不该忘恩负义害君王，
　　　　　　　　悔不该突生杀机斩忠臣。
　　　　　　　　一失足成千古恨，
　　　　　　　　身败名裂心不宁！

〔内报：报……启禀皇上，大事不好！麦克德、马尔康率领征讨大军杀将过来，将皇城团团围住！

麦克白　　区区混杂之军，何做之虑，来得好！我麦克白一剑能顶他百万之兵！（狂笑）

〔内报：报……启禀皇上，"征讨大军"头顶树枝，似森林移动，神速般攻破城池，我军纷纷反戈投降，归顺那"征讨大军"！

麦克白　　啊！移动的森林原来如此？贪命的小人历来摇摆不定。有本事攻进这坚实的皇宫来，我麦克白等着你们……等着你们……

〔内报：报……启禀皇上，征讨大军已紧紧围住皇宫，万箭已待，要诛杀弑君反贼麦克白！

麦克白 （凄笑介）哈哈！哈哈！哈哈哈！来吧，麦克德！来吧！马尔康！来吧来吧！你们这些所谓的征讨弑君贼孽的大军！我麦克白，千古名将，一方霸主，我做我想做的事，我当我想当的王！不管怎样，我的预言、我的欲望、我的梦想都已实现，今日纵然万箭齐发，千刀齐砍，我也无怨无悔！

〔强悍的音乐骤起，麦克白整整龙袍，戴正皇冠，转身抱起自己心爱的皇后，踉跄着向舞台尽处凄然地走去……走去……

〔三女巫后区上，伏地簇拥在高处站立的麦克白脚下。

〔收光。

〔剧终〕

（2015年国家艺术基金资助项目）

大型古装赣剧

红珠记

编剧：谢柏梁、杨锐

（本剧部分情节源于《红楼梦》）

人物表：

赵佳姝　　定国公赵府长孙女，后封凤藻宫尚书，贤德王妃（青衣）

李舜卿　　开国公孙子，皇上侄子，安西郡王（小生）

赵家宝　　赵佳姝之弟，赵府长孙（娃娃生）

孙黛云　　赵家宝姑表妹（闺门旦）

钱金钗　　赵家宝姨表姐（彩旦）

赵肃政　　佳姝之父（老生）

王夫人　　佳姝之母（老旦）

抱　琴　　佳姝贴身婢女（贴旦）

皇　帝　　安西郡王之叔父（花脸）

夏公公　　太监（丑）

众宫女、太监、丫环、仆役等

第一场　还珠定情

〔芒种节。定国公赵府后院。

〔合唱：郡王娇蕊金銮放，榴花开处照官闱。
　　　　三春好景朱颜黯，红麝香珠映翠微，映翠微。

〔沁芳亭畔姹紫嫣红，石榴花盛开。

〔孙黛云、钱金钗姐妹俩来到院中戏耍。

钱金钗　黛云妹妹，咱们快走啊。今日个赵府摆筵席，演昆曲，听说连皇上的侄子舜卿小王爷也来听戏啦。

孙黛云　我们又不要当王妃、做娘娘，要去你去吧。

钱金钗　皇后娘娘，望断肝肠。你我不配，天各一方。我们家呀，只有佳姝大姐姐能做王妃、当娘娘。

孙黛云　为什么？

钱金钗　佳姝姐姐不是正月初一出生的吗？凤凰非凡鸟，元旦偏赶早，赶早就赶巧，赶早就赶好！

孙黛云　喔，依你之见，佳姝姐姐不当王妃，就当娘娘？

〔赵家宝从树上跳下来。

赵家宝　王妃？我知道，我知道，我娥皇姐姐与小王爷青梅竹马……

孙黛云　哎呀，冷不丁跳下来，吓死人了。

钱金钗　本娇娘也给你吓晕了。你赔我的情感损失，宝兄弟亲一个，抱一个嘛。

孙黛云　真矫情！

赵家宝　别闹。就连当今皇上，也是舜卿王爷的叔父。要是我姐姐与他成亲，岂不是天作之合？

孙黛云　愿得一心人，白首不相离。你们在背后编排佳姝姐姐，看我不去告诉她。

钱金钗　好你个小样的，敢情您是来自诺奖得主莫言的家乡——高密（告密）啊！

孙黛云　（哭泣）你欺负人，你骂我是告密人！

赵家宝　（生气）金钗，你可别欺负我的黛云妹妹！

钱金钗　好啦，好啦，她是你的妹妹，我是你的姐姐，我们姐妹两人，一边一个，伺候家宝兄弟看戏去啊。

〔二人分别拉着家宝的胳膊下。

〔鸟雀齐鸣，彩蝶飞舞，佳姝行走在花丛中。隐隐传来"原来姹紫嫣红开遍，似这般都付与断井颓垣"。

赵佳姝　（叹息）多美的石榴花啊，

（唱）石榴花开一丛丛，

遍花心晶莹剔透粒粒鲜红。

安西王府连赵府，

自小双骑马，梦中对芙蓉。

盼相逢，愿相逢，今相逢，

顾盼难语影朦胧，

尽在不言中。

凭栏更觉人隔远，

唯有在沁芳亭内觅影踪。

当年的麝珠今何在，

遗珠之憾，雨泣春风，目断飞雁，再难过从。

轻叹息，赏心乐事谁家院，

依稀见，莲花湖畔水流空。

〔佳姝凭栏假寐。

〔李舜卿觅芳寻踪,看到佳姝,惊喜莫名。

李舜卿　刹那间不见佳姝倩影,原来她却在这里寻梦啊!

（唱）似梦非梦石榴绯红,

　　　如花非花梦卧芳丛。

　　　经年未曾见,当值在皇宫;

　　　女大十八变,蟾宫美芙蓉。

　　　一瞥惊鸿,目光闪,仙女下凡自不同;

　　　方寸大乱,难从容,莫非误入天堂中?

〔舜卿走近佳姝,惊慌中将她的洒金扇碰落在地。佳姝惊醒,舜卿还扇。

赵佳姝　呀,

（唱）束发银冠白蟒,面如满月亮堂;

　　　常在梦中见贤王,怪他痴狂,怪我痴狂。

李舜卿　（携手,唱）生性贤淑端庄,端雅秋兰披霜。

　　　　　　冰清玉润花解语,霞映仙塘,人在心房。

赵佳姝　（惊醒）舜卿,不,不,安西王爷,万福（欲行大礼）。

李舜卿　（情不自禁,欲上前拥抱）佳姝好妹妹……

赵佳姝　（阻止）王爷,佳姝素闻家父教诲,翰墨诗书之族,不能疏于礼仪。

李舜卿　唉,这就是钟鸣鼎食之家,翰墨诗书之族的大大不幸。安富尊荣,崇书尚礼,路不能多行,话不能多说,礼不能疏忽。你说苦是不苦,累是不累?

〔佳姝哑然失笑。

李舜卿　　你笑什么？

赵佳姝　　你刚才说的话，与我那不省事的弟弟，却是异曲同工。

李舜卿　　家宝弟弟本色自然，率性而为，舜卿我早有所闻。

赵佳姝　　是啊，家宝弟弟是我们赵府上下的命根子。

李舜卿　　（含笑）除了家宝弟弟，还有您自己的命根子呢？

赵佳姝　　我的命根子？只因我自小性喜石榴……

李舜卿　　石榴结子，晶莹剔透，红心颗颗，便有若红麝香珠一般……

赵佳姝　　故而我那已然升天的老祖母，在我出生之日，便送我一串红麝香珠。这串香珠啊，原本为先皇所赐，老祖父当年将其送我祖母，以为定情之物……

李舜卿　　这香珠如此珍贵，只可惜大前年，你在我家划船时，将此物掉进湖中！

赵佳姝　　啊呀王爷啊——

　　　　　（唱）记得当日初见时，莲蕊小舟涟漪。

李舜卿　　（唱）船头共嬉戏，欢乐无限极。

赵佳姝　　（唱）忽然摇晃沉湖底，挣扎束缚罗衣。

李舜卿　　（唱）欲哭偏呛水，偶尔露悲啼。

赵佳姝　　（唱）蒙王爷纵身一跃来相救，托举我婵娟昏迷。

李舜卿　　（唱）幸喜得千金之躯无大碍，却丢失香珠粒粒！

赵佳姝　　（唱）奴身犹在，命根无凭依！

　　　　　情急无奈放悲啼，珠失人在何益，泪花涨湖池。

李舜卿　　（唱）娇妹惨凄，再入碧琉璃。

　　　　　潜水憋气无处觅，水天茫茫无极，痛悔嗟何及！

赵佳姝　　凭谁拉你，你都不肯上岸。

李舜卿　　找不到红麝香珠，怎与妹妹报得消息？

赵佳姝　　那时节，是你父王，命令家人，将你强行抱到岸上……

李舜卿	也是你父亲将你塞到车上，迅速转道赵府……
赵佳姝	听说你还为此受了风寒，大病了一场。
李舜卿	我是病了一场，那是因为找不到你的命根子给急的！
赵佳姝	哎，得而复失，来来去去，原是无缘啊。
李舜卿	嗯，失而复得，去去来来，你我原本有缘啊！（取出红麝珠，郑重奉上）
赵佳姝	（接住，惊喜）红麝香珠！你是怎么找到的？
李舜卿	（得意）这有何难，是我命阖府家丁花了七天七夜，挡住了河道，抽干了湖水。那时节，我脱了紫玉的帽子、绣蟒的袍子、皮革的靴子、锦绣的袜子，赤着脚儿、猴着背儿、弯着腰儿、踩着泥儿，在莲花池中千寻万找、万苦千辛给捞出来的！
赵佳姝	既然如此，却为何不早还给我啊？
李舜卿	唉，皇叔让我宫中陪伴，哪有出宫之时啊。今日出宫，方可物归原主……

〔舜卿给佳姝佩戴红麝珠。

〔佳姝闪开，接过红麝珠，自己戴上，欢快地兜起圈子来。

赵佳姝	如今既然找到我的命根子，
李舜卿	可却失落了我的命根子！从我找到红麝香珠之后，就天天戴着它、枕着它、抚摸着它……
赵佳姝	（又羞又恼）你是安西王爷，皇亲国戚，竟然讲这些轻薄之话。
李舜卿	（正色）舜卿并非轻薄之人。
赵佳姝	可是钟鸣鼎食之府，女儿家身不由己啊……
李舜卿	天地为证，绝无戏言。舜卿立刻禀明令尊，择日登门求亲。

〔两人携手走向远方。
〔合唱：莲花湖畔旧梦，遗珠还珠情更浓；
　　　　黄蕊绿荷彩虹，麝珠石榴相映红。
〔幕落。

第二场　惊变选秀

〔森严的赵府抱月堂弥漫着罕见的生气，古瓶中的石榴花更增添一丝暖意。
〔赵府的决策人赵肃政、王夫人等上。

王夫人　时近正午，安西王爷的提亲人等，怎么还没有来？难不成有甚变故？

赵肃政　夫人不必惊慌，谅必即刻就到。

王夫人　说到娴静端庄，豁达大度，就数我佳妹丫头。如今皇上的亲侄子又来求亲——

（唱）佳妹儿自幼儿禀性温顺，
　　　敬尊长惜弟妹至善至情。
　　　今日王府喜联姻，皇族攀姻亲，
　　　好风送她上青云，天地皆温馨。

赵肃政　赵府威武百载，如今吃着老本，仕途不振，家宝年幼，就靠长女她了。

〔家人匆匆上。

家　人　禀老爷，安西王爷的求亲人等到了。

赵肃政	快快有请。

〔家人领安西王一行上。鼓乐声中,赵肃政、王夫人都兴奋地起身恭迎。

李舜卿	舜卿奉父母之命,免媒妁之言,依王府旧制,纳彩礼百千,当面求亲,以证前缘!
赵肃政	贤王枉驾求亲,赵府三生有幸。不必多礼,不必多礼啊。
家　人	报,宫内大总管夏公公到!
赵肃政	快快有请啊!(诧异)安西王爷登门求亲,因何惊动了宫内总管?
王夫人	(喜形于色)莫非王爷已求得皇上亲自赐婚?

〔宫内总管夏公公上。

夏公公	恭喜赵府,贺喜赵府,啊哟,皇侄安西王小王爷,您也幸会啊!
李舜卿	本王好久未见公公,想不到竟会在赵府不期而遇。
夏公公	看小王爷满面春风,谅必是……
李舜卿	夏公公也是春风满面呀,谅必是……
夏公公	登门道喜来的呀!
李舜卿	同喜,同喜。
赵肃政	贤王爷、夏公公光临寒舍,真是蓬荜生辉。请坐,奉茶!
夏公公	赵府张灯结彩,鼓乐齐鸣,难道政老爷早就闻知喜事盈门吗?
赵肃政	阖府人等早就恭候安西贤王光临,又逢公公大驾亲至,势必礼乐相迎。
夏公公	皇上命我宣读圣旨,以示恩宠。
李舜卿	(喜)传圣旨,示恩宠,莫非皇上他愿意玉成好事?

〔众人跪下。

夏公公　奉天承运皇帝诏曰：朕闻定国公之孙、赵肃政之女佳姝贤孝端淑，才德超群，钦点入宫为女史，当值凤藻宫，钦此。谢恩啦。

〔平地一串惊雷，众人皆未回过神来，抱月堂鸦雀无声。

赵肃政　（欣喜若狂，接旨）皇恩浩荡，赵府感恩戴德，接旨谢恩啦。
李舜卿　（失魂落魄）佳姝小姐才选凤藻宫？
夏公公　（奇怪）是啊！难道小王爷不是特为此事前来贺喜？
李舜卿　（有口难言）我……我……我皇叔怎么从来未曾对我提过此事？
夏公公　（紧逼）皇上的恩宠，瞬息万变，小王爷难道今天不是贺喜之人？

〔李舜卿已感天旋地转，心被撕裂。王夫人体贴地扶住舜卿。

李舜卿　啊，我今天当然成了道喜之人，贺喜之人！
　　　　（唱）原以为，皇上赐婚示恩宠；
　　　　　　　为什么，命运把人苦捉弄？
夏公公　（唱）赵娥皇才选凤藻宫，全赖先辈功，
　　　　　　　小王爷神色突变化，莫非有苦衷？
王夫人　（唱）养女如凤配金龙，
赵肃政　（唱）王府怎可比皇宫？
王夫人　（唱）怕只怕小王爷心事太重，
赵肃政　（唱）顺水推舟装哑聋。
夏公公　政老爷，如今阖府恩泽满门，可否请令公主出堂……谢恩？

赵肃政　　理应如此,呼唤佳姝出堂谢恩啊。

王夫人　　(观察舜卿,怕生变故)且慢,只恐女儿今日身子不爽,不能出来当面谢恩,还请公公恕罪。

李舜卿　　既是佳姝小姐病了,那入宫之事也就缓议了罢。

夏公公　　万岁已传圣旨,岂是儿戏不成?

李舜卿　　夏公公,莫怪舜卿唐突。小王今日前来,原是为了佳……

赵肃政　　(急转话头)佳姝就来啦,就来啦!(高声)佳姝我儿,快快出来谢恩啊!

赵佳姝　　来啦!(内唱)与王爷青梅竹马情意绵长,

〔赵佳姝由抱琴相伴,上。

赵佳姝　　(接唱)今日定亲喜气扬。
　　　　　　　　这些天食不甘味睡不香,
　　　　　　　　事到如今遂心肠。
　　　　　　　　想那日莲花湖内相依相傍,
　　　　　　　　生生死死无主张。
　　　　　　　　似听得两人的心鼓咚咚跳,
　　　　　　　　甜蜜蜜羞答答又喜又慌……
　　　　　　　　似闻到红麝珠上的少年味,
　　　　　　　　有时淡有时浓滋味久长……

夏公公　　赵女史叩谢皇恩呐。

赵佳姝　　佳姝拜谢皇恩啦。谢公公辛苦,祝王爷吉祥。

夏公公　　恭喜赵府的佳姝大小姐被圣上钦点为凤藻宫女史,择日进宫伴驾啊!

赵佳姝　　这,这,夏公公,安西王爷,我拜托你们,倒是给我说明白,这是唱的哪一出戏啊?

赵肃政	佳姝，我的好女儿、女史、娘娘！今日之事，乃皇家之命！
王夫人	（轻声）好闺女，君命不可违，你从也得从，不从也得从啊！
赵肃政	肃政再次谢过王爷与公公！（伏拜叩头）
李舜卿	（痛楚万分）谢，谢些什么啊！
	（唱）一声谢字椎心痛，羞愧万分无地容，惊魂落九重。
赵佳姝	（唱）恨天无环地无缝，似履剑林坠刀丛，船遇打头风。
李舜卿	（唱）皇叔六十你十六，
赵佳姝	（唱）爷爷孙女一般同。
李舜卿	（唱）原以为小王爷唤雨呼风，叹奈何君命犹若泰山重。
赵佳姝	（唱）刹那间揉碎了女儿芳心，冷不丁惊破了佳姝美梦。
李舜卿	（唱）佳姝啊，我纵身可跳莲湖水，你孤身怎入凤藻宫？
赵佳姝	（唱）舜卿啊，你拾珠还珠又何苦，再不能年年笑看石榴红。
李舜卿	当今之计——
赵佳姝	王爷上本啊。
李舜卿	我是三生有约，今天先下聘礼。
赵佳姝	皇上他有所不知，后来总是无凭。
李舜卿	这个，事关皇上自身，这道本如何上得赢啊！
赵佳姝	啊呀，王爷啊！
	（唱）你忍心，自己的妻子拱手送，就在一念中？
	你忍心，豆蔻女去伴白发翁，夜夜陪九重？
	倒不如，今夜合欢共鸳梦，
	到明朝，纵死天牢花也红！
李舜卿	天哪，佳姝你哪知我那皇叔的脾气，他看中的女人，卧榻之侧岂容他人染指？罢罢罢，我们拼死上本去也。拿笔来！
赵肃政	王爷要笔何用？尚乞自重！
赵佳姝	父亲、母亲，你们不要把女儿往火坑里推呀！

王夫人　　女儿，当今之计，哪怕是为了拯救安西王，你也得入宫伴驾啊！若再任性，你妈妈这白发之人也给你跪下了！（下跪）

赵肃政　　为父也给你跪下了！（同跪）

赵佳姝　　父亲、母亲，你们生我养我，怎可跪我？罢罢罢，我……我……我从了，我入宫伴驾还不成？（下跪）

〔安西王也跪下来。

〔赵家宝、孙黛云、钱金钗上。

赵家宝　　我不要大姐姐入宫，不要姐姐入宫！

赵佳姝　　（爆发地）家宝兄弟！你好不通情理呀！你姐姐选秀入宫，荣宗耀祖，你哭些什么！（抽泣）

赵肃政　　（怒）顽劣孩童，不懂礼仪，快快轰了出去！

钱金钗　　遵命。牛皮哄哄，一西一东。左拥右抱，把公子架空。黛云，咱们倒是下手啊。

〔家宝被金钗、黛云扶下去。

李舜卿　　老祖宗，夏公公，舜卿我也该告辞了。

夏公公　　（突然）王爷，请留步。

李舜卿　　（冷冷地）夏公公，有何赐教？

夏公公　　（微笑）定国公功高盖世，万岁不忘功臣。故八月十五日赵女史进宫之期，请小王爷亲自迎她进宫，以示恩宠。

赵肃政　　（急）可不敢惊动王爷。

夏公公　　小王爷若是不愿，我可回宫复旨。

李舜卿　　（忍无可忍）我迎与不迎，自当将真情奏明皇叔，不劳旁人费心。

王 夫 人　　（镇静地）小王爷，赵府与贵府乃几代世交，你又与娥皇有兄妹之情……

赵 佳 姝　　（痛彻肝肠）若是王爷能迎我进宫，非但娥皇铭感五内，赵府皆感恩戴德。

李 舜 卿　　（悲凉）感什么德，谢什么恩啊！

　　　　　　（唱）安王妃变作赵女史，

　　　　　　　　　夫妻情转成兄妹情。

　　　　　　　　　红麝珠从外到内皆是心血染，

　　　　　　　　　恨只恨求亲人却变成送亲人。

夏 公 公　　王爷长进了。

〔安西王伏地大哭。王夫人、赵佳姝搀扶安西王起来。

〔合唱：从今后，相约魂里梦中；

　　　　　从今后，不计春夏秋冬；

　　　　　从今后，但饮药酒苦酒；

　　　　　从今后，怕看花红珠红。

〔切光。

第三场　迎亲赠珠

〔迎亲车辇在赵府外一字排开。

执事太监　　诸礼已毕，赵女史上轿者！

抱　　琴　　就来啦，我们在门前撒花雨，步花道，恭请女史娘娘上轿。

钱金钗　　喜鹊喳喳叫，新娘偷偷笑。男人打光棍，不少。女的有人要，抱抱。老话说：上轿上轿，心慌气躁。听好记好，拉屎拉尿。如若不然，胀了尿脬。

孙黛云　　大姐姐今日盛装出阁，打扮得越发的美也！

　　　　　（唱）出没花间兮，宜喜宜嗔，

　　　　　　　　徘徊池上兮，若飞若扬；

　　　　　　　　蛾眉颦笑兮，似云似水，

　　　　　　　　轻移莲步兮，亦幽亦香，亦幽亦香。

王夫人　　依我看来，咱们大女儿，真是天生的美人坯子。皇上的眼光啊，没错！

赵家宝　　美人坯子有什么好？还不是要做什么王妃娘娘。最终留下我一个孤独鬼。

赵肃政　　家宝休得胡说，看我不打烂你的屁股！

赵家宝　　妈妈，老爸他又要打我！

王夫人　　喂，公众场合，皇上的岳丈，可要注意形象。

赵肃政　　嗨，注意公众形象。便宜了这小孽障啊。

众　人　　恭请娘娘上轿！

轿　夫　　起轿啦！

　　　　〔合唱：喜滋滋坐上了王妃大轿，

　　　　　　　　乐陶陶盖上了新娘头罩，

　　　　　　　　山一程来水一程，

　　　　　　　　颠一颠来摇一摇，

　　　　　　　　哎呀呀，猛不丁一个急刹车，

　　　　　　　　可当心闪了美人腰、闪了美人腰。

　　　　〔安西王纵马上。

执事太监　　皇上御赐迎亲大臣安西王爷在此,赵府家眷退后,奉旨起驾啦。

李 舜 卿　　奉旨起驾啦!

(唱)自古来车马迎亲成佳偶,

今日里扬鞭奋蹄奉玉人。

情未断缘已尽苦味阵阵,

人未老心已灰触目惊魂。

赵 佳 姝　　(内唱)一声上轿心如焚,

〔佳姝由抱琴扶上。

赵 佳 姝　　(接唱)百感交集我难呐,难出门。

皇宫一入深似海,

上错了花桥心也疼,心也疼!

〔赵家宝甩脱众人,奔上前去,紧紧拉着姐姐。

赵 家 宝　　姐姐,我不让你走,(哭)我不让你走。

(唱)我不舍,我不依,

弟是姐的影,姐是弟的衣。

弟难舍姊姊难舍弟,

问姐姐,进宫可会有归期?

赵 佳 姝　　家宝呀,

(唱)长姊幼弟素未离,

父母膝下晨昏依,甘甜正如饴;

姐姐今日进宫去,

盼你茁壮成长早把家业来撑持。

〔佳姝返身欲行，家宝牵衣不放。

赵肃政 家宝儿不可造次，快快放了姐姐，跪送娘娘！

〔王夫人赶上前去，含泪拉开家宝。

孙黛云 家宝快撒手，可知功名利禄，总会遮挡亲情。
钱金钗 家宝弟弟，一人入宫，全家光荣。野草三春绿，宫花百日红。
王夫人 还是钱府的金钗妹妹会说话，会劝人。
赵佳姝 （嘉许地）钱丫头倒是开朗。
钱金钗 是呀，姐姐入皇宫，弟妹显恩宠。

〔家宝放开姐姐衣袂。
〔黛云、金钗、抱琴等扶着佳姝上辇，父母垂拜，佳姝掩面而泣。
〔李舜卿快步上前，亲自为她揭开车帘，四目凝视。
〔佳姝掩面上辇，车辇缓缓向前，李舜卿挥鞭上马。

赵佳姝 （唱）尊长惜别离，弱弟牵衣啼。
更怜马上孤独客，
雁折翅，遍人间怎向红尘觅知己。
李舜卿 （唱）车辇轮不转，马儿步难移。
莫怨沿途无平地，
血泪啼，这万千思念怎生载得起。
赵佳姝 （唱）好一似塌了青天沉陆地。
李舜卿 （唱）最可怜未婚夫婿捐娇妻！
赵佳姝 （唱）君有骐骥行千里，
我有心，比翼双飞永不离。
亡羊补牢犹未晚，

相亲相爱不相欺！

李舜卿　　（唱）他是皇叔我是侄，
　　　　　　　　又怎能，夺了娘娘当娇妻。
　　　　　　　　此生不再有知己，
　　　　　　　　来世与君永结缡。

〔佳姝悄悄将红麝珠送给舜卿。

赵佳姝　　（唱）恨只恨，此生与君难相依，
　　　　　　　　盼只盼，麝珠相伴情不移。

李舜卿　　（唱）悲苦命，今世不得共骥骐，
　　　　　　　　接麝珠，夜夜与君同枕席。

　　　　　（合唱）马伴车儿不肯驰，
　　　　　　　　车随马儿不肯飞；
　　　　　　　　巍巍宫墙收眼底，
　　　　　　　　天涯海角终须离，终须离。

执事太监　　禀王爷，正午之前，车辇必须进宫啊。
李舜卿　　对对对，我们……快快行走啊。

〔切光。

第四场　游龙戏凤

〔紫禁城凤藻宫。寂寂无声，唯有火红的石榴花平添生气。
〔合唱：月明霜重淡花枝，又是石榴花开时；
　　　　花心结子血泪染，化成麝珠寄相思，寄相思。
〔夏公公引领皇上、安西王上。

夏公公	圣上……驾到。
皇　帝	不必通报，让寡人与贤侄安西王随意走走啊。
夏公公	奴才明白了。(下)
李舜卿	皇叔容禀，夏公公言道，后宫之中，只有凤藻宫的石榴花开得最好啊。
皇　帝	寡人到此，心旷神怡。只觉得鸟语花香，惬意得很呐。这凤藻宫内……
李舜卿	凤藻宫内，就是三年前皇叔命我亲自迎进宫来的女史赵娥皇也。
皇　帝	原来是佳姝女史宫寝。寡人闻道，有凤来仪，华碧盛开。
李舜卿	是啊，美人鲜花相映红，尽在一园中。
皇　帝	朕亦素闻赵女史德行功容四美皆具，只是一向以来弹劾赵府的奏本甚多，故此朕心不乐耳。
李舜卿	些许小事，何足挂齿。今日赏花，皇叔且自开怀。
皇　帝	是啊，寡人今日就是找个乐子，赏花要紧哪。你看那边的石榴花儿，开得更盛呐。
李舜卿	如此一同前往观赏。皇叔有请。

〔二人下。

〔宫娥们无精打采地在打扫庭院。

宫女甲	呀！今年宫里的石榴花开得多么艳丽！
宫女乙	艳丽又有什么用，咱这里是皇上未曾来过的冷宫啊。
宫女甲	是呀，咱们女史花容月貌，端方贤淑，可三年来连皇上的面都未见到。
宫女乙	咱们家的主子整日吟诗抚琴，又不愿去打点万岁身边的公公……

宫女甲　　听夏公公说，赵府自打公主进宫后，仗着咱主子的威仪，强取豪夺，扩张庭院，树敌甚多……

宫女乙　　我也闻听到，皇上对赵府的德行甚为讨嫌，所以牵连到咱们主子。

〔抱琴与佳姝上。佳姝明显地憔悴了，但依然从容娴静。

赵佳姝　　（含笑）你们在谈讲些什么？

二宫女　　（掩盖）回主子，看这石榴花一片嫣红，我们想摘几枝放置房中，供您玩赏。

赵佳姝　　有劳了。

〔两宫女下。

抱　琴　　哎呀，公主啊——

（唱）莫把委屈心内藏，莫把辛酸和泪淌；

　　　赵府中自有那百花吐艳，

　　　咱何必孤孤零零冷冷清清飞到这深宫做凤凰。

赵佳姝　　抱琴啊——

（唱）皇宫王府一张网，千丝万缕遮阳光；

　　　明知宫外天地广，也只得在这重重叠叠网中藏；

　　　不幸成为网中鸟，笑它寒雀羡凤凰。

抱　琴　　那你就这样平平淡淡、无欢无笑地过日子，当一辈子的女史？

赵佳姝　　浮生若梦，把什么都看淡了，也就荣辱不惊了。

抱　琴　　哎，你这个梦啊，也做得太长了！（下）

赵佳姝　　我的梦做得太长了？唉，网中之人，也只有在梦中才能自由啊。

〔宫女甲、乙急上。

宫女甲
宫女乙　　公主公主，夏公公传话，说安西王爷陪同皇上，正在凤藻宫赏花啊。

赵佳姝　　（惊慌）什么？安西王爷陪同皇上来到凤藻宫？
抱　琴　　我想定是安西王煞费苦心，引驾前来。
赵佳姝　　（苦笑）煞费苦心，引驾前来……难道他怕我老死宫闱？
抱　琴　　啊呀！不要再胡思乱想了，我帮你去梳妆。
赵佳姝　　不，我淡淡妆，天然样，心潮起伏，只要抚琴啊。
抱　琴　　瑶琴早已备好。
赵佳姝　　（抚琴，唱）竹影松痕兮云雾中，清寒锁梦兮待晓钟；
　　　　　　　　　　　　夜夜对月理丝桐，年年只看石榴红。

〔皇上与安西王上。

皇　帝　　好一个年年只看石榴红。
李舜卿　　皇上驾幸凤藻宫，观赏石榴花，赵女史接驾呀！
赵佳姝　　（端庄地）凤藻宫女史赵佳姝，未曾远迎，叩请圣安哪。
皇　帝　　名门千金，果然气度不凡，赵府公主，怎生才貌超群？（扶起佳姝）
李舜卿　　赵女史原本就是赵府之中出了名的美人啊。
皇　帝　　昨夜里朕梦见石榴花红，今日命小王爷引驾凤藻宫，却让朕看到了绝色的奇葩呀。
　　　　　（唱）雍容华贵兮秀丽淡雅，素面朝天兮不施铅华。
　　　　　　　　云堆翠髻兮娜娜袅袅，娴静若水兮飘飘洒洒。
　　　　　　　　风流不用千金买，好一朵石榴丛中素馨花。
赵佳姝　　多谢皇上夸奖，臣妾不敢当。

李舜卿　　　皇叔啊，赵女史三年以来，犹若葵花面向太阳，如今总算盼到了君王！

皇　帝　　　哎！

（唱）皇亲国戚总无价，

巨耐那道道奏折弹劾赵家。

李舜卿　　（唱）捕风捉影多是假，

悯功臣恕小过且赏风华。

皇　帝　　（唱）三年来冷落了绝代娇娃，

从今后双飞蝶不舍石榴花。

赵佳姝　　（唱）谢君王皇恩浩荡雨露遍洒，

凤藻宫榴花盛开枯枝发芽。

李舜卿　　（唱）一片苦心扶赵府，

万般无奈献娇花！

有谁知我水溶的痛，

有谁晓得我难言的傻！

赵佳姝　　（唱）三年未见梦中人，

骤相见，依然是咫尺天涯。

他怕我深宫寂寥无生趣，

他怕我不蒙恩宠难护家。

他让我处女之身奉皇上，

他委屈，我恨他！

李舜卿　　（唱）事出无奈歪招发，

满腹委屈怎言它？

天打雷轰我承受，

怎忍心倒塌了赵府急坏了她？

皇　帝　　（唱）封贵妃，登云槎，

　　　　　　　既往不咎无多话，

　　　　　　　赵府阖家享荣华，啊呀呀把人美煞。

李舜卿　　（唱）水中月，麦里芽，

　　　　　　　情郎带人采家花，

　　　　　　　心肝又似乱针扎，活生生把人痛煞。

赵佳姝　　（唱）一生的恨，心头的疤，

　　　　　　　说什么富贵荣华，说什么青梅竹马，

　　　　　　　为把家园救，硬生生把人害煞。

　　　　　　　哎，只觉得天色昏暗缘浅情深心乱如麻。

李舜卿　　（强忍眼泪）圣上保佑，恭喜赵女史阖府平安！

　　　　　（唱）惊回首，止不住泪眼婆娑。

皇　帝　　小王爷！

李舜卿　　（猛醒）万岁！

皇　帝　　朕见你有些魂不守舍，且有泪痕几道，贺喜之时平添凄楚，却是为何？

李舜卿　　（掩盖）圣上啊，微臣这是喜极而泣！臣见天色不早，咱们起驾回宫罢！

皇　帝　　（沉吟）好一个喜极而泣。朕的国事么明日再议，命你即刻回宫，代孤拟旨，"册封赵佳姝为贤德妃"。

李舜卿　　臣……臣遵旨。

皇　帝　　爱妃，还不谢恩？咳咳，卿不会抗旨拒封吧？

赵佳姝　　（跪）奴家寒门陋质，恭谢万岁隆恩。

皇　帝　　你眼中并无惊喜，却有淡淡哀愁。

赵佳姝　　皇恩浩荡，怎敢哀怨？唯觉受宠若惊，不知所措。

皇　帝　　哈，好一个荣辱不惊的绝色女子，真是相见恨晚，相见恨晚。（轻扶佳姝）朕今晚临幸凤藻宫，就不走啦。

李舜卿	（痛苦地）万岁，容臣告退。
皇　帝	好啊。皇侄，你为朕选了绝代佳人，朕要为你亲自赐婚，择日与天禄王府的倚月郡主完婚啊。
李舜卿	微臣拜谢皇恩！
赵佳姝	佳姝恭喜王爷！
皇　帝	贤侄请便，孤就不送了！
李舜卿	谢主隆恩。（下）
皇　帝	赵爱妃，请啊！
赵佳姝	陛下……
皇　帝	请请请啊！

〔皇帝扶着佳姝下。

〔合唱：自酿苦酒味自知，易折难断是情丝；

　　　　石榴花开似火红，却是伊人心碎时，心碎时。

第五场　贵妃省亲

〔画外音。

夏公公	万岁有旨，定于正月十五上元日，贵妃娘娘省亲，以体仁孝之心，聚骨肉之情，钦此。
众　人	万岁，万岁，万万岁！

〔赵府一角。赵家宝、孙黛云上。

赵家宝	盼星星盼月亮，盼到胡子、头发都白了，好不容易才盼到姐姐回来。哎！

孙黛云	身不由己,诸事两难全。
赵家宝	不,弱水三千,我取一瓢饮。
孙黛云	(试探)若是皇上也赐婚与你,你当奈何?
赵家宝	若非心仪,断然不从。
孙黛云	皇命如天,怎允你不从!
赵家宝	那我要么抵死不从,要么出家当和尚去。

〔钱金钗上。

钱金钗	什么?宝兄弟要当和尚去?
赵家宝	金钗姐姐,我们是说着玩儿呢!
钱金钗	这种话可不能浑说的,娘娘要省亲,你是国舅爷,当什么和尚。国舅国舅,你一塌糊涂。不当国舅,就当贼秃!
孙黛云	什么贼秃贼秃的,恶心死啦。
赵家宝	贼秃也不好。反正我可不要当什么国舅爷。
孙黛云	你就当一辈子的富贵闲人。
赵家宝	那我就谢天谢地了。

〔孙黛云暗喜,金钗语塞。家人上。

家　人	宝公子,你姐姐的省亲车辇,马上就要过来了。老爷派人在传你呢。
赵家宝	那黛云妹妹、金钗姐姐,我们也一块儿去接驾啊!
孙黛云	这个……
钱金钗	什么这个那个的,左一边,右一边,三个人儿荡秋千。(下)

〔合唱:车舞蟠龙帘飞凤彩,
　　　　体仁沐德省亲荣归;

桂殿兰宫金门玉槛，
琉璃世界雪浪芳菲。

〔手捧灯笼凤旌、七凤黄金伞的太监缓缓而行，仪态万方的赵佳姝与夏公公上。

众　　人　喜迎銮驾，娘娘千岁，千千岁！

赵佳姝　府中场面奢华，太过花费了……

（唱）秀山明水抱复回，亭台轩馆云天归；
琳宫绰约焚兰麝，玛瑙盈翠珠宝辉。
看不尽，人间奢华富贵景，
但只觉，浓浓亲情涌心扉。

〔父母等俱跪接，"娘娘千岁"声一浪高过一浪。
〔佳姝命宫娥等扶起王夫人，自己将父亲扶起。

赵佳姝　夏公公，国礼已毕，请内亲外眷去偏殿相叙。

夏公公　娘娘有旨，内亲外眷偏殿相见。（下）

赵佳姝　（满眼垂泪）父亲、母亲，请受孩儿娥皇一拜。

赵肃政
王夫人　（不敢越规）娘娘，万万使不得。君臣之礼，怎敢逾越。

赵佳姝　（伤感）父亲、母亲，你们生我、养我，难道受我一拜都使不得吗？

〔佳姝一手挽着父亲，一手挽着母亲，相对而泣，三春等均垂泪。

赵佳姝　（强颜欢笑）好不容易今日回家，大家反倒哭了起来。一会儿我去了，（哽咽）再次回家知是何时？

〔钱金钗、孙黛云上。

钱金钗　　姑父、姑母，今日娘娘省亲何等荣耀，理应高兴才是。作诗、看戏大家好好地乐乐。

赵佳姝　　（破涕为笑）金钗妹妹说得极是。这是……

孙黛云　　黛云见过姐姐，叩见娘娘千岁！

赵佳姝　　至亲骨肉，不须多礼。（端详）女大十八变，两位妹妹真如娇花软玉一般。咦，因何不见家宝？

王夫人　　无职男儿不敢擅入。

赵佳姝　　怎能不见家宝？快，快引家宝晋见。

〔赵家宝在小太监引领下上。

赵家宝　　（猛地跳过来）姐姐，三年了，你怎么到今天才回家啊！

赵佳姝　　（激动地）家宝，快快近前。

〔家宝上前，佳姝携手揽于怀内。

赵佳姝　　（笑中含泪）比先前竟长高了好多。

赵家宝　　（似有千言万语）姐姐……

赵佳姝　　家宝，随姐姐来呀。

　　　　　（唱）好兄弟，怜我疼我知我意；
　　　　　　　　来到这，旧情旧景旧时地；
　　　　　　　　沁芳亭，梦里寻你千百回；
　　　　　　　　酸楚楚，满园皆是长相忆。

〔佳姝触景生情，依稀传来"游园"的丝竹声。

赵家宝　　（轻声呼唤）姊姊，姊姊。我可见到了安西王爷啦。

赵佳姝　　家宝，你……你怎么会见到他的？
赵家宝　　上个月我陪老爷去王府拜谒，询问姐姐省亲之事。
赵佳姝　　王爷他对你说了些什么？
赵家宝　　（取出红麝珠）他说这红麝香珠是你姐姐的命根子，还是姐姐佩戴的好。

〔佳姝接过红麝珠，掩面而泣。

赵家宝　　姊姊，那天，安西王他也哭了，哭得好伤心。
赵佳姝　　（唱）红麝珠，归原主，
　　　　　　　　意如痴，心被撕。
赵家宝　　（唱）此情此景心也碎，
　　　　　　　　为什么，红珠未能系红丝。
赵佳姝　　（唱）香珠犹在心已碎，
　　　　　　　　唯托家宝寄情思。
　　　　　　　　姊姊织梦梦已碎，
　　　　　　　　愿弟弟，圆圆满满题新词。

〔佳姝为家宝戴上红麝香珠。

夏公公　　昆曲班等候已久，请娘娘点戏呀。
赵佳姝　　点戏！时光不早了，就在水阁清唱《游园》《惊梦》二出罢！
赵家宝　　我就爱听《游园》《惊梦》。
赵佳姝　　家宝，来，坐到姐姐身边，陪我听戏。

〔《游园》唱段悠悠传来，佳姝却沉浸于对自身感慨及对家族的担忧中。

赵佳姝　　（唱）丝竹悠悠人悠悠，

      阵阵悲凉穿心头；
      往事不堪重回首，
      凤藻宫内待白头。
      人虽去，心还留，
      女儿总为赵府忧；
      见家中奢华靡费仍似旧，
      外盛内虚未肯休。
      只可惜游园粉墨始登场，
      惊梦离魂鬼神勾！

执事太监 禀娘娘，时已丑正三刻，请驾回舆。

  〔赵佳姝满眼是泪，又勉强堆笑，紧紧拉住母亲的手不忍放开。

赵 佳 姝 （哽咽）不须记挂，好生自养。如今皇恩浩荡，见面时尽有的，不必惨伤。

赵 家 宝 姐姐，你才得回来，怎又走了呢？戏还未唱完呢！

赵 佳 姝 （伤感）好兄弟，天下岂有唱不完的大戏？

赵 家 宝 （牵衣不放）姐姐，我还是舍不得你走。

赵 佳 姝 （落泪）亲人惜别离，弱弟牵衣啼。

  〔王夫人等难舍难离。赵肃政等人殿外跪送。

赵 肃 政 臣等恭送娘娘。

赵 佳 姝 田舍之家，终能聚天伦之乐，如今宫墙内外，骨肉各方，终觉无趣。

赵 肃 政 （叩首泣告）祖宗之远德钟于娘娘一人。贵妃惟勤慎恭肃以侍皇上……

赵佳姝 （打断，挥袖）父亲，富贵似浮云，登高必跌疼；盛宴终须散，须及早抽身。父亲严管家族，免遭他人非议啊！

赵肃政 这个……臣谨记在心。

赵佳姝 （凄切切）儿去也。（返身欲行，又回头）父亲、母亲，好生扶持家宝！

众 人 领娘娘严命！

〔合唱：相见短，分离久，
　　　　热闹短，寂寞长；
　　　　喜中悲，聚中散，
　　　　红麝珠易主也仓皇！

〔幕落。

第六场　夺情赐婚

〔安西郡王骑马，王夫人坐轿，前往宫苑而行。

李舜卿 伯母，进得红墙宫苑，转进九千宫房，御河深处，便是凤藻宫了。

王夫人 深宫幽院，曲折甚多，一路多谢贤王引领。

李舜卿 只是入宫之后，还得夏公公带路前往。

〔主场，凤藻宫。

〔合唱：凄清满月意彷徨，夕照影瘦怕夜长；
　　　　翠竹风篁低薄暮，深院难闻莺语香。

〔宫女们三三两两穿梭而行。抱琴携佳姝上。

抱　琴	咦，娘娘，园中这棵最大的石榴树，为什么突然根死树枯呢？
赵佳姝	（心惊）是呀，昨晚我还亲自为它浇水……莫非家中又生变故？
抱　琴	（安慰）花谢花开乃是常事，娘娘千万不要放在心上。
赵佳姝	抱琴，你快去取匹红绸，把此树包了。望能扶正压邪，遇难呈祥。

（唱）这棵树，昨日花蕾满枝头；
　　　今日里，花落枝枯有原由。
　　　树从根上死，枝叶皆难留；
　　　草木知天意，不祥惹心忧。
　　　难道说赵府就像这枯石榴，
　　　我父被参本，债务俱难收，
　　　风吹雨打到尽头？

〔夏公公上。

夏公公	参见娘娘。
赵佳姝	免礼，夏公公何事？
夏公公	传万岁口谕，着安西王陪同王夫人进宫面见娘娘，现在宫外候旨了。
赵佳姝	今日又非进宫之期，母亲怎能进得宫院？
夏公公	是安西王求得万岁恩准。
赵佳姝	家中定有急事，快快传见。
夏公公	娘娘有旨，传安西王、王夫人进见啦。

〔安西王及王夫人在太监、宫娥陪同下来到凤藻宫。

李舜卿	王夫人见驾，娘娘千岁。

赵佳姝　　此乃庭院，又非宫殿，何用大礼。

〔抱琴扶王夫人坐下，宫娥奉茶。

夏公公　　奴才告退。（下）
王夫人　　有劳公公。（送元宝）些许薄礼，不成敬意。
赵佳姝　　（对众宫娥）你等也退下罢！（众宫娥退下）
李舜卿　　伯母与娘娘叙话，舜卿告退。
赵佳姝　　（急）舜……贤王爷，你非外人，何用告退？快请坐下。
李舜卿　　谢娘娘。
赵佳姝　　母亲突然进宫，定有急事相告。
王夫人　　（老泪纵横）娘娘……你家宝弟弟不久前一病不起，眼下疯疯傻傻，饮食懒进，怕是不中用了。
赵佳姝　　（大惊）家宝弟弟竟病成这样！
李舜卿　　娘娘勿惊，令弟乃急火攻心，料无大碍。
王夫人　　家事烦乱，力不从心。你父被参，债台高筑！
赵佳姝　　衰颓之事，竟然来得如此之快？
王夫人　　赵府衰微，亟须冲喜，拜求娘娘为家宝赐婚！
赵佳姝　　为家宝赐婚、冲喜，这新娘子是？
　　　　　（唱）深深哀痛浅浅讲，
　　　　　　　　谁与家宝系红绳？
王夫人　　黛云是我外甥女，她与家宝情投意合。可是她体弱多病，性情孤僻……若赵府败落在我之手，我更无颜去见你祖父于泉下。
赵佳姝　　那……钱府金钗姑娘？
王夫人　　金钗为人爽快大方，行为豁达；钱府乃殷实首富，有钱有势。此番听说赵府为难，钱家首批便赠送了八千两纹银；当今之计，只有钱家能解赵府之危！

李舜卿　　伯母，您这是要娘娘赐婚金钗，抛舍掉家宝他最心仪的黛云啊！

赵佳姝　　（心痛）母亲您是要皇命赐婚，断家宝之痴根，保赵府之太平？

王夫人　　唉！天赐良缘冲喜排忧，赵钱两家富贵联姻，也是你父亲之意。

赵佳姝　　怕只怕弄巧成拙，非但家宝会怨恨于我，黛云也会经受不住的。

王夫人　　是呀，一旦黛云有什么好歹，我百年之后，如何与她父母黄泉相见？可要是赵府保不住富贵荣华，你父遭难，你兄弟遭罪，赵府危难，就在眼前！

赵佳姝　　（与李舜卿互看，痛苦万分）母亲，这道难题为什么偏要交给女儿来做呢？

王夫人　　难为我女儿了，但除了娘娘赐婚，赵府难道还有第二条路好走吗？

赵佳姝　　母亲，事关家宝终身，容我三思。

王夫人　　一切仰仗娘娘了，我先告退！

赵佳姝　　抱琴，送夫人出宫。

〔抱琴送王夫人下。

李舜卿　　臣也告退了。

赵佳姝　　贤王暂请留步，这赐婚之事还待相商。贤王啊——
　　　　　（唱）我方寸已乱难决断，
　　　　　　　　请教高明指迷津。

李舜卿　　（唱）天下万物皆可赐，
　　　　　　　　唯独不能赐婚姻。

赵佳姝　　（唱）想当初，你我有情难相伴，

李舜卿　　（唱）看如今，无爱的夫妻共枕衾。

赵佳姝　　（唱）一声赐婚终身恨，

　　　　　　　　怎忍心亲手撕碎家宝心。

　　　　　　　　他爱那，天上掉下的孙妹妹，

　　　　　　　　我却要，棒打鸳鸯两离分。

　　　　　　　　怡红院将变成孤儿院，

　　　　　　　　潇湘馆吹灭了纸糊的灯。

　　　　　　　　诗神花仙尽摧毁，

　　　　　　　　索她的小命断他的魂！

　　　　　（白）舜卿，作何决断，我要你告诉我，你告诉我！

李舜卿　　（唱）九重天打翻了五味瓶，

　　　　　　　　甜味少，苦味浓，酸味存；

　　　　　　　　娘娘贤王富贵的命，

　　　　　　　　喊得痛，装得像，埋得深。

　　　　　　　　人生百味都尝尽，

　　　　　　　　最难敷衍是婚姻。

　　　　　　　　同床却异梦，相敬如客宾；

　　　　　　　　想哭需装笑，心事藏九分。

　　　　　　　　家宝是，怡红院中的泥捏儿，

　　　　　　　　他怎能，顶着石磨唱戏文。

　　　　　　　　你既信守得云开待月明，

　　　　　　　　我求你，切莫乱点鸳鸯谱，赐他可心的亲。

赵佳姝　　（外强中干）那金钗容貌品性不差，与家宝也是耳鬓厮磨。

李舜卿　　你明知家宝与黛云是风花雪月、儿女知音。

赵佳姝　　可家宝不能一辈子风花雪月，而是要金榜题名，重振家业。

李舜卿　　（大声）你这是自欺欺人！

赵佳姝　　移花接木，李代桃僵我就忍心吗？难道你我就没有吃过天大的苦头吗？

李舜卿　　怕只怕你是护得莲花折断藕。

赵佳姝　　我怕我是什么都护不住，（指枯树）就像这棵骤死的石榴。

李舜卿　　难道包一块红绸就能救得枯树？

赵佳姝　　枯树难救，聊尽心意。

李舜卿　　（哀求）枯树若难救，那你为什么不守得一片绿叶呢？

赵佳姝　　皮之不存，毛将焉附。赵府衰败，家宝怎能生存？

李舜卿　　（心痛至极）你这是何苦哦！

赵佳姝　　（抽泣）我是作茧自缚啊！

　　　　　（唱）我自知，舍命难把枯树救，

　　　　　　　船到江心难补漏；

　　　　　　　赵府大厦梁柱折，

　　　　　　　挡不住，晨袭暮击风雨骤。

　　　　　　　老父亲被参险做阶下囚，

　　　　　　　高利贷谋财害命有本奏，

　　　　　　　佳姝我，失宠娘娘难把病躯留。

　　　　　　　眼看树倒猢狲散，

　　　　　　　溺水人抓住稻草也不放手。

　　　　　　　金玉良缘包红绸，

　　　　　　　家宝有舍丢，赵府的荣华留！

李舜卿　　（哽咽）娘娘的苦衷我岂不知，只叹红麝珠没有能够呵护娘娘。

赵佳姝　　（悲愤）红麝珠也没有伴你左右啊。

李舜卿　　舜卿已心如死灰，何必让红麝珠伴我殉葬，因此只能物归原主啊。

赵佳姝　可是红麝珠也没有保得住家宝啊。我且问您，那当初呼风唤雨的小王爷，因何同意皇命赐婚，又亲自送我入宫，还带着皇上驾临宠幸？

李舜卿　（哭喊）娘娘别说了，那是因身为皇亲，比常人有更多的苦涩与无奈。

　　（唱）人生贵极是王侯，一举一动不自由。

　　　　皇上倘若不宠幸，赵府的风光片刻休！

赵佳姝　我岂不知道你的本心，可就是难舍这自小的深情、真情与痴情啊！既然昔日为了赵府，你都能把我舍弃掉，当今之计，也只得舍弃宝、黛之爱，联姻豪富钱门！

　　（唱）人生最苦是无奈，违心之举不自由。

　　　　害己害人非本意，难堪的岁月几时休？

〔画外音："皇上驾到！"夏公公伴皇帝上。

〔赵佳姝、李舜卿慌忙跪地接驾。

皇　帝　平身。

赵佳姝　启奏皇上，臣妾幼弟家宝、钱府千金金钗，天生一对佳偶，适才母亲前来，拜请皇上赐婚，光耀门楣！

〔李舜卿一惊，泪光点点。

皇　帝　赐婚家宝、金钗，原是天作之合。只是何劳王爷伤心、爱妃动情？哼，也罢。诸位爱卿，若有兴致，随朕去看猛兽园的稀罕去！（拂袖而下）

〔幕落。

第七场 大梦归天

〔画外音：皇上娘娘有旨，御赐金玉良缘。着赵家宝、钱金钗择日成婚，白头偕老，永结同心啦。

孙黛云 （画外音：凄清清地）家宝，你好，我要走了啊。

赵家宝 （画外音：撕心裂肺地）妹妹呀！你别走，我来了！我来迟了！

〔笙箫管笛声中，众人簇拥着手执同心结的家宝、金钗上。家宝如同傀儡木偶般，任人摆布。众人携新人缓缓而下。

〔赵肃政与李舜卿上。

赵肃政 有劳王爷亲自前来，肃政有失远迎，恕罪恕罪！

李舜卿 恭喜赵府，贺喜赵府啊。只是舜卿即将调离京城，前往云南边陲了。

赵肃政 （大惊）王爷怎有此变？定是被我等不才所牵连。

李舜卿 （坦然）荣辱周而复始，何处不安。今日是令郎大喜之日，可否请家宝一见？

赵肃政 我亲自去唤家宝，令他拜会贤王，万望点石成金。

〔赵肃政匆匆下。家宝默默上。

李舜卿 （环顾四周）娥皇啊！这里是你舍命舍情之地，有你至亲至爱之人。可是你却连嫡亲弟弟家宝的婚典都不能抽身前来，嗨！（酸楚悲凉涌上心来）

赵家宝 叩见安西王爷。我姐姐她，这个赐婚的主，她今天怎么反倒不来了？

李舜卿　　你不要怨你姐姐了，她已是心力交瘁，一病不起了。

赵家宝　　（惊）什么？我姐姐一病不起了？

李舜卿　　你姐姐病卧凤藻宫，凄凄清清，形单影只。

赵家宝　　我要去看她！看我的姐姐！

李舜卿　　皇宫森严，无官无禄之人，一时半刻怕是去不了。

赵家宝　　（长叹一口气）俗世沉沉，无可奈何。我……也要走了！

李舜卿　　（大惊）你要去哪里？

赵家宝　　我所居兮青埂之峰，我所游兮鸿蒙太空。

李舜卿　　家宝，你看破红尘，难道就没有眷恋和牵挂？

赵家宝　　赤条条来去无牵挂！

李舜卿　　（痛心）可是凤藻宫内还有最牵挂你的人。

〔家宝一震，沉痛地从怀中取出红麝珠，交与舜卿。舜卿百感交集。

赵家宝　　兄长——

（唱）家宝此身无牵挂，

　　　请兄长原物归主人。

　　　病中的娘娘也不幸，

　　　愿红珠，护她安康暖她心。

　　　告诉她，千赐万赐难赐情，

　　　女娲补天难补心。

李舜卿　　（唱）嫣红晶莹香珠痕，

　　　情铸就，泪浸成。

　　　哪顾得凤藻宫内庭苑深，

　　　物归原主情难分。

〔两人挥手告别。切光。

〔甲卯年除夕,凤藻宫寝室。

〔合唱:凤藻宫内冰冷冷,病榻唯有病中人。

　　　　残雪锁住团圆月,寒塘鹤影也凄清。

〔爆竹声不断传来,惊醒了佳姝。抱琴与宫娥急忙服侍她。

赵佳姝　抱琴,取镜子来呀!呀,镜中人竟如此憔悴了!

抱　琴　虎年将逝,兔年将临,辞旧迎新,娘娘的病也快好了。

〔佳姝一惊,青铜镜落地。

赵佳姝　虎兔相逢,大梦归天……怕等不到明天生日,我就要归天了……

抱　琴　不,娘娘,这句话不是这样解的,不是这样解的!

赵佳姝　(微笑)傻姑娘,你哭什么呢?帮我梳妆罢!

　　　　(唱)戴钗环,整云鬓;

　　　　　　施脂粉,点樱唇。

　　　　　　酸楚楚,泪盈盈;

　　　　　　意拳拳,神昏昏。

　　　　　　虎兔相逢归期近,

　　　　　　归期恰好在生辰!

　　　　　　想父亲,端一碗汤药喂一杯羹;

　　　　　　想慈母,病榻相伴暖一暖衾。

　　　　　　思舜卿,他恨我恨恨更深;

　　　　　　思家宝,他病我病同病根。

　　　　　　我一生,无欢无乐少天伦;

　　　　　　愿亲人,无风无波无灾星。

舍情舍命我无悔，

却不甘，归期将近，孤孤单单，自怨自艾独自行。

抱　琴　听说安西王爷他要进宫……

赵佳姝　皇宫近日律法森严，要想进得内宫，必先禀报皇上，谈何容易啊。

〔忽然间灯亮云散，李舜卿站在赵佳姝面前。

李舜卿　佳姝，是我来了。

赵佳姝　（不敢相信）舜卿，你真的来啦？是做梦吧，（颤抖）为什么我总有做不完的梦？

李舜卿　（辛酸地）佳姝，这不是在做梦，我受家宝之托，特意进宫来送红麝珠的。

赵佳姝　（平静地接过红麝珠）他怎么啦？我就是想家宝，他……他可有怨我、恨我？

抱　琴　家宝二爷他……

赵佳姝　（惊）家宝他怎么了？

抱　琴　他已到青峰寺削发为僧了。

赵佳姝　（淡淡一笑）家宝看破红尘，有了归宿，那也好。

李舜卿　可是伯父、伯母放心不下，走千山过万水，寻访寺庙，查找家宝……

赵佳姝　我父母见不到女儿，再见不到儿子，他们的心就会犹若一团寒冰……

李舜卿　等我有了机会，我也去找家宝弟弟！

赵佳姝　死心塌地要出家，哪里会找得到？那，你……你是怎么进宫的？

李舜卿　我在大明宫领宴，是抱琴她跪请公公……领我过来的。

赵佳姝　　私自闯宫闱，这是凌迟的死罪啊。抱琴，（大声）快，快把他带走，带走！

李舜卿　　我不走，我有话说！

赵佳姝　　（后退，违心地）不，我不要听。

李舜卿　　我就是冒死来见你的。

赵佳姝　　谁要你冒死？我要你活下去，你……你快走吧！

抱　琴　　娘娘，安西王爷已被贬为南陲王，即刻启程去云南边陲，他来临行告别。

赵佳姝　　你……你好狠心，为什么要离开我们，到那山高水远的地方去？你那贤德的夫人倚月郡主，她，她她她也随你同去吗？

李舜卿　　她自然不愿去，已回天禄王府陪她母亲去了。

赵佳姝　　边陲荒凉，善自珍重啊！我……我就在宫中送你几步啊。（为舜卿披上斗篷）

　　　　　（唱）人隔天涯有知己，

李舜卿　　（唱）马恋旧槽奋铁蹄。

赵佳姝　　（唱）身子无病心有病，

李舜卿　　（唱）君问归期未有期。

赵佳姝　　（唱）红麝珠早已赠弱弟，

李舜卿　　（唱）我冒死进宫还珠玑。

赵佳姝　　（接过红麝珠）红麝珠啊，我的命根子，想不到你又回来了，难道你真的来陪我殉葬！

李舜卿　　（悲伤）佳姝！别说这样的伤心话。

赵佳姝　　我的命根子就是你的命根子，死到临头，我还是要把红麝珠赠给你呀！

〔雷声炸响，红麝珠断线后滚落一地。赵佳姝与李舜卿不约而同地伏地拾珠。

〔三更鼓响，抱琴慌慌张张地上。

抱　琴　娘娘、王爷，夏公公来了。
李舜卿　他是来拿我问罪的？
抱　琴　不，他是前来宣旨，叫闲杂人等速速离去。
赵佳姝　舜卿，你还不快走！（舜卿欲走）
抱　琴　慢（取出腰牌），夏公公说，贪夜三更，宫门无有腰牌是出不去的。
李舜卿　（接过腰牌）佳姝，帮我多谢夏公公。（下）
赵佳姝　舜卿回来！
李舜卿　佳姝！
赵佳姝　舜卿，我的亲人，你抱抱我！
李舜卿　佳姝，这……你可知这是乱伦的死罪啊。
赵佳姝　（抱住舜卿）有了这一抱，就是死罪么，也值啦！
　　　　（伴唱）相爱双拥抱，千年等一回。
　　　　　　　　人间自有真情在，同体泪双飞。

〔夏公公急上。

夏公公　我可什么也没看见。该走的，快走啊！
李舜卿　深谢公公。（下）
夏公公　圣旨下。

〔佳姝挣扎着跪地接旨。

夏公公　奉天承运皇帝诏曰：兹有凤藻宫尚书、贤德妃赵佳姝疏于勤肃侍上，并纵容赵府无视国法，搜刮民脂民膏、强

　　　　　占百姓田地。为体民情，正宫规，贬其为宫廷女史，钦此。（下）

赵佳姝　　万岁，万岁，万万岁。

　　　　〔佳姝依然纹丝不动地跪着。抱琴边哭，边扶起麻木的主子。

赵佳姝　　（喃喃自语）娘娘，女史；寒雀，凤凰。

抱　琴　　娘娘，你不要伤心，当娘娘有什么好的。（捡珠）这红麝珠是你的护身符，我拾起来，替你串起来。

赵佳姝　　天意如此啊，红麝珠散了，就不要再串了，就像一颗破碎的心，串是串不起来的。

抱　琴　　（无言）娘娘……

赵佳姝　　你该唤我大小姐了。

抱　琴　　（泣）大……小姐。

赵佳姝　　我死之后……若蒙……恩准，着太太、老爷进宫……为我送行……你要他们扶柩时……唤我一声……佳姝丫头。若见到家宝，务必告诉他，不要恨我啊！

　　　　〔抱琴泣不成声。
　　　　〔赵佳姝浑身颤抖，心痛如绞。

抱　琴　　大小姐，你！（哭喊着）来人啊，快来人啊！（寂无人应）我……我去请太医去。

　　　　〔抱琴哭泣着奔跑而下。

赵佳姝　　都走了，偌大的凤藻宫只剩我一个人了。我也累了，累了！

　　　　〔赵佳姝安详地披上石榴红披纱，宁静地微笑着，向惊雷阵阵、暴风骤雨的宫外缓缓而行。

赵佳姝 （唱）累了乏了睡去吧，
　　　　　　金玉木石休管它；
　　　　　　娘娘女史尽虚幻，
　　　　　　无字的诗篇残缺的画。
　　　　　　沉甸甸，富贵荣华；
　　　　　　酸楚楚，情义无价。
　　　　　　原以为青梅竹马称婚嫁，
　　　　　　却怎知空头的贵妃揉碎的花！
　　　　　　最如意，小王爷骑着马儿伴花轿，
　　　　　　哭苍天，乱点鸳鸯谱，送我到皇家。
　　　　　　一步一行泪，心血结成重重痂！
　　　　　　十里十重劫，似过地狱的鬼门闸！
　　　　　　礼炮犹似天雷打，
　　　　　　宫衣便是那锦绣的枷！
　　　　　　一入宫门深似海，
　　　　　　恰如天牢空挣扎。
　　　　　　安西王处心积虑引皇上，
　　　　　　明看石榴实看咱。
　　　　　　皇叔临幸，侄子拟圣旨，
　　　　　　愁山恨海，铁板镇心芽。
　　　　　　当夜双开莲并蒂，
　　　　　　采花人偏不是我心上的他！
　　　　　　船到江心要补漏，
　　　　　　要保赵府富贵荣华。

赵钱联姻拜金娃,

家宝的真情我扼杀!

自己受尽了千般难,

弟弟再品那苦二茬。

家宝他心灰意冷走天涯,

再无亲人再无家。

生我的父母今何在啊,

寻娇儿,扬白发,拄拐杖,爬石崖,

历尽了秋冬春夏,走遍了青山并古刹!

暴雨惊雷莫笑我傻,

我囚在网中苦挣扎;

心中有轮红日在,

今世今生恋着他。

红麝珠散心未散,

千山万水伴着他。

娘娘女史无多话,

哪怕那地陷与天塌。

走完人世艰辛路,

到如今,梦破心碎乱如麻。

欲牵挂,无牵挂,莫牵挂;

回到那离恨天上太虚境,

石榴丛中是我的归宿我的家。

〔灯暗,画外音"赵女史薨逝"不断回响。

〔灯亮,石榴枯萎。天幕上的红麝香珠掉落下来,散了一地。

〔赵佳姝向着石榴花丛缓缓走去。

〔安西王牵着赵家宝遥遥相望。赵家宝看见黛云,飞奔过去,却被钱夫人迎面拦住。家宝一声长叹。
〔赵肃政、王夫人夫妻二人跌倒在山崖下,双双归天。临死还念叨着"佳姝、家宝"。
〔合唱:此生别去他生逢,
　　　　香珠一串贴心胸。
　　　　颗颗散落人间去,
　　　　化得年年石榴红。

〔剧终〕

2016年2月1日,时隔十年,再改于帝都揽云轩

（中国维吾尔族第二故乡　湖南常德恩爱桃源）

汉维史诗曲剧

翦氏夫人

人物表：

翦氏夫人　　本名邓蕊，明大将邓愈之女。朱元璋收为义女后，封吐叶公主。御赐翦八士为妻，先称朱翦夫人，后称翦氏夫人

邓　愈　　　明大将，邓蕊之生父

朱元璋　　　明太祖

翦八士　　　维吾尔族，原籍新疆回部哈密人。本名哈勒八十。元燕京总兵。后降明，御赐其姓名为翦八士。晋封镇南定国将军、都督

哈勒七九　　哈勒八十之兄，元代副将、北元驻云南将军

独眼龙　　　本为云南黑松岭土匪首领，后归顺翦八士，为前锋统领

师　爷　　　原为黑松岭土匪师爷，后归顺翦八士

副　将　　　翦八士副将

翦拜赞　　　翦八士与翦氏夫人之子

哈常蒲　　　翦拜赞之长子，后返回新疆库尔勒尉犁县定居

哈常黎　　　翦拜赞之次子，汉名翦成。任卫千户，定居桃源

老太监、狱卒（老家院）、使女、刽子手、兵将、市民若干

序引　册封公主

〔明太祖洪武元年，南京皇宫。

太　监　诸位文武百官听者，今有大将军邓愈，将爱女邓蕊，过继给洪武皇帝，邓家父女，叩头谢恩呐。

众　人　万岁，万岁，万万岁！

朱元璋　（扶邓蕊）邓爱卿平身，阿蕊随我来啊！哈哈哈！

邓　愈　拜谢圣上。

邓　蕊　阿蕊拜谢生父养育之恩！

朱元璋　好女儿孝心不浅呐。还有呢？

邓　蕊　朱爸爸皇恩浩荡！

朱元璋　好一个聪明伶俐的小阿蕊！

　　　　（唱）当年义父郭子兴，
　　　　　　　揭竿起义缠红巾。
　　　　　　　战场上，赐我养女恩匪浅，
　　　　　　　到如今，马皇后天下传美名。
　　　　　　　邓将军爱女初吐蕊，
　　　　　　　朕封她吐叶公主金枝玉叶袅婷婷。

邓　愈
邓　蕊　（合）拜谢皇上！

朱元璋　平身！

　　　　（接唱）自古皇上嫁公主，
　　　　　　　　吐叶待嫁选群英。
　　　　　　　　谁人能入她法眼，
　　　　　　　　金枝玉叶伴爱卿。

众　　人　　吐叶公主金枝玉叶……花落谁家富贵满门！
朱元璋　　退朝！

〔收光。

第一场　美救英雄

〔南京雨花台。

太　　监　　奉旨斩要犯，砍头雨花台。鲜血喷人眼，闲人快走开。
刽 子 手　　犯人行动些，闲人快闪开。
哈勒八十　　冤枉啊！
　　　　　　（唱）遭刑宪戴长枷踉跄步迈，
　　　　　　　　　眼前是风腥血溅的雨花台。
　　　　　　　　　罢罢罢，自古英雄终一死，
　　　　　　　　　恨恨恨，丹心难表向谁铺排？

〔吐叶公主上。

太　　监　　我说哈勒巴子……
哈勒八十　　公公容禀，大丈夫坐不更名行不改姓，我不是什么妈的个巴子，而是堂堂正正的哈勒八十！
太　　监　　哈哈，看这高鼻梁蓝眼睛的回族人，还对汉语的精妙之处，颇有了解啊。
哈勒八十　　士可杀而不可侮，再说我家世代维族，也不是回族兄弟啊。
吐叶公主　　（旁白）好一位文质彬彬、仪表堂堂的伟丈夫啊。
刽子手甲　　少啰嗦，脖子伸长了。

刽子手乙	是啊，都死到临头，还要卖弄个"国学"。
哈勒八十	拜托二位哥哥，一会动刀，砍得好看些。
刽子手甲	你就放心好了，我们都是专业人士。
刽子手乙	死都要死了，还要好看作甚？
哈勒八十	我虽然冤枉而死，可别吓着诸位看客啊。
吐叶公主	（旁白）您瞧，他死到临头，还在为观众着想啊，有境界！
老太监	哎呀，你一个元代的军爷，从元大都押到明南京了，大家都验明正身了，都走了，就剩你一人了，还鸣的哪门子冤，叫的哪门子屈呢？
吐叶公主	是啊，这其中必有原委在！
哈勒八十	（唱）元大都押至在南京来， 　　　有几多伟丈夫歌哭哀哀。
吐叶公主	（旁唱）有道是英雄不怕死， 　　　须眉汉怎能学那女裙钗。
哈勒八十	（唱）说什么天生我材必有用， 　　　原本是他朱明王朝妒英才！
吐叶公主	（旁唱）我义父改朝换代天照应， 　　　打江山凭的是网罗人才。
太监	巴子，不，八十，这就是您把话说差了。你攻击本朝，又给抓了个现行。刀斧手！
刽子手	在！
太监	奉上三碗酒，即刻送上路！
刽子手	是！（递酒）
哈勒八十	（饮酒，唱）头碗酒把家乡拜，列祖列宗敬泉台。
吐叶公主	想这维族的军爷，孝心可敬啊！
太监	唔，各个民族都有这反哺之情啊。

哈勒八十　（唱）二碗酒把惠宗拜,未能尽忠死城台。

吐叶公主　开口就提元惠宗,还是位高级的将领啊。

太　　监　这也是奇怪啦,你又不随惠宗皇帝逃跑,又不鼓动燕京总兵抵抗,当然只有束手被擒的份儿啰。

哈勒八十　唉!

（唱）三碗酒,把列位拜,

把把把我这燕京总兵送上了阴曹地府望乡台。

愿愿愿长兄七九人还在,

哈勒血脉未沉埋。

兄弟,动手吧,来生再见,后会有期!（跪）

吐叶公主　他是燕京总兵、大都卫戍区司令?

太　　监　喝多了,喝醉了,吹牛了,做梦了。他呀,最多就是个守城门的班长。要是燕京总兵,那就轮不到我来监斩喽。咱就成全他的美梦吧。

刽 子 手　开斩——

吐叶公主　且慢,刀下留人!

刽子手甲　小姑娘少啰嗦!

刽子手乙　妨碍了公务,小心把自己也给饶进去了。

太　　监　小民女啊,你吃了老虎心豹子胆啦,您真把您自己当成金枝玉叶的公主啦?

吐叶公主　正是本宫!

太　　监　哎呀,老的眼睛花了,不知吐叶公主驾到,冲撞您了。

刽 子 手　（跪）不知公主驾到,冲撞您了。

吐叶公主　且将此人押回大牢,皇上要重新审理!

众　　人　得令!

〔收光。

第二场 狱结同心

〔大狱内。

狱　　卒　　奇怪奇怪真奇怪,敢把生死做买卖。
　　　　　　开刀问斩的死刑犯,活着回到监狱来。
　　　　　　得啦,咱们赶快把合法侵占的死人财产,金头盔、铜护心、银锭子、皮靴子,赶快还给人家活着回来的军爷吧。我说军爷嘞——

哈勒八十　　是哪一个啊?

狱　　卒　　军爷这大难不死,必有后福,我把这些替您保管的器物啊,统统地完璧归哈勒了。

哈勒八十　　多谢老人家吉言。我想这伸头一刀,缩头一刀,早也是死,迟也是死。这些器物么,还是有劳老人家保管的好啊。

狱　　卒　　还了还了啊,看这些器物都是将军的佩戴,将来军爷上阵杀敌,用得着。

哈勒八十　　真的还会驰骋疆场,上阵杀敌,我还用得着?

狱　　卒　　用得着!

哈勒八十　　既然如此,多谢老人家,我就穿戴起来啊。

〔太监打着灯笼,带吐叶公主上。

吐叶公主　　(内唱)乘黑夜探大牢步履急忙——

太　　监　　公主当心行走啊。

吐叶公主　　(唱)顾不得这路又滑、阶又深,阴风惨惨扑面庞,
　　　　　　　　　处处曲折、道道关锁、重重杀机、层层屏障!

太　　监　　公主走好了。(脚下打滑)

吐叶公主　　（扶太监）老公公当心！

　　　　　　（唱）救下了英雄汉扭转了法场，

　　　　　　　　　要探清这燕京总兵是真是假他的巧行藏。

太　　监　　公主驾到，狱卒开门来。

狱　　卒　　（开门）贵人到此，犯人还不跪下？

哈勒八十　　男儿膝下有黄金，我跪她何来？

太　　监　　这位维吾尔族同胞，您又开始吊书袋子了。你且看看，她是何人？

狱　　卒　　您就别张狂了，瞪大眼睛好好看看吧！（拨亮油灯）

哈勒八十　　呀！

　　　　　　（唱）是神仙下地狱，霎时间人间天上！

吐叶公主　　（唱）是星宿放光芒，好一员元帅猛将。

哈勒八十　　（唱）她的双眸比那星星还要明亮，

吐叶公主　　（唱）他的气度比那满月还要辉煌。

哈勒八十　　（唱）禁不住心头小鹿碰碰撞，

吐叶公主　　（唱）霎时间时空静止无有了主张。

〔哈勒与吐叶二人对望，做呆滞状。

太　　监　　情况有变，我这边拉！（做拉扯哈勒与吐叶左边心弦科）

狱　　卒　　赶紧配合，我那边扯！（做拉扯哈勒与吐叶右边心弦科）

〔哈勒八十与吐叶公主恢复正常。

太　　监　　我说巴子啊，公主就是把您从刀山上救回来的大慈大悲的观世音菩萨，你还不跪下谢恩？

狱　　卒　　怪不得你能活着回来，还不跪下，你的良心难道被狗吃了？

太　　监　　你也别嘚瑟兮兮的，大牢里头，你给他穿上将帅的行头，难道要让此犯人带兵打仗不成？

哈勒八十　人犯哈勒，跪拜恩人，多谢公主不杀之恩！（下跪）

吐叶公主　这个……男人膝下有黄金，跪不得的！（同跪）

狱　　卒　这个——

太　　监　什么这个那个的，赶快拿一个蒲团给公主垫一垫……

狱　　卒　遵命！（拿蒲团科）

太　　监　咱们赶快回避啊。

狱　　卒　守土有责啊。

太　　监　你好不知趣啊。（踢狱卒，同下）

〔朱元璋暗上。吩咐太监、狱卒不要声张。

哈勒八十　这大牢里头，阴气森森，公主不可久留啊。

吐叶公主　是啊，这地下潮气太重，将军不可久跪呀。

〔两人相互搀扶，同起。

哈勒八十　公主啊——

（唱）贤公主救命恩没齿难忘，

吐叶公主　（唱）为父皇扫平天下寻觅贤良。

哈勒八十　（唱）南京兴大都败元朝灭亡，

吐叶公主　（唱）北土定中华宁尚有那九溪十洞贼寇在南疆。

哈勒八十　（唱）你怎知燕京总兵不是酒醉把人诓？

吐叶公主　（唱）饮酒后吐真言总乃人之常。

哈勒八十　（唱）也有那求生心切言豪语壮，

吐叶公主　（唱）人之将死其言也善岂有那骗人的歹心肠？

哈勒八十　着啊，士为知己者，死亦何憾！（握住公主的手）

吐叶公主	女为悦己者容，名花生香！（二人相拥）
朱元璋	（念）夤夜结连理，大牢涌鸳鸯。
哈勒八十	这是工对啊。
吐叶公主	父皇，羞人答答的，这可怎生是好啊。（抱住朱元璋撒娇）
哈勒八十	故元燕京总兵哈勒八十，跪拜大明皇上！
吐叶公主	父皇，他还挺懂事的！
朱元璋	平身！哈勒八十，孤来问你，你既为燕京总兵，却为何不护佑元顺帝，反倒苟且偷生呢？
哈勒八十	陛下容禀！ （唱）通州城外鼙鼓响， 　　　哈勒我派兵将带车马护送顺帝走北方。 　　　齐化门前火炬亮， 　　　顺帝他、他——
朱元璋	他怎样呢？
哈勒八十	他要我火烧城楼玉石俱焚灰烬飘扬。
朱元璋	想那大都城内，西风频吹，一旦用火，我军从东攻城，危乎殆也！
哈勒八十	陛下圣明！ （唱）烈火焚烧无方向， 　　　军民百姓全遭殃。 　　　大都市井尽烧毁， 　　　陛下您改名北平也神伤。 　　　英雄到此进退难， 　　　徘徊不定无主张。
朱元璋	（唱）仁心常在是良将，

　　　　　　　保住了军民百姓与城墙。
　　　　　　　徐达神兵从天降，
　　　　　　　绑住了燕京总兵押南方。
　　　　　　　元帅你隐瞒身份不肯讲，
　　　　　　　生怕惹恼了我朱元璋。
　　　　　　　要杀是我的锦囊计，
　　　　　　　要放是公主的好心肠。
　　　　　　　天道恢恢岂遗漏，
　　　　　　　将军有功就该赏。
　　　　　　　元帅若肯诚归降，
　　　　　　　与吐叶今生今世结为双。
　　　　　　　一起镇守南国去，
　　　　　　　驱贼寇、靖边疆，
　　　　　　　保朕的江山万年长。

哈勒八十
吐叶公主　　多谢父皇（皇上）！

朱 元 璋　　八十，成婚之后万不可欺负我的公主啊。他的生父就是那百战百胜的邓愈元帅啊。邓元帅要发怒啊，谁也惹不起……

哈勒八十　　借来十个胆子，八十我也不敢欺负公主啊。

朱 元 璋　　我的小公主，你可不要欺负哈勒八十这一员虎将啊。

吐叶公主　　父皇，您就放心好了。邓家的闺女、朱皇的公主，我是个温柔的人呐。

朱 元 璋　　请教这哈勒——

哈勒八十　　是姓。

朱 元 璋　　八十？

吐叶公主	哈勒在家族的同辈兄弟中排行八十，便以此为名啦。
朱元璋	既有八十，必有七九？
哈勒八十	是啊，想我弟兄十人，八人夭亡。只有我与七九，当兵吃粮……
朱元璋	那七九呢？
哈勒八十	七九也在故元京城中为副将，只是这乱马军中，不知去向。
朱元璋	也罢，朕赐你姓翦名八士，为我剪除云贵贼寇，你看如何？
翦八士	谢主隆恩，儿臣翦八士定会剪除云贵贼寇，做个真正的勇士！
吐叶公主	他倒会甜言蜜语，来事儿特快哟。
朱元璋	你呀，嫁夫随夫，以后也要随夫改姓……
翦八士	启禀圣上，朱皇大姓，儿臣不敢篡改。
吐叶公主	得啦，俺以后就成了朱翦夫人，岂不是两全其美啊！
朱元璋	好，就依我公主所言，从此就称朱翦夫人呐。
翦八士 朱翦夫人	谢主隆恩！

〔太监上。

太监	启禀皇上，公主大婚的喜宴，俱已备好。
朱元璋	好啊，翦八士，多少文臣武将、王公贵族，都要娶朕的公主，还是你有福气，独占鳌头啊！
翦八士 公主	儿臣谢恩！

〔音乐声中，众人大笑。切光。

第三场　比翼南征

〔南征路上，翦字大旗高高飘扬。
〔男军骑马登山。
〔女军划船涉水。

翦 八 士　　（内唱）奉皇命一路行来逢山开路，
翦氏夫人　　（内唱）征敌邦日夜兼程遇水划船。

〔翦八士与夫人上。

翦 八 士　　（唱）天蓝蓝碧空如洗天高皇帝远，
翦氏夫人　　（唱）水碧碧滇池似镜水阔舟船宽。
翦 八 士　　（唱）普天之下莫非王土，
翦氏夫人　　（唱）彩云之南岂敢翻天。
翦 八 士　　（唱）鞍马劳顿妻何苦？
翦氏夫人　　（唱）夫唱妇随心也甜。

〔探子上。

探 子 甲　　启禀将军，来此已是黑松岭。欲过黑松岭，必过一线天。
翦 八 士　　黑松岭盗贼的基地，
翦氏夫人　　一线天夺命的深渊。
翦 八 士　　是啊，我料此地必有埋伏，再探！
探　　子　　得令！（下）
翦 八 士　　此地山深林密，
翦氏夫人　　溶洞众多。
翦 八 士　　举反朱之旗号，

翦氏夫人　　行盗匪之行径，

翦 八 士　　杀人越货，罪在不赦！

〔探子复上。

探　　子　　报，一线天左山右岭都有埋伏，前面有溶洞深渊。

翦氏夫人　　果不其然，盗匪依据天险，做好了顽抗的准备。

翦 八 士　　呀！

（唱）负隅顽抗祸心见，

贸然闯入必被歼。

倘若是知难而退止步不前，

岂不是有损大明声威皇家尊严？

平生征战历万险，

如今方晓行路难！

翦氏夫人　　夫君不必忧虑，当今之计嘛……

翦 八 士　　夫人却有何锦囊妙计？

翦氏夫人　　舍不得夫人套不了狼！

翦 八 士　　此话怎讲？

翦氏夫人　　咱们女军化装成结婚的队伍。

翦 八 士　　着啊，大军从两边包抄后路。

翦氏夫人　　只待土匪下来抢劫，我们再里应外合，将匪徒一举全歼！

翦 八 士　　此计虽好，万一夫人有闪失，我有何脸面再见皇上？

翦氏夫人　　岂不闻不入虎穴，

翦 八 士　　焉得虎子？来啊，咱们照计行事！

翦氏夫人　　照计行事，咱们扮起来啊！（二人同笑）

〔众人退下。

〔少顷，一支迎亲的队伍吹吹打打，进入一线天。

翦氏夫人　（扮新娘骑马上）

（唱）平原的新娘坐花轿，

众　　人　（唱）山上的新娘挥马鞭，挥马鞭。

翦氏夫人　（唱）汉家嫁女哭父母，

众　　人　（唱）瑶族嫁女唱翻天，唱翻天。

翦氏夫人　（唱）年年呐青草发新芽，

　　　　　　　岁岁呐芭蕾开娇花，

　　　　　　　十六岁姑娘要出嫁，

　　　　　　　发芽开花、开花结果生娃娃。

女　　队　新娘子唱得好啊。

翦氏夫人　唱得好什么，又没有男人和歌帮腔撒。

〔土匪头子独眼龙带师爷上。

独 眼 龙　谁说没有男人，我来帮腔撒。

师　　爷　大王且慢。当心有诈！

独 眼 龙　诈什么诈？慢说这十几个花花姑娘，就是几百个大老爷们，进了这一线天，还不是听我摆布？

师　　爷　这十几个伴娘么，脸盘美，胸脯挺，柳腰细，屁股大，肯定不是伪娘。

独 眼 龙　当然是如花似玉的真姑娘。你呀，到底经历得太少。

师　　爷　那是那是，还是大王见多识广，阅人无数。

独 眼 龙　唉，说来惭愧，别人看女人是用眼睛看，老子我看女人——

师　　爷　怎么样呢？

独 眼 龙　用鼻子闻闻，就知道高矮美丑，黑白胖瘦呢。

师　爷　　且慢，这新娘子包着盖头，又焉知不是土老财家的女人出嫁——

独眼龙　　怎么讲？

师　爷　　一群孔雀陪山鸡呗。

独眼龙　　那你闪过一旁，我倒要揭开这红盖头，留神地看上一看。（揭盖头）哎呀我的娘啊！

师　爷　　怎样啊？

独眼龙　　鹤立鸡群，凤鸣九霄啊！

师　爷　　那您就把她收为压寨夫人，岂不为美？

独眼龙　　压得住，压得住啊。

师　爷　　其他女子都赏给众头领？

独眼龙　　大家有份，大家有份，师爷你要是腰不痛，也来一个试试？

师　爷　　小的打小腰不大好，肾亏肾虚，受之有愧啊！

独眼龙　　天赐良机，山上的兄弟们，快下来选娘子啊！

师　爷　　且慢，大王，万一这些美娇娘有诈呢？

独眼龙　　你自己吃不到葡萄，就说葡萄是酸的？

师　爷　　这个……

独眼龙　　（唱）百媚千娇美娇娘，

　　　　　（夹白）除你之外啊，

　　　　　（唱）哪个男人不心慌。

　　　　　　　今夜上床啃一口，

　　　　　　　明年生儿育女叫爹娘。

师　爷　　（唱）倘若她们把咱诓，

　　　　　　　翦八士的队伍山后藏？

独眼龙　　（唱）这么多女人在咱手，

投鼠忌器他敢嚣张？

〔独眼龙一声唿哨，山上的土匪都下来抢夺姑娘。

翦氏夫人 （抽出匕首）（唱）刀在手、箭在弦纵马奔忙，
独 眼 龙 （唱）藏凤洞水深千尺权做洞房。

〔翦八士带领将士追上。

翦 八 士 （唱）歼敌寇里应外合神兵天降，
翦氏夫人 （唱）弃马匹上扁舟洞深水长。
独 眼 龙 哎呀，船只都被这些美人抢走了，咱们赶紧跳水去抓花姑娘！

〔翦八士部队追上，夫人带领女军，前后夹攻，与匪徒开打，活捉独眼龙。

独 眼 龙 罢罢罢。牡丹花下死，做鬼也风流。（取匕首欲自刺）
翦 八 士 （夺过匕首）你若投诚，待我奏过圣上，封你为黑松岭团练！
独 眼 龙 情愿归附翦将军！
翦 八 士 附近匪徒呢？
独 眼 龙 我也一并劝降。
翦 八 士 口说无凭！
师 爷 有备无患，我已经写下降书了。
众 人 （指师爷）啊，你倒有先见之明。哈哈哈！

第四场　桃源聚散

〔常德桃源，万亩桃花盛开。

〔太监上。

太　　监　　奉天承运皇帝诏曰：今有翦八士将军、吐叶公主朱翦夫人，征讨云南黑松岭，土匪望风归降，扬我大明国威。特封翦八士为镇南定国将军，授职荆襄都督府都督，镇守湖广辰常，统领云贵边疆。封吐叶公主为武威夫人。以常德为其治所，封其良田三千亩，跑马射箭，营建翦府者！谢恩呐。

众　　人　　吾皇万岁，万岁，万万岁！

〔伴唱：桃花江是美人窝，
　　　　维汉姻缘线引梭。
　　　　如剪清溪双照影，
　　　　生生死死为情牉。

〔歌唱声中，壮丽气派的翦府落成。

〔翦八士与夫人抱着孩子上。

翦氏夫人　　（唱）为情多，生下娇儿盼娇娥。

翦 八 士　　（唱）为情多，儿在肩上幸福驮。

翦氏夫人
翦 八 士　　（合唱）桃花源里可耕作，
　　　　　　　　　　恩爱夫妻子孙多。

翦氏夫人　　（唱）生下男子将军样，

翦 八 士　　（唱）生下女儿观音佛。

鞠氏夫人	（唱）武陵风水千般好，
鞠八士	（唱）芝麻开花结籽多。
鞠氏夫人 鞠八士	（合唱）父皇恩德拜不够， 　　　　大儿小名唤拜赞。

〔师爷匆忙上。

副　　将	禀大人，黑松岭师爷拜见。
鞠八士	啊，快快有请！
师　　爷	将军，大事不好。
鞠八士	何事惊慌？且自道来。
师　　爷	黑松岭独眼龙统领，他他他……
鞠八士	怎么讲？
师　　爷	我们的队伍，被一伙匪徒包围啦。为首的金发碧眼，长得好像……我装死逃出，特来拜求援兵。
鞠氏夫人	哎，师爷，您是怎么说话的……
师　　爷	我打嘴，自己打嘴，我忘了将军也是金发碧眼的人呐。
鞠八士	师爷不必惊慌。不管哪里人等，胆敢犯我大明之天威，虽远必诛！
师　　爷	（跪）黑松岭独眼龙统领麾下之师爷，跪谢将军！
鞠氏夫人	师爷喝口水，且听将军吩咐。
鞠八士	（对副将）吩咐大军，速作准备，救人要紧，今日便挥师南下者。
副　　将	得令！（急下）
鞠氏夫人	将军！
鞠八士	（示意众人退下）夫人！（二人相拥）

〔伴唱：桃花江是美人窝，

　　　　维汉姻缘线引梭。

　　　　如剪清溪双照影，

　　　　生生死死为情殚。

觅氏夫人　（唱）为情殚，生离死别苦折磨，

觅八士　　（唱）为情殚，娇妻幼子牵挂多。

觅氏夫人　将军切莫牵挂太甚。我父皇戎马军中，多次出生入死。他多次脱险后说：

（吟唱）托身帝王家，生死同一窝。

　　　　要死一起死，要活一起活。

觅八士　　是啊，帝王家庭，覆巢之下焉有完卵。可是我觅八士啊，宁肯自己碎尸万段（夫人急掩其口）也要保全妻子啊……

（唱）生来不晓愁滋味，

　　　惯看沙场血成河。

　　　如今妻、子成三口，

　　　别离双腿如石磨！

〔三口之家难舍难分。

〔副将与师爷上。

副　将　　禀报将军，部队集合完毕。

觅八士　　好，吹起号角，撑起军旗，得胜班师，再返桃源！

众　人　　得胜班师，再返桃源！

觅八士　　出发！

〔收光。

第五场　寻夫辨夫

〔合唱：将军一去音讯少，
　　　　秋草春花冰雪捩。
　　　　四季循环遵节气，
　　　　战场哪知死与活。

〔老家院上。

老 家 院　哎呀，气氛太悲壮了。我，蒳府的老家院，吐叶公主——也就是朱蒳夫人的心腹之人啦。怎么，大家还不鼓掌表示欢迎？看我眼熟是吧？这就对了，我就是在南京天牢里头见证将军与公主爱情的老狱卒。其实当时我也不敢多看，主要就是在外面望风。这一望就望得好啊，公主看我还机灵，就让我跟着到了湖南，在这常德桃源当家院呢。去年的人间四月天，将军出征前说：得胜班师，再返桃源。来来来，大家一块说——

众 观 众　得胜班师，再返桃源。

老 家 院　可是春花秋月瞬时过，桃李东风又一年了。这不，皇上的公主、将军的夫人思夫心切，看我稳重，带着咱去云南，找将军去了！夫人、秋月、兵丫头们，咱们走啊！

〔夫人、秋月与女兵上。

蒳氏夫人　（唱）急切切寻夫君长路漫漫，
　　　　　　有情人哪管它危岩高高流水潺潺。
　　　　　　不知前方战事紧，
　　　　　　不晓将军贵体安，

              想人的日子怎了断，
              心也痛来眼又酸。
              天天以泪来洗面，
              夜夜更鼓未成眠。
              娇儿自有乳娘管，
              拜赞他茁壮成长在桃源。
              不如千里寻夫去，
              便从湖南下云南。
众　　人　　（合唱）车马并行兼日夜，
              逢山架梯，遇水行船。
              一唱三叹日月快，
              轻舟已过万重山。
老 家 院　　夫人好啊。来此已是玉龙雪山。
蒴氏夫人　　五月天山雪，无花只有寒啊。

〔众人登山科。

老 家 院　　越往上走，越是寒冷啊。
蒴氏夫人　　（唱）左盘右旋登雪山，
              险壁危岩步步难。
              苍鹰飞掠惊群鸟，
              猿鹿哀鸣畏登攀。
              山下暑热山上寒，
              人间冷暖不一般。
              将军他把江山守，
              万夫莫开他一夫当关。

〔哈勒七九从悬崖处滑下来，晕倒。
〔众女兵包围之。

老 家 院　　夫人且靠后，让我来看。啊呀，不好了！
蓊氏夫人　　何事惊慌？
老 家 院　　是咱们家的将军摔晕过去了！
众 女 兵　　是啊，将军摔晕了。
蓊氏夫人　　（急将自己的披风脱下，盖在其身上）。呀！
　　　　　　（唱）看眼前分明是将军模样，
　　　　　　　　　一样的卷发碧眼高鼻梁。（亲自掐其人中）
哈勒七九　　（苏醒）呀，
　　　　　　（唱）曾记得悬崖峭壁滑下苍茫，
　　　　　　　　　蒙恩人相救助恩德久长。
蓊氏夫人　　（唱）乍一看仿佛是夫君模样，
　　　　　　　　　却缘何对面不识恩爱的妻房？
哈勒七九　　（唱）是这样救命之恩终生难忘，
　　　　　　　　　却为何女娇娥佩刀荷枪？
蓊氏夫人　　（唱）满腹疑云费思量，
哈勒七九　　（唱）待问清内情后再做主张。

〔独眼龙、师爷带队巡山上。

师　　爷　　大人不好了，前方有情况！
独 眼 龙　　什么情况，卧倒！
师　　爷　　人不太多，还有女流之辈，咱们包抄过去？
独 眼 龙　　好的，咱们立即行动，把他们包围起来！
师　　爷　　好像是将军夫人到此啊。

独 眼 龙　　哈哈，看我的。何方女裙钗，胆敢擅闯军事要地？

鞠氏夫人　　哎呀，这不是团练啊，您这次就不抢压寨夫人了？

独 眼 龙　　哈哈，我这次啊，还是要把您送上山去，当我们将军的压寨夫人啦。

哈勒七九　　（站起来）哈哈，冤家路窄，又碰到你这个独眼龙？

独 眼 龙　　哈哈，原来是你这个叛军头目，上次侥幸逃出，今天还是落到了我的手中！

哈勒七九　　我倒问你，光天化日之下，强抢民女，该当何罪？

师　　爷　　弟兄们，别与他啰嗦，把他给拿下。

〔士兵上去，皆被哈勒七九降服。

哈勒七九　　谁敢抢我的救命恩人，我就让他死无葬身之地。

鞠氏夫人　　且住啊，若是我自己愿意随他们一起去呢？

哈勒七九　　这个，您敢不是吓坏了，急疯了？

独 眼 龙　　哈哈哈，你自己才疯了！

鞠氏夫人　　我看大家都是清醒的人呐。如此一道前去，拜见我家将军！

哈勒七九　　啊？你是将军夫人？

鞠氏夫人　　正是。

哈勒七九　　（一怔）啊？

〔师爷趁机指挥战士，将渔网撒在哈勒七九身上，绑住。

师　　爷　　别啰嗦，随我们走啊！

众　　人　　哈哈哈！

〔收光。

第六场　家国情仇

〔翦八士将军府帐。

翦 八 士　（唱）奉皇命扎营在玉龙雪山，
　　　　　　　　　管教他叛军匪徒插翅难攀。
　　　　　　　　　想当时我也曾包抄敌顽，
　　　　　　　　　却未将叛军首领一举灭歼。
　　　　　　　　　为报朱皇帝天恩不浅，
　　　　　　　　　不杀尽贼敌寇岂肯下鞍。
　　　　　　　　　白日里操练部队巡逻遍，
　　　　　　　　　到夜晚思妻念子难入眠。
　　　　　　　　　春夏秋冬四季循环，
　　　　　　　　　人在云南心在桃源。

〔独眼龙与众人蜿蜒行来，接近将军营帐。

独 眼 龙　夫人，来此已是将军营帐。恭喜将军贺喜将军！
翦 八 士　何喜之有？报告切莫夸张。
师 　 爷　将军，夫人来啦。
翦 八 士　（喜出望外）夫人！
翦氏夫人　夫君！（二人相偎相依）
　　　　　　　（合唱）执手相看泪潸潸，
　　　　　　　　　　　好处相逢无一言。
　　　　　　　　　　　恍然如梦却真切，
　　　　　　　　　　　万般苦涩化甘甜。
翦 八 士　（唱）多高了多大了我儿拜赞？

翦氏夫人	（唱）见风长喝水长百事平安。
翦 八 士	（唱）两地相思父子爱，
翦氏夫人	（唱）一个模子分两边。
翦 八 士 翦氏夫人	（合唱）但愿得云贵边陲狼烟尽，
	亲骨肉桃源相聚国泰家安。

〔哈勒七九欲上。

哈勒七九	我要见你们将军！
独 眼 龙	早不来，晚不见，将军与压寨夫人正在相会，你偏偏这个时候去捣乱？
师 爷	久旱逢甘霖，小别胜新婚，你要闯上去，这不是找抽吗？
哈勒七九	耳听说过军旗上有个"翦"字，敢问翦将军的大名？
独 眼 龙	告诉你要吓死你！老家院，您就告诉他吧。
老 家 院	是啊，他就是著名的镇南将军翦八士！
师 爷	这是皇上所赐、专门剪除你们这些反贼的将军大姓！
哈勒七九	八十、八士，好熟悉的名字啊。与我的哈勒八十姓不同啊。
老 家 院	早年间我们将军就叫做哈勒巴子，后来结了皇亲、娶了公主，就改名翦八士啦。
哈勒七九	着啊，我定要去闯营呐。
独 眼 龙	（阻拦）人家两口子要好，您要是闯进去啊，可就不好看了。
哈勒七九	我偏要闯。
独 眼 龙	我偏要绑！（将其绑住）
哈勒七九	（挣扎）别绑我，我是你们将军的兄长，谁敢拦我，一会让你们好看！

独 眼 龙　　去年你率队围住我部,把老子差点给困死了。再叫,我杀了你!

哈勒七九　　咕噜咕噜。(维吾尔语)

翦 八 士　　何事惊慌?且将来人带进来叙话。

师 　 爷　　将军有令,带外族人进帐叙话者!

〔独眼龙等带哈勒七九进帐。

哈勒七九　　(维吾尔语)弟弟!

翦 八 士　　(维吾尔语)哥哥!(兄弟拥抱)

〔独眼龙急忙给哈勒七九松绑。

独 眼 龙　　(自己打自己嘴巴)真的是兄弟啊,小人我有眼不识泰山,兄长大爷您大人大量,原谅我啊。

师 　 爷　　(急忙挣下独眼龙)大家速速退下,让他们兄弟叙话啊。

〔众下。

〔夫人为兄弟俩奉茶。

翦氏夫人　　你们兄弟俩谈,我去温茶啊。

哈勒七九　　拜谢救命的弟妹!

翦氏夫人　　区区小事,何足挂齿。营救兄长,我之幸也(下)。

翦 八 士　　你俩这是唱的哪一出啊?

哈勒七九　　(维吾尔语)如此如此……

翦 八 士　　兄长,咱俩在昔日的元大都、今日的明北平呆了那么多年,今日个还是说普通话!

哈勒七九　　好好好,我们说普通话!唉,说不利索了,咱们喝酒?

翦 八 士　　好的,咱们边喝边说。夫人,倒酒啊。

鞀氏夫人　　来啦。（给兄弟俩倒酒。下）

哈勒七九　　咱兄弟俩还是老规矩？

鞀八士　　　当然，先干三杯再说话。

哈勒七九　　好烈的酒啊！

（唱）想当年，祖父他西域投军到蒙古，

　　　蒙恩宠，成吉思汗也拜他为高参。

鞀八士　　　（唱）父亲他臂力无穷改行伍，

　　　立下了汗马功劳伤痕累累血迹斑斑。

哈勒七九　　亏你还记得！再干三杯！（两人喝酒）

（唱）那一年，兄弟六人同染瘟疫，

　　　恨只恨，四兄弟鬼魂归天山。

鞀八士　　　（唱）你我二人得平安，

　　　大元军中掌兵权。

哈勒七九　　（唱）大都的总兵你掌管，

　　　我做副将把令传。

　　　可恨你，恩将仇报认贼作父报德以怨，

　　　当驸马娶公主背叛了大元。

鞀八士　　　（唱）啊呀，兄长啊！

　　　元顺帝奔漠北再镇北元，

　　　天下人谁不知贴睦尔妥欢？

　　　临行时他命我火烧大都玉石皆断，

　　　众百姓太无辜我千难万难！

哈勒七九　　（唱）你就该精忠报国殉葬大元，

　　　落一个忠君的下场美名永传。

鞀八士　　　（唱）兄弟何曾怕死难，

　　　另有原委在此间。

公主她美人救英雄，刑场把案翻。

朱皇帝亲自嫁公主，仁义天外天。

哈勒七九　　（唱）难道说，马皇后生下这公主？

〔夫人斟酒上。

翦氏夫人　　（唱）我生父邓愈元帅执掌军团！

哈勒七九　　您是邓愈之亲生女，朱元璋收养的公主？

翦氏夫人　　正是！

哈勒七九　　（唱）北元帝封我将军保卫北元，

邓魔王率大军两番征战到天山。

可怜我营中兄弟十家便有九家死，

还有一家成废残——

恨重重，泪斑斑，

鲜血染红了吐鲁番。

翦 八 士　　（唱）你逃到云南居土匪，

要兼并独眼龙反遭危难。

哈勒七九　　（唱）恳请兄弟同造反，

有福同享归大元。

翦 八 士　　（唱）兄长啊，识时务者为俊杰，

逆水行舟必翻船！

翦氏夫人　　（唱）兄长放眼看大盘，

普天之下都是大明的锦江山。

哈勒七九　　（唱）道不同来话难言，

战场厮杀抢险滩！

翦 八 士　　（唱）拜请兄长莫扼腕，（下跪）

哈勒七九　　（唱）我拿你做人质勇闯难关。（突然控制翦八士）

翦氏夫人	（唱）乘人之危非好汉，
	且看我女流之辈武艺非凡。（反将哈勒七九控制）
翦八士	来人！
独眼龙	（将哈勒七九拿下）我等早就候在左右了。
师　爷	（得意地）将军之侧，岂容叛军撒野？
哈勒七九	兄弟，要杀就杀，要剐就剐！咱哈勒家，只能保住一脉骨血，祭祖传后！
翦八士	兄长，那我就成全你了……
翦氏夫人	不，放了他！
哈勒七九	英雄不要女人的怜悯，你放了我，咱们在战场上还会以死相逼。
翦八士	好啊，这就是我哈勒兄长的脾性。咱们战场见！
翦氏夫人	送客！
独眼龙等	唉！

〔哈勒七九仓皇逃窜。鼙鼓声起。

第七场　赐婚悼亡

〔常德桃花源翦府。

〔合唱：将军十年未曾归，

　　　　欲饮琵琶马上催。

　　　　英雄辈出血脉在，

　　　　拜赞成人春风吹。

老家院	各位走动了。今日拜赞十六岁生日，亲生外祖父、皇上外

祖父都不辞辛苦，前来庆贺，尊荣至极啊。

〔众女兵在老家院指挥下布置酒宴。
〔翦拜赞上。

翦 拜 赞　（唱）自小来读诗书舞枪弄棒，
　　　　　　　　托生在将军家理应自强。
　　　　　　　　外祖父与皇上双双探望，
　　　　　　　　拜赞我过生日日月同光。
　　　　　妈，您收拾好了没有，快点出来与儿一起，等着迎接贵宾啊。

翦氏夫人　来了！
　　　　（唱）喜盈盈出了内堂进大堂，
　　　　　　　乐滋滋欢迎父王与父皇。
　　　　　　　桃花源万亩桃园桃花齐放，
　　　　　　　念夫君千里外可知这景色芬芳。

〔太监与小黄门上。皇上与邓愈、吐蕃公主、徐达孙女及
　众宫女上。

邓　　愈　吐叶公主与拜赞外孙，恭迎圣驾！
众　　人　（跪）祝皇上万寿无疆。
朱 元 璋　平身！
众　　人　谢皇上。
朱 元 璋　朕的皇外孙英姿飒爽，玉树临风，公主你好福气啊。
邓　　愈　是啊，外孙聪明俊朗，英气勃勃，将来又是国家栋梁！
翦氏夫人　多谢父皇夸奖，父王祝福，女儿我先谢过了。
拜　　赞　借皇祖父、王祖父吉言，孙儿我自当学成文武艺，像我父亲一样，效忠大明朝。

邓　　愈　　（咳嗽）这个……

朱元璋　　蓟八士将军镇南有功，十数年来牵制并消灭了北元盘踞云南的十余万叛军，功不可没！

邓　　愈　　蓟将军还有效切断了西南与畏兀儿叛军的联系，我在吐蕃之军功，也与蓟将军密不可分！

朱元璋　　寡人再加封蓟将军为太子太保，诰授光禄大夫，代代世袭！

邓　　愈
蓟氏夫人　　（合）皇恩浩荡，叩谢明君！
拜　　赞

朱元璋　　诸位爱卿平身。拜赞你过来啊。

（唱）孤赐你吐蕃公主成婚配，（吐蕃公主上）

　　　　再赐你徐达孙女结姻亲。（徐达孙女上）

　　　　雏龙双凤枝叶茂，

　　　　为朕的江山保太平。

众　　人　　皇上万岁，万岁，万万岁！

太监
老家院　　婚宴早已摆好，各位嘉宾尽快入席者！

朱元璋　　本皇主婚。

邓　　愈　　本王证婚。

众　　人　　（唱）自从盘古开天地，

　　　　古今婚礼此为尊。

太监
老家院　　一拜天地，二拜国君，三拜邓元帅，四拜高堂，夫妻对拜！

〔热闹声中，朱元璋、邓愈双挽朱蓟夫人过来。

朱蓟夫人　　（唱）此为尊，为何浑身汗淋淋，

　　　　　　　不祥的预感笼在心。
朱元璋　　（唱）此为尊，朱姓邓姓都舍去，
　　　　　　　翦氏夫人最贴心。
翦氏夫人　皇儿敢问皇上，翦八士他、他他他？
朱元璋　　还是我的公主聪明，八士他为国捐躯了！

〔翦氏夫人晕倒，邓愈急扶。

朱元璋　　公主醒来。
邓　愈　　女儿醒来。
翦氏夫人　（唱）晕乎乎只觉得天昏地沉，
　　　　　　　战兢兢恰好似万箭穿心。
　　　　　　　夫妻大爱没疼够啊，
　　　　　　　怎能忘十五年的夫妻百岁的恩？
　　　　　　　拜赞的婚事你没见证啊，
　　　　　　　花好桃正红，皇家结姻亲！
　　　　　　父皇、父王，我夫他是怎样死的啊？
朱元璋　　战场之事，还是元帅讲啊。
邓　愈　　（唱）贤婿他，歼灭叛军获全胜，
　　　　　　　不料想，假降的哈勒七九短剑穿心。
　　　　　　　贤婿忍痛杀七九，
　　　　　　　两兄弟，各为其主命归阴。
　　　　　　　临死留下一句话，
　　　　　　　常德桃花源，吐蕃哈密郡，
　　　　　　　祭祖继血脉、汉维要联姻，
　　　　　　　子子孙孙要留下根，留下根！
翦氏夫人　孩儿记下了，孩儿恳请父皇、父王忍痛节哀。

蒭拜赞等	皇外祖、王外祖，我们夫妻三人，前来敬酒请安啊。
邓　　愈	对，我们该去共同庆祝拜赞的婚姻。
朱元璋	喝喜酒，闹洞房，留下叶脉留下根，大明江山万年青！

〔收光。

余韵　花开两朵

〔合唱：拜赞出征马上死，
　　　　英雄折戟泪满襟。
　　　　常蒲蒭成血脉在，
　　　　兄弟各自奔前程。

〔桃花源。蒭氏夫人手牵二位孙子上。

蒭氏夫人　（唱）奔前程，桃花源里送长孙。
　　　　此去西域三千里，
　　　　吐蕃哈密守缤纷。
　　　　为爷爷八士留脉根，
　　　　为大爷七九祭祖庭。
　　　　要记住，桃花源也有兄弟在，
　　　　要记住，汉维一家最相亲。
　　　　楚国吐蕃血缘近，
　　　　再不可，彼此征战同室操戈追随叛军比输赢。
　　　　大明王朝光辉在，
　　　　泱泱华夏好子孙。

哈常蒲　奶奶、弟弟，送君千里终须一别，我走了。

翦　　成　　哥哥，常回常德桃花源看看，我会照顾好奶奶，也会时刻想念你的。（三人拥抱）

〔伴唱：桃花江是美人窝，
　　　　维汉姻缘线引梭。
　　　　如剪清溪双照影，
　　　　生生死死为情弹。

翦氏夫人　（唱）为情弹，生离死别苦折磨，
　　　　　　为情弹，花开两朵牵挂多。
　　　　　　世代山连水，
　　　　　　河海波连波。

〔剧终〕

2017年3月28日星期二
初稿于中国戏曲学院戏文系

大型扬剧

鉴真传佛

人物表：

鉴　真	俗姓淳于，扬州江阳县（今江苏扬州）人。南山律宗再传弟子，日本律宗宗师（正生）
周画师	佛画师，居士。琼花之父（老生）
琼　花	周画师之女（花旦）
祥　彦	鉴真徒弟（小生）
荣　睿	日本遣唐法僧（花脸）
普　照	日本遣唐法僧（丑）
如　海	鉴真徒弟，高丽和尚（丑）
洪珊瑚	如海之妻，翻空山山大王
道宣法师	南山律宗创始人（老生）
金甲护法神	道宣法师护卫（武生）
班景倩	江南道采访使（花脸）
崖州太守	（花脸）
大政官舍人亲王	日本朝廷亲王（小生）
隆尊大法师	日本佛教尊者（花脸）

孝谦天皇（小生）、太上皇（老生）、皇后（青衣）、皇子（娃娃生）、小黄门二位、中外僧尼若干、衙役若干、群众若干

序　引

〔时间：公元733年，大唐开元二十一年、日本圣武天皇朝天平五年。

〔地点：平城京奈良都。

小黄门甲　　四海尊佛法，

小黄门乙　　万国拜大唐。

小黄门甲　　西天学大法，

小黄门乙　　长安胜奈良。

小黄门甲　　僧众皆已集齐，有请大政官舍人亲王！

小黄门乙　　有请隆尊大法师！

亲　　王　　（唱）日出东方照扶桑，

隆　　尊　　（唱）佛光更比日光长。

亲　　王　　（唱）日光照得白昼亮，

隆　　尊　　（唱）佛光日夜暖心房。

亲　　王　　是啊，巍巍大唐，文明古邦。

隆　　尊　　黄河长江，沐浴佛光。

亲　　王　　天皇降旨，派遣两位法师随遣唐使远赴大唐，延请中土大师前来传佛。大法师，不知人选定下来否？

隆　　尊　　亲王容禀：经过各地庙寺层层筛选，卑职最终圈定了荣睿、普照两位志向坚定的法师。

亲　　王　　如此快快有请，待我亲自面试者。

隆　　尊　　有请荣睿、普照二位法师。

〔荣睿、普照上。

荣睿 普照	（合）小僧参拜大政官亲王、参拜隆尊大法师！	
亲　王	（轻声）就凭这一高一矮、一胖一瘦、一黑一白，成吗？	
隆　尊	这可是千挑万选、佛理明晰、志向坚定之人啊。	
亲　王	如此，待我问来。二位法师，敢问我大和民族信佛的根芽？	
荣睿 普照	（合）亲王容禀！	
荣　睿	（唱）中土佛国传馨香，	
	南北朝有大师魂返西方。	
普　照	（唱）慧思转世到日本，	
	圣德王子佑扶桑。	
荣睿 普照	（合唱）佛法东渡聚慧根，	
	大日本利乐有情渡慈航。	
亲隆尊王	（击掌合）着啊。再问如今大唐之法师，何人为尊？	
荣睿 普照	（合）小僧闻道，昔日南朝的慧思大法师，衣钵相传，其传灯弟子鉴真大法师，乃一代之高僧，实法师之翘楚。	
隆　尊	然也。古往今来，佛门尊者不可胜数，然大师不可多得！	
荣睿 普照	（合唱）人间代有大师现，	
	盼得鉴真传馨香，	
	人间的大师转世的菩萨，	
	就在那叠叠江山滔滔经卷点点舍利巍巍大唐。	
亲　王	好啊，若能请得鉴真东渡……	
荣　睿	若能请得鉴真法师前来传法，其道统周正，条律严明，	
普　照	传律宗之精髓、整佛坛之纲纪，此其人也，此其时也！	

亲　王		唉，想那鉴真大法师，名倾东南，从者如云，他又如何肯贸然东渡，冒九死一生之风险，结日本弘法之善缘呢？
荣　睿		小僧闻，人有善念天必从之；
普　照		国有佛缘，佛必佑之。
亲　王		天皇陛下将弘佛法的念想托付给我等，
隆　尊		亲王将请大师的重担托付给你们……
亲　王		来啊。

〔小黄门送上圣旨。

亲　王		圣旨下，尔等僧众伏地拜听也。荣睿！
荣　睿		小僧在！
隆　尊		普照！
普　照		贫僧在！
亲　王		来人啊！着尔等二人，前往大唐，联合已经在唐修行的日本僧人，齐心合力，将大唐的高僧大德之人鉴真大法师，请到我日本国弘法者！
荣　睿 普　照		（合）我二人荣幸入选，自当赴汤蹈火，不辱皇室，生死置之度外，使命在所不辞。
亲　王 隆　尊		（合）尔等只要一息尚存，定要请回鉴真大法师，光大日本佛门！拜托了！
荣　睿 普　照		（合）哈—哈—（日语"是"的意思）。
隆　尊		且慢，亲王，西行请佛之大业，就凭这一高一矮、一胖一瘦、一黑一白两个小子，成吗？

亲　　王　　成成成，最佳人选，不二法门啊。想不到冒犯法师的报应，就是如此的迅捷啊！（大笑）

众　　人　　（唱）当日慧思降东瀛，

　　　　　　　　　如今朝野仰鉴真。

　　　　　　　　　抚今追昔信仰在，

　　　　　　　　　尚德王子您显圣灵，显圣灵。

第一场　发　愿

〔扬州大明寺。子夜。鉴真打坐中。

鉴　　真　　（唱）授戒五万佛弟子，

　　　　　　　　　平日里扪心自问也安魂。

　　　　　　　　　今夜怎生多烦闷，

　　　　　　　　　怕辜负大明宝塔三千层。

　　　　　　　　　困倦倦恍然入梦，

　　　　　　　　　缤纷纷金光盈门。

〔二金甲天神簇拥着端坐于莲花宝座上的慧思大法师，上。

〔鉴真惊起，忙起身相迎。

慧　　思　　敢问足下可是南山律宗道宣之传灯弟子、当今东南律宗第一法师鉴真和尚么？

鉴　　真　　贫僧正是大明寺住持鉴真。拜请法师名讳？

慧　　思　　你问的是我啊？

　　　　　　（唱）年十五信佛出家，

　　　　　　　　　习真经常念《法华》。

　　　　　兖州讲禅法，遇邪魔捉拿欺诈，
　　　　　郢州说大成，三徒众竟遭毒杀。

鉴　真　法师圣人在上，请受弟子三拜！

慧　思　鉴真，你真个识得为师的行藏吗？且说给我听者。

鉴　真　哎呀，祖师爷啊，
　　　（唱）《般若经》金字镇塔，
　　　　　天台宗南岳奇葩。
　　　　　三度脱险真菩萨，
　　　　　五番脱身抚袈裟。

慧　思　鉴真所言，正是贫僧的劫难啊。
　　　（唱）衡山坐化东去也，
　　　　　转世为圣德王子，天皇的娃娃！

鉴　真　（唱）东瀛从此传佳话，
　　　　　到处是佛门弟子，经卷展芳华！

慧　思　（唱）佛国从来无偏差，
　　　　　天下名山僧占多，海角并天涯。

鉴　真　（唱）闻道东瀛少正法，
　　　　　这边浮夸，那边浮夸，
　　　　　不知是真还是假？

慧　思　（唱）乱纷纷诸家纷杂，
　　　　　倩谁当家，该谁当家？
　　　　　且待真经点云霞！

鉴　真　祖师爷啊，鉴真我情愿传圣人之衣钵，光佛门之律宗。

慧　思　天机不可泄，禅机当自知。若结善缘，后会有期。

鉴　真　徒儿愚钝，祖师爷明示啊。

慧　思　也罢，我且传你一件珍珠袈裟，以为见证。善哉善哉，阿弥陀佛！

〔慧思法师掷袈裟，在二位金甲神簇拥下，飘然隐去。
〔鉴真接过袈裟披在身上，恍然入梦。
〔祥彦上。

祥　彦　纷繁庙堂事，报与法师听。师傅醒来，师傅醒来！
鉴　真　祥彦！是何事如此急切？
祥　彦　师傅，如今各地僧众五百余人，打从今天三更起都在山门之外，排起长队，等待您剃度授戒呢。
鉴　真　祥彦啊，吩咐知事僧做好准备，待我剃度授戒者。
祥　彦　师傅，今日等候人多，弟子们是否可以分头代您剃度授戒呢？
鉴　真　万万不可。这许多僧众从山遥路远之地来到大明寺，就是为了得我亲授，皈依正宗啊。
祥　彦　唯恐师傅受累。
鉴　真　佛云，我但入地狱，度人入天堂。

〔周画师父女与如海上。

周画师　我佛画师周氏父女，拜见大师。
鉴　真　周画师父女一向辛苦，一旁看座。
琼　花　琼花谢座，但我人小，不坐不坐。
如　海　（结巴）报……师师傅，祥祥……彦师兄！
鉴　真　如海不必紧张，有话慢慢说。
如　海　有两个——和……尚……
鉴　真　不对，山门之外，是有数百和尚排队等候啊。
周画师　大法师，排在最前面的，是有两个外国和尚……
琼　花　那两个古怪的和尚，说话结结巴巴，鞠躬哈巴哈巴，眼神

	白花白花，走路扎巴扎巴，自称是日本过来的，说是从昨晚开始就在山门之外求见您啦。
周画师	琼花，大师面前，休得无礼啊。
鉴　真	不妨事，琼花侄女聪慧伶俐，言语清晰，帮您调色画佛，周画师你好福气啊。（对灵佑）那两个日本和尚……
祥　彦	师傅一会儿其他要剃度忙碌，还是不见的好。
众和尚	是啊，咱们也摸不清日本国和尚的路数，还是不见的好。
鉴　真	（将珍珠袈裟披在身上，心有所动）依我看，还是见的好。
祥　彦	那好，各位高点香烛，打开山门，一殿僧众两旁静候，将二位日本高僧迎入佛殿者！

〔荣睿、普照上。

荣　睿	（唱）大明寺高耸入云如在天上，
普　照	（唱）大法师佛光普照高坐佛堂。
荣　睿	（唱）神情凝重律宗的气象，
普　照	（唱）气象庄严满目的慈祥。
	（同跪）参见大法师！
鉴　真	看座，奉茶。敢问二位法僧的名号？
荣　睿	在下荣睿，日本天皇遣唐和尚。
普　照	小人普照，也是日本天皇遣唐和尚。
鉴　真	我想二位法师远渡重洋，到我大唐，必有教诲，愿闻其详。
荣　睿 普　照	（跪下，合）真人面前不说假话，我二人奉天皇之命，前来礼请鉴真法师，前往我国传佛！
僧　众	出家人休得胡言乱语。
荣　睿 普　照	（合）哎呀，大师呀，

（唱）日本国在海之中，
　　　众和尚摩肩接踵。
　　　大法师旷古难见，
　　　黑夜里期盼灯红。
　　　盼大师慈悲渡海，
　　　导佛法慈航朝东！

鉴　真　吾闻日本佛教，久已流传……

荣　睿　想我大和民族，佛教皆自西土神州传灯而至，南朝慧思法师，托生为我国圣德王子。

鉴　真　慧思法师正是为我等传下衣钵的祖师爷。

荣　睿　是啊，名师出高徒，我等唐突失敬了。

鉴　真　不必客气，且自讲来。

荣　睿　故此佛家寺庙，如今遍布日本四岛。仅仅京都奈良之内，便有那……

普　照　兴福寺、大安寺、玄兴寺、药师寺、葛城寺、纪王寺，寺院相望，四十四座佛庙寺院熠熠闪光！

鉴　真　好一派佛国圣境也。只是僧众人等，哪里敷衍的过来？

荣　睿　是啊，我邦国土甚小，赋税过重，徭役偏多，致令天下百姓，换上僧服，人人出家；

普　照　于是一国之内和尚过半，佛法清规荡然无存，花和尚采花、酒和尚醉酒、肉和尚吃肉……

鉴　真　凡此种种，岂不是玷污了佛法，耽搁了佛事，轻视我传戒之庄严仪式，侮慢我佛教之尊严吗？

荣　睿
普　照　（合）故此，天皇陛下命我二人渡重洋，请大师，前往日本，拨乱反正，整顿佛法，再传真经！

僧　众　　二位东瀛法师，休得胡言乱语。

鉴　真　　（心有所悟）我省的了。

　　　　　　（唱）怪不得祖师爷昨夜托梦，

　　　　　　　　　说一语藏半句卧虎潜龙。

　　　　　　　　　且待我幡然梦醒自觉悟，

　　　　　　　　　响鼓忌重锤轻叩警世钟。

　　　　　　　　　倘若我飘然前往云帆东渡，

　　　　　　　　　众弟子谁情愿蹈海跟从？

如　海　　我等高丽和尚，特来大唐随法师学佛。倘若法师东渡，大明寺谁来主持，我等又随何人明法呢？

小沙门　　报，门外五百僧众，都在询问何时请大师剃度。

僧　众　　是啊，师傅东渡是为了传佛，我等大明寺和尚、东南僧众，也要读经修持，也需要大法师引领啊。

如　海　　再说扶桑太远，沧海淼漫，风高浪急，十船九翻。倘若东渡，性命难保啊。

僧　众　　是啊，倘若东渡，性命难保啊。

鉴　真　　哎呀，诸位呀。万事万物，因缘际会，皆是千年前的宿命，生死存亡，总是尘海中的劫数。

祥　彦　　有道是，死生有命，

琼　花　　（会心一笑）成败在天。

鉴　真　　是啊，传佛无远近，弘法皆净土，悠悠万事，佛缘最大。佛缘既结，谈什么生死存亡！

　　　　　　（唱）东土佛法归大唐，

　　　　　　　　　佛门庄严日月光。

　　　　　　　　　日月明暗有时尽，

　　　　　　　　　菩萨慈悲万年航。

>　　弘法从来无远近，
>
>　　死生有命任毁伤。
>
>　　贤者成佛涅槃后，
>
>　　愚夫享寿鬼蜮长。
>
>　　普度众生出苦海，
>
>　　哪怕他恶魔当道鸱鸮啄眼毒蟾缠绕浊浪排天，
>
>　　挡不住我日本弘法凌云志，
>
>　　一苇飞渡过东洋！

祥　彦　徒儿愿意跟随师傅东渡，生死不渝。

周画师　我们画师工匠一行，也情愿跟随师父东渡！

琼　花　还有我呢……（周画师急忙捂住女儿的嘴）

如　海　小琼花，你也要去？

僧　众　我们都愿意追随法师东渡！

荣　睿
普　照　（合）我等代表日本国僧众王室，跪拜鉴真大法师，多谢众位师傅。

僧　众　东渡，东渡，东渡！

鉴　真　东渡不易，我们要储粮、聚宝、买船，大家分头准备啊。

周画师　我等画师工匠，也须一一准备起来。

琼　花　是呀，我要当小跟班，把笔墨纸砚、文房四宝、上等的颜料、庄严的佛漆，还有那鸡翅木、沉香木、黄花梨木、大叶紫檀、小叶紫檀都要采办起来啊。

如　海　啊哈，既有美女相伴，又能立地成佛，我也愿意东渡。

祥　彦　您就免了吧，早睡晚起，经法荒疏，好吃懒做，怕死贪生……

僧　众　是呀，您就免了吧。

荣　睿　一会儿贪生怕死，

普　照　　一会儿改弦易辙……

琼　花　　是呀，这一百八十度的大转弯，您也转得太快了。您就留在大明寺看家吧。

祥　彦　　那……在山门之外等待剃度的五百僧众？

鉴　真　　咱们快快有请，按律剃度啊。

〔众下。

如　海　　（唱）就许你们成佛，留我如海看家？
　　　　　　　　还有美女相伴，男女岂可混杂？
　　　　　　　　看不见琼花女娇娃，我心乱如麻！
　　　　　　　　量小并非君子，无毒不是蛇牙。
　　　　　　　只要不带我玩，我就告告告，铁心到官衙！

〔一跤摔倒，爬起来。

如　海　　哎呀呀，差点折了大牙！

〔收光。

第二场　官　司

〔江南道采访使衙门。

师　爷　　升堂！

众衙役　　升堂！

班景倩　　带犯人！

师　爷　　带犯人祥彦、荣睿、普照进来啊。

祥荣 彦睿 普照	（合）班老爷！冤枉啊，我们不是盗贼，是和尚！
班景倩	冤枉？公堂之上，何人到此不喊冤？
师　爷	是啊，人人都冤枉，那我不是成了冤大头了？
班景倩	（向师爷）这三个光头太弱智了，简直是侮辱我的智商。老爷我还不情愿审了，拖堂吧。
师　爷	老爷，此案不宜久拖啊。
班景倩	那也好，就米下锅，看菜吃饭，师爷你来审吧。
师　爷	谢过老爷。我来问尔等，购买海船、囤积钱粮、收购宝物、私通海盗，该当何罪？ （唱）头儿放光，眼睛放光， 　　　　分明是奸诈的心肠。 　　　　和尚不念经诵佛， 　　　　却投靠大盗江洋。
祥荣 彦睿 普照	（合）小僧一行是被栽赃了。
师　爷	勾结海盗，运送货物，情节恶劣，数量巨大者，该当死罪。这下啊，尔等真的玩儿栽了。
荣睿 普照	（合）我们的不玩儿栽，不怕死。海盗的，勾结的没有。
班景倩	啊呀，怎么又弄出一对说话都不利索的日本和尚来了，师爷？
师　爷	中倭勾结，内外串通，罪过更加一等啊。
祥　彦	大人容禀，这两位日本法僧，都有朝廷鸿胪寺的证件。他们奉了日本皇室之命，来请鉴真大法师东渡传法。
师　爷	一派胡言。鉴真大法师乃我大唐律宗之高僧，东南佛法之领袖，怎肯到你那小小的倭国去？来呀！

衙　役	有。
师　爷	人是贱虫，不打不招，拉下去给我重打三十大板！

〔衙役将三人拖到侧幕拷打。画外音：一十、二十、三十！复拖上场。

师　爷	怎么样，咱官府专业打人的滋味如何？这回总该招了吧？
荣　睿 普　照	（合）尻部的，好疼。小人的，通匪的没有。
班景倩	屁股称尻部，日本和尚的古汉语，倒是有特色。那个说话利索的呢？
祥　彦	小人所言，句句是真，出家人不说谎言。
师　爷	那就是打得还不够，尻部还不疼痛。来人，给我用鞭刑！
衙　役	这次咱们当场表演大唐的鞭刑啊。来来来，脱下裤子，露出尻部，准备受刑啊。
众衙役	开打。

〔鉴真与周画师父女上。

鉴　真	棍下留人，鉴真来也！
师　爷	官衙下令打人，哪个敢拦？
班景倩	你得了吧，一旁站着去，也不看看谁来了。有请大法师！
师　爷	是是是，小人有眼不识泰山。
班景倩	大师光临，蓬荜生辉。不知有何见教？
琼　花	尖椒尖椒，最狠的辣椒。
师　爷	小丫头休得无礼！这里哪有你说话的地儿！
班景倩	（眼睛发亮）呃，且让她讲。
琼　花	哎呀，老爷啊，我今儿向祥彦大师兄报账，人言他被官府

师　爷	休得胡言，那银子不是我收的。
琼　花	是我辗转打听，想花点银子打听情形，衙役大哥与师爷倒是不收银子，告诉了实情：就是一个和尚告发了三个和尚。三个和尚惨遭酷刑都是因为那一个和尚。倘若要搭救这三个和尚，您得要去搬动大明寺的鉴真法师大和尚。
班景倩	好一个伶牙俐齿、皓齿明眸的小姑娘，周画师你好福气啊。
周画师	我父女敬画佛像，全凭大师的福佑啊。
鉴　真	哎呀，班大人啊！

（唱）闻徒弟遭刑法步履蹒跚，

　　公堂上徒弟遭罪血痕斑斑。

　　东瀛传佛怎成罪，

　　挺身而出解危难。

班景倩	大师看座。
鉴　真	哎，徒弟要受鞭刑，贫僧怎能安坐呢？
班景倩	大法师啊，官府一言既出驷马难追，您不让徒弟领略鞭刑，难不成您代替他们承受不成？
鉴　真	徒弟俱是代我受过，贫僧情愿当场受刑。
琼　花	师傅，一鞭下去遍地血花，您可万万不能啊。
三徒弟	（俱跪下）师傅万万不可，我们年轻，经打，我们情愿受鞭刑。
琼　花	琼花年轻，情愿代大法师挨打！
班景倩	哎吆，这个小姑娘倒是敢为大法师两肋插刀啊，佩服！好啊，我就成全你，放过大师，专打你啦。
鉴　真	我意已决，请勿多言。班大人，开打吧。（脱下珍珠袈裟）
琼　花	（将珍珠袈裟给鉴真披上，跪下）小女子甘愿受刑。

〔袈裟内掉下一纸文书，师爷匆匆一瞥，忙交付班景倩。

师　爷	想我大唐刑法，一向重男轻女，鞭刑只打男丁，不打女子。你们别把老爷推上山顶。
众　人	怎么样呢？
班景倩	（看罢文书）那就把本官摔下来了。啊呀，大师啊，您老人家既有宰相李林甫之从兄李林宗李大人允许东渡之文书，何必要受鞭刑，也拖累小官受过呢？
鉴　真	啊呀，大人啊，是非曲直，自可辨明。佛家舍身饲虎，美名传扬，又何惧这小小的鞭刑呢？
班景倩	（唱）大师胸怀比海深， 　　　　境界超俗人。 　　　　舍身救徒胜父子， 　　　　不以官书压官身， 　　　　景倩敬高僧。
鉴　真	（唱）官府高悬明月镜， 　　　　皮鞭也留情。 　　　　传法弘道乃使命， 　　　　是非曲直辨得清， 　　　　中华向东瀛。

〔二人大笑。

琼　花	你们还笑，我的膝盖都跪疼啦。
班景倩	琼花姑娘倒也仗义，快快请起。
鉴　真	还不谢过老爷。
周画师 琼　花	（合）我们父女谢过班老爷不打之恩。
班景倩	汝父女如何谢我，且听下回分解。

周画师 琼　花	（合）嗯？
班景倩	啊呀，大师啊，只恨你那恶徒如海，告您通倭寇，送粮草，欺师灭祖，还要拐带女子小琼花！
众　人	哼！可恶！
班景倩	他还差点把本官也拖累进去。李林宗大人，那可是一人之下万人之上李林甫大宰相的至亲啊！来啊！
众衙役	有！
班景倩	给我把如海拖出来！
众衙役	是！（拖如海上场）
如　海	师傅、师兄，千错万错都是我错，我自己掌嘴。
班景倩	刁僧如海，欺师灭祖，诬告法师通匪，混淆官府视听，来啊！
众衙役	到！
班景倩	给我拖了下去，这回该用鞭刑，往死里打！
众衙役	是！
如　海	老爷饶命，师傅救我！
祥彦 荣睿 普照	（合）早知今日，
琼　花	何必当初呢？
鉴　真	且慢！贫僧有个不情之请，可否将如海交与贫僧，按照佛门法规处置？
祥彦 荣睿 普照	（合）是啊，老爷，可否把如海交与我们严加处置？
班景倩	（与师爷一对眼神）好！大法师，这一刁徒，全凭你们处置。退堂！

〔官府退堂。

〔三位徒弟拎起如海，随着鉴真法师出门。

〔周氏父女跟着出门。

琼　花　　祥彦哥，看你们一瘸一拐，打得不轻吧，真是受苦了。
祥　彦　　多谢周叔叔与琼花妹妹及时相救。
如　海　　我……这就没救了。
祥　彦　　好个欺师灭祖、卖友求荣的贼子！
荣　睿　　你的，良心的坏了！
普　照　　在日本，是要自己剖腹的！
众　人　　害群之马，先打，后埋！以绝后患。
如　海　　师傅饶我小命！
鉴　真　　且慢，放了他，让他走吧。
众　人　　师傅！
如　海　　（磕头）师傅饶了我，我浪子回头金不换，我还是跟着您老人家，还是跟着师兄们，当牛做马在所不辞。
众　人　　师傅，别听他甜言蜜语，他是歹毒的心肠。
鉴　真　　善哉善哉，佛门也留不得你了，你就走吧。
如　海　　（抱着师傅的腿）师傅留我一条小命，我是坚决不肯走的。
三徒弟　　快点滚，不然我们灭了你！

〔如海抱头鼠窜。

三徒弟　　师傅，如此十恶不赦之人，坏了咱东渡的事业，您为何不打不骂，就这么给放了呢？
鉴　真　　修佛之人，大肚能容。传佛之举，劫难必多。
三徒弟　　修佛之人，大肚能容。传佛之举，劫难必多。

周画师 琼　花	师傅果真是菩萨的心肠。
鉴　真	再说如海也愿意同往东瀛传佛，只是私心太重，贪欲太过，羡慕、嫉妒、恨，导致他如此下作。哎呀，诸位啊—— （唱）尘海茫茫孽缘重，
众　人	（唱）孽缘重，
琼　花	（唱）大法师拨云见日自从容。
众　人	（唱）自从容。
鉴　真	（唱）但愿他迷途知返结善果，
琼　花	（唱）风雨过后见彩虹！
祥　彦	（对如海）师傅饶你一命，还不快滚？
荣　睿 普　照	（合）你的，还不打滚？
如　海	（抱头）是，我的快滚！（下）

〔众人欲下。

师　爷	（上）且慢。
众　人	啊？
师　爷	班大人将船只、大米、法器等物件，一一发还给鉴真大法师啦。
鉴　真	代我等谢过大人。
师　爷	只是周画师父女，必须暂且留下，班大人有请了。
周画师	这个……
鉴　真	画师但去无妨，记住早日过来，随我等准备东渡者！
周画师 琼　花	记住了。

〔收光。

第三场　海　难

〔狼沟浦码头。一众人等将食物、水坛、佛器等搬上东渡的海船。

荣　睿	扛货物，肩膀疼，
普　照	早忘了，尻部疼。
祥　彦	琼花不知吉与凶，
三　人	想来想去心头疼，心头疼。

〔鉴真上。周画师跟上。

鉴　真　（唱）乘西风向扶桑满心欢畅，
　　　　　　　狼沟浦东瀛港共沐朝阳。
周画师　（唱）众画师与工匠紧紧跟上，
鉴　真　（唱）还惦记小琼花那懂事的姑娘。
三弟子　是啊，我们也都惦记着那位超级懂事的好姑娘！
周画师　多谢大师和诸位牵挂。只因班大人母亲年迈，便让琼花照料其母。这样，我跟随大法师远涉东洋，也就放心了啊。
众　人　原来如此，我们都放心啦。
祥　彦　启禀师傅，万事俱备，只等您一声令下，我们就扬帆远航也。
鉴　真　好，撤下跳板。
众　人　撤下跳板。
和尚甲乙
工匠甲乙　（合）且慢，我们还没有上船呢。

〔琼花女扮男装，同上，祥彦指点她迅速躲进船舱。

鉴　真　　收起铁锚。

众　人　　收起铁锚。

鉴　真　　我们启航啦。

众　人　　我们启航啦。

鉴　真　　（唱）遵佛统离故土潮平海岸远，

众　人　　（唱）潮平海岸远。

鉴　真　　（唱）拣黄道选吉日风正群帆悬，

众　人　　（唱）风正群帆悬。

鉴　真　　（唱）沐朝阳看夕阳云遮黄昏倦，

众　人　　（唱）云遮黄昏倦。

鉴　真　　（唱）隐月华观月华佛法天心圆，

众　人　　（唱）佛法天心圆。

〔众人困倦，陆续睡去。
〔祥彦闪出，协助琼花从船舱里钻出来。

琼　花　　啊呀，我的妈呀，在船舱可憋坏我啦。也该轮到我伸伸懒腰了。（拥抱祥彦）

祥　彦　　琼花你自己伸懒腰，怎么要拥抱于我呢？

琼　花　　德行，您就别猪鼻子里面插大葱——装象了。别怕，大家都睡着了。

鉴　真　　大家是都睡了，只有贫僧未眠。

〔祥彦大惊，赶紧闪下。

琼　花　　大法师饶命、饶命，是我不好，女扮男装，混上了大船。

鉴　真　　善哉善哉，万事皆有定数。你混在工匠当中，在众人撤去跳板之前，倒数第二人跳上船来，你道是也不是？

琼　花　　是的、是的，大法师是有天眼的，谁都瞒不过您的天眼、法眼、智慧眼。

鉴　真　　小姑娘就别给我戴高帽子啦。我倒问你，你为何不在班大人家侍候老夫人，却要女扮男装，混上船来？

琼　花　　这个……大师啊！

（唱）我父女敬大师东瀛弘法志向远，

鉴　真　　（唱）须提防恶风起浊浪拍天。

琼　花　　（唱）哭娘亲过世早，父与女相依为命免挂牵，

鉴　真　　（唱）贤孝女随父远行也是注定的前缘。

琼　花　　（唱）班大人他几次三番要纳我为妾封号许愿，

鉴　真　　（唱）因此上三十六计走为上计女扮男装解孽缘。

琼　花　　大法师真是明察秋毫，什么也瞒不过你呀。

鉴　真　　善哉、善哉。

琼　花　　只要大师不嫌弃不赶我下船，我会给大家补衣服、做饭菜、打鱼捕蟹，什么都会做，什么都能做！

鉴　真　　阿弥陀佛，只怕你尘缘未解，倘若做出事来……

琼　花　　（跪下）那我从此就不解风情，一心向佛，就请大师您时时监督我吧。

鉴　真　　这个……修行在自身，心猿意马，岂是管得好的？

琼　花　　醍醐灌顶，玉女再照。您要是不监管我啊，我就一直跪拜在此，再也不起来啦。

鉴　真　　琼花快快请起。

琼　花　　谢师傅！

〔风浪骤起，船体东倒西歪，颠簸起来。

〔合唱：颠颠倒，倒倒颠，

　　　　　　船似树叶翻两边。
　　　　　　头晕目眩肝肠断，
　　　　　　风卷帆船撞礁前。

祥　彦　　师傅，不好了，我们的船只触礁了。
琼　花　　师傅，船要沉了，大家都纷纷落水啦。
众　人　　救命啊、救命啊。
荣　睿
普　照　　（合）师傅别怕，我们来救您。
鉴　真　　大家切莫惊慌，祥彦率领大家，护卫佛器；荣睿、普照，赶快下水救人。琼花随我下船。
祥　彦
荣　睿
普　照　　（合）是！琼花妹妹，赶紧护送师傅下船。（各自下）
琼　花　　师傅，眼看船就要沉了，咱们快点舍船，登上礁石啊。
鉴　真　　不，你先看看，是否还有人困守船上。
周画师　　（呻吟）啊呀，救命啊，我被卡在船头啦。
鉴　真　　快，琼花，我们赶快去营救你爹。
琼　花　　爹！
周画师　　女儿，你怎么也上船出海来啦？我如今性命难保，难不成你要送为父最后一程？
鉴　真　　周画师切莫妄语，咱们一同上岸啊。
琼　花　　啊呀，爸爸您的腰撞伤了，周边的海水都染红了。
鉴　真　　琼花，快将汝父的伤口包扎好，我们一起爬上礁石避难者。

　　〔一阵飓风袭来，鉴真与琼花双双落水，他们都挣扎着往周画师所在的方向去救援。

周画师 （唱）船礁切割腰已断，

万般痛楚摧心肝。

一灵幽幽归冥府，

血染碧波向涅槃。

父女相逢……除非黄泉再相见。

琼　花 （唱）孝女救父心不甘。

鉴　真 （唱）营救画师乃天理。（被浪头打到另外一侧，呛水）

周画师 （唱）琼花你营救法师莫迟延。

琼　花 （唱）琼花女自幼练就好水性，

救父亲、救法师我分身乏术好生的为难。

鉴　真 （唱）止血救父脱险境。（抛过围巾，又被浪头打远）

周画师 女儿，我不行啦，咱下辈子托生，还要做一对父女，还要为佛门护法，追随鉴真大师！

〔周画师以头撞礁石，一命归天。

琼　花 爹！我听您的，我去救师傅！

〔琼花救起在海浪中起伏喝水的师傅。
〔祥彦、荣睿、普照赶过来，一起将鉴真法师托举到礁石上。
〔一阵风浪将周画师卷走。

众　人 （伏地）周画师！

琼　花 （撕心裂肺地）爸爸！（扑下水去，祥彦跳海，将琼花死死拉住，托举到礁石上。琼花抱住祥彦，失声痛哭）

〔收光。

第四场 冲 喜

〔班景倩府邸。

〔师爷与二衙役上。

师　爷　　奇怪、奇怪真奇怪，

二衙役　　南海道采访使——他日进斗金人心不足还要搞腐败。

师　爷　　班老爷他奉旨查抄南海府，

二衙役　　奇珍异宝，金山银库满满当当的三艘宝船装呀么装回来。

师　爷　　海礁上营救了鉴真和尚师徒工人十几位。

二衙役　　还有那不愿做妾女扮男装跟随海船的女裙钗。

衙役甲　　（唱）小小琼花儿开，

衙役乙　　（唱）香飘云天外。

师　爷　　只因老夫人病情重来年岁迈，

衙役甲　　孝子娶小三，

衙役乙　　冲喜乐开怀！

师　爷　　好啊，你两个小子还会说冲喜乐开怀，倒真是长进了！

二衙役　　是啊，班老爷娶了小琼花，说不定老夫人她一开心，病就好了啊。

师　爷　　闲话少讲，书归正传，咱们贴起喜字，摆上美酒，吹吹打打、热热闹闹地……

二衙役　　院子外面各色官员财主，都排起了三里长的队伍，咱们开始收礼、冲喜啦。

〔班景倩携琼花上。

琼　花　　冲喜？

班景倩	是啊，冲喜救命，披红挂彩！
琼　花	启禀班大人，琼花我热孝在身，您要我披红挂彩，于心何忍哪。
班景倩	琼花姑娘，若不是我及时相救，你们几十人众，恐怕早已成为海礁上的饿殍了吧。
琼　花	班大官人，承蒙您大恩大德，救起了我们，可是鉴真大法师，他至今还昏迷未醒……
班景倩	所以你我要披红挂彩，吹吹打打，把您的师傅给唤醒，这就是冲喜啊。
琼　花	着啊，若是为了唤醒鉴真大法师，哪怕是穿上一百件红衣裳，我都愿意。
班景倩	那好，我们就披红挂紫，装扮起来啊。
师　爷	事不宜迟，一拜天地——
琼　花	佛家居士，我们都拜的是梵天佛地，拜鉴真大法师。
班景倩	那好，我们就拜大法师。
师　爷	二拜爹娘。
琼　花	（哭）喂呀，我的爹娘啊！
班景倩	我爹早逝娘还在……

〔家人上。

家　人	哎呀，班老爷，大事不好，老夫人昏过去哉！
班景倩	完了，喜没有冲好，赶快去救娘，我是出名的孝子！（下）

〔琼花拜见鉴真大法师。

琼　花	大法师醒来，大法师醒来，我为您冲喜来啦。
鉴　真	（唱）昏沉沉倦眼难开，

　　　　　　软绵绵四肢难抬。

琼　花　（大喜）师傅醒来啦，师傅醒来啦，冲喜成功了！

鉴　真　（唱）说什么冲喜观自在，

　　　　　　欲说还休口难开。

　　　　　　在海上呛水人昏死，

　　　　　　一灵渺渺返冥台。

　　　　　　祖师爷他二话不说再三阻挡，

　　　　　　四个回合小铺排，

　　　　　　便让我五体投地六心坚定七窍灵敏八面来风九九归真。

　　　　　　犹如马蹄把我踹，

　　　　　　十面埋伏魂兮归来。

　　　　　　小琼花营救我装妖作怪，

　　　　　　披红挂紫驱雾霾。

　　　　　　只记得东渡的大船触礁石，死伤大半，遭遇祸灾，

　　　　　　周画师为救我以头击石块，

　　　　　　恶风浪卷走了他的身骸，

　　　　　　众徒弟好居士血染大海，

　　　　　　法像经书化尘埃，禁不住悲从中来！

　　　　　　痛定思人还在，

　　　　　　壮志未酬挂心怀。

　　　　　　但只要一息尚存人不死，

　　　　　　我定要东瀛传佛上天台。

　　〔祥彦、荣睿、普照同上。

众　人　（欢呼）师傅醒来啦。

〔班景倩上。

班景倩 大法师，您活过来了？
鉴　真 善哉善哉，我是返回阳世了，多谢官人搭救我一干人等啊。
班景倩 大法师，我与琼花拜堂冲喜，把您给救回来了，可我妈却大事不妙了。
琼　花 原来冲喜就是拜堂，拜堂不就是结婚吗，那我就不拜了。
班景倩 事到如今，拜也得拜，不拜也得拜，难不成让送礼的亲朋好友、上级同僚，都来看我的笑话吗？
鉴　真 班大官人切莫慌张，贫僧自小随师父深山采药，略通岐黄，可否能给令堂把脉看病？
班景倩 哎呀，大师啊，你果然是活菩萨转世，您若能把我妈从鬼门关前给拉回来，我就不与琼花姑娘拜堂冲喜了，我可是个天大的孝子啊。
鉴　真 此话当真？
班景倩 当真，果然！
鉴　真 如此，官家且带贫僧前去诊病者。
班景倩 大师啊，只要你治好了我娘的病，我给您当牛做马，在所不辞！
鉴　真 咱们先看病啊。

〔正是：孝子天保佑，贤母总寿延。（同下）

师　爷 啊呀乖乖隆地咚，鉴真大法师果然是药师大菩萨，线脉搭一搭，针灸捻三捻，老夫人就转危为安，起死回生了。
二衙役 隆地乖乖隆，老夫人睁开眼睛，一看到鉴真大法师，道一声阿弥陀佛，病就好了一大半！

师　爷	不服也得服，
二衙役	不拜也得拜啊。

〔鉴真一行与班景倩上。

班景倩	（唱）请法师救老娘恩同再造，
鉴　真	（唱）还需要依我药方仔细采药熬制汤膏。
班景倩	（唱）将琼花奉还给大师说到做到，
琼　花	（唱）咱们假冲喜真救人一箭双雕。
鉴　真	（唱）种福根结善果万物到头终有报，
班景倩	（唱）送海船捐银子我水涨船高。
鉴　真	（唱）施主仁心有怀抱，
琼　花	（唱）官家孝子名声遥。
班景倩	（唱）若非老娘年事高，

　　　　　　也情愿跟随大师东渡传佛，
　　　　　　要做那八宝的袈裟一羽毛。

师　爷	鉴真大法师，那些个送礼的官员富户们，都遵照班老爷的吩咐，将一应礼物无偿转赠给你，愿您东渡传佛吉祥无忧！
鉴　真	阿弥陀佛，代我谢过诸位啊。

　　　　　（唱）感君一片真情意，
　　　　　　送佛声声入云霄。

班景倩	（唱）小琼花说声舍得心不舍，
琼　花	（唱）假拜堂真捐献官家的品德高。
班景倩	海船停在黄泗浦港，大师快快起航啊。
鉴　真	阿弥陀佛，施主洪福无量啊。我等就此别过，择日起航，再行东渡！
众　人	大法师一往无前，大海洋水涨船高！

〔门子上。

门　子　　报，京城鸿胪寺有加急文书送到！
师　爷　　（打开文书）啊？（递给班景倩，耳语）
班景倩　　啊呀！（瘫倒在地）
鉴　真　　班大人身体不适，我来营救？
班景倩　　（有气无力地）送客。
师　爷　　大法师快走，走走走啊！

〔切光。

第五场　闯　关

〔舟山群岛洞头浦码头。
〔衙役甲、乙、丙、丁驰马上。

衙役甲　　奉了上司令，
衙役乙　　围住洞头浦。
衙役丙　　海船咫尺远，
衙役丁　　谁敢进一步？

〔鉴真师徒上。众船夫上。众挑夫将所收的各色财物挑过来。徒弟们欣喜若狂，尽展身手。

琼　花　　（唱）得海船再出征良港在望，
祥　彦　　（唱）逢绝境觅生路柳暗花香。
荣　睿　　（唱）山重水复疑无路，

普　　照　　（唱）云开日出见霞光。

众 徒 弟　　师傅，您请过来啊。

鉴　　真　　（内唱）经劫难殇人命一空诸相，（上）

（接唱）蒙施主赠财物荡气回肠。

　　　　　　失船得船皆天意，

　　　　　　安详之中隐不祥。

　　　　　　为什么班官家他顷刻之间暗神伤，

　　　　　　疑云起忧患生定有名堂！

衙役甲乙　　来者站住，不许靠近一步。

衙役丙丁　　（拉起绳索）这里就是生死的红线，半步也不许靠近。

祥　　彦　　各位兄长，我们是班大人的贵客，是他派我们乘船出海的。

衙役甲乙　　管你什么贵客、堂客、稀客、远客、戴帽的客、光头的客，

衙役丙丁　　到这里都要客随主便，向后转，齐步走啊！

琼　　花　　是啊，我们都是班大人的人马，是奉命过来的，千万别误会。

衙役甲乙　　啊哟，您本是班大人的人，怎么又离开了班大人呢？离开了班大人，就不是班大人的人。

衙役丙丁　　再不后退，统统拿下，捆起来，见大人！

鉴　　真　　尔等休得无礼！

衙役甲乙　　有道是，射人先射马，

衙役丙丁　　擒贼先擒王！（扑向鉴真法师）

　　　　　　〔众徒弟保护鉴真，与众衙役开打。

　　　　　　〔众衙役打红了眼，抽出佩刀，双方势均力敌。

　　　　　　〔师爷驰马上，坠马。众衙役急忙相救。

鉴　　真　　祥彦，抛下一担金银细软，我们赶快上船啊。

〔师爷耳语，众衙役分抢细软，相继倒下。

祥　彦　众位贤弟，保护师傅迅速上船啦。

〔鉴真师徒急速通过，荣睿、普照开启船锚。
〔师爷带领衙役们追来，船已离开码头。

祥　彦　狭路相逢，

荣　睿
普　照　（合）虎口逃生。

琼　花　事有蹊跷，

众　人　请教师傅！

鉴　真　（面朝岸上作揖）啊呀，徒儿啊，

　　　　（唱）班大人救母尽孝送海船，

　　　　　　　赠珠宝送细软广种福田。

众徒弟　是啊，官府的脸，油炸的面，怎么说变就变呢？

鉴　真　（唱）鸿胪寺送来了文书一件，

　　　　　　　因此上逐客快走非等闲。

　　　　　　　衙役捕快来堵截，

　　　　　　　师爷装死假阻拦。

　　　　　　　等到开船方赶上，

　　　　　　　望洋兴叹得意还。

　　　　　　　这都是有意放我等出海口，

　　　　　　　只怕是过了一关还有另一关！

琼　花　过了第一关，还有第二关？

祥　彦　这第二关？我想起来了，从洞口浦由江出海，必然经过双垭口！

琼　花　那双垭口卡住了出海的咽喉，要是有重兵把守，一夫当关，那个接下来怎么说？

祥　彦　万夫莫开！

鉴　真　事不宜迟，我们趁黑闯关！

众　人　是，我们冒黑闯关！

祥　彦　一路行来，顺风顺水，前面已是双垭口。

鉴　真　月黑风高夜，

荣　睿
普　照　（合）哎呀，不好了，船只搁浅滩！

〔灯光大作，双垭口守将上。

守　将　鉴真大法师，我们特来迎接您上岸哪。

鉴　真　将军容禀：我等前往东瀛传佛，乃班大人所首肯的呀。

守　将　我们是中央军，班大人是地方队，我们不属他管啊。

鉴　真　传法天下，风月同天，这大唐的雅量，却为何阻挡前去呢？

守　将　只因日本遣唐使，指名道姓要延请大法师东渡传佛。皇上说好，那就佛道同传啊。对方尊佛轻道，大唐也就不准法师去者！

荣　睿　将军真个不准？

守　将　真个不准。

普　照　果然不准？

守　将　果然不准！

祥　彦　看杖！

守　将　啊呀，动真格的了，大家给我上。

〔开打。军队上。

祥　彦	大家快上船，掩护师傅出发，留我一人断后。
荣睿普照	（合）师兄！
祥　彦	听我命令，上船，开船！
守　将	鉴真大法师，逃得了和尚逃不了船，此去洋流滚滚，顺风而下乃是海南，那里也有重兵把守！
鉴　真	拜请将军，务请放过我徒弟！
守　将	大法师在上，这小和尚胆大包天，打伤我十几员兵将，要是不抓他一个活口，我也不好向上司交差啊！（众兵紧逼过来）
众兵士	抓活的！
祥　彦	（被迫跳下悬崖）啊！师傅保重，琼花珍重！（坠石而亡）
琼　花	祥彦！（欲跳船救人，被鉴真拉住）师傅，您就让我跳海，与祥彦师兄在一起，不离分吧。
鉴　真	此话怎讲？
荣睿普照	（合）师兄！（欲跳船救人，被琼花左右拉住）

〔琼花将祥彦遗书交与鉴真。

鉴　真　（念）罪徒一念之差，遂有二体之合。犯了三戒之尤，自当按律自裁。啊呀，祥彦！爱徒啊！

　　　　（唱）祥彦殒命我心碎，

　　　　　　大海呜咽也同悲。

　　　　　　你一生弘法无怨悔，

　　　　　　道心坚定不可摧。

　　　　　　苍天伤我好膀臂，

　　　　　披肝沥胆唤不回！

　　　　　小琼花，你莫悔，

　　　　　鉴真的香火隔代续，

　　　　　佛门的真传年年推，

　　　　　代代开新梅！

众徒弟　　（同跪）师傅节哀！琼花师妹珍重。

　　　〔合唱：别了江南到海南，

　　　　　　　浅滩躲过向深滩。

　　　　　　　千难万险都经过，

　　　　　　　船至崖州过三关。

　　　〔翻空山山大王洪珊瑚与丈夫如海率部上。

如　海　　入海行船小南国，

洪珊瑚　　占山跑马山大王。

如　海　　咱家，鉴真大法师麾下高徒如海是也。蒙法师不杀之恩，本欲先行东渡，等待师傅……

洪珊瑚　　不料小船从江南沿海，漂流到崖州翻空山。是我看你生的可喜，长得可爱，那就救你上岸，招亲同房了啊。

如　海　　可怜我处男童子不破之身，和尚僧人第一大戒，都活生生给你破了、开了，给消融了。

洪珊瑚　　这么说反倒是我强暴了你不成？那一天你昏倒在小舢板上，是我用樊素口滋润了你，小蛮腰温暖了你，你若反悔，看枪！

如　海　　不敢反悔，借我十个胆子也不敢反悔。恩人娘子，你看，远方漂来一艘大船……

洪珊瑚　　好啊，咱们替天行道，劫富济贫，专抢大船啊。小的们！

众喽啰　　有！

洪珊瑚　　准备小船，咱们围抢大船去者！

众喽啰　　是！

〔众喽啰率先抢上大船，一番小开打，将忍饥挨饿、缺水晕船、毫无战斗力的鉴真师徒一一绑住。

荣　睿　　你们什么的干活？

普　照　　良心大大的不好。

琼　花　　我们碰到小毛贼啦。

鉴　真　　大家淡定，且看最后分解啊。

〔洪珊瑚与如海最后上船。

如　海　　哎呀，是艘僧船，和尚绑不得！

洪珊瑚　　勾结官府的坏和尚、荒淫好色的花和尚，我也照绑不误。除非是你师傅来了。

如　海　　（发现鉴真）真的是我师傅，大法师，我来迟了！来人，快将我绑上，我要负荆请罪！

洪珊瑚　　哎呀，赶快给师傅们松绑，我们集体请罪啊。

如　海　　给师傅赔罪，一叩首，

洪珊瑚　　什么叩首不叩首的，是一磕头，二磕头，三磕头！

鉴　真　　如海啊，多年不见，你就这么一点长进吗？

如　海　　师父恕罪！

洪珊瑚　　师傅您莫怪他，自从如海入赘我家之后，我们一不杀人，二不抢穷人，要抢只抢富豪之家！

鉴　真　　人有善念，天必从之。莫说尔等未曾伤生，就是杀人魔头，放下屠刀，也可立地成佛！

洪珊瑚　　着啊，放下屠刀立地成佛，咱们在这翻空山上，新造佛庙，打造金身，请大法师权且主持一时如何？

如　海　　我师傅可是闻名天下的大菩萨，建座小庙，如何能请大法师驻跸呢？

鉴　真　　行善不分早晚，建庙无论大小，你要建庙，我就传经！

洪珊瑚　　师傅，咱们建庙也要有个说法名头，您给寺庙起个名字？

鉴　真　　行至翻空皆喜雨，迎来南海尽朝云，就叫大云寺吧。

众徒弟　　好啊，咱们一起营建大云寺啊。

洪珊瑚　　且慢！

众　人　　（惊愕）啊？

洪珊瑚　　建庙之前，按照我们苗族风俗，先跳起招龙舞来！

众　人　　（唱）乘船出海闯三关，一关更比一关难。
　　　　　　　　事不过三造化在，逢凶化吉解忧烦。

〔众跳舞，收光。

第六场　治　瘴

〔大云寺。
〔如海夫妻上。

如　海　　（唱）大云寺平地而起香火盛，
洪珊瑚　　（唱）大法师殚精竭虑掌明灯。
如　海　　（唱）崖州太守三致帖，
洪珊瑚　　（唱）重修开元拜鉴真。
门　子　　报，崖州太守前来拜访鉴真大法师。

如　海 洪　珊　瑚	（合）启禀师傅，今有崖州太守前来拜访，不知师傅见与不见？
鉴　真	有请，（崖州太守急上）看座。
崖州太守	有座。一向得闻法师盛名，迟至今日方得拜访，失敬了。
鉴　真	太守枉顾大云寺，不知有何见教？
崖州太守	啊呀，大法师啊， （唱）无事不登三宝殿， 　　　急茬求助在大师前。
鉴　真	太守尽管明言。
崖州太守	（唱）只因满城生瘴疠， 　　　百家哭声葬黄泉。 倘若班采访使班大人怪罪下来，那可如何是好啊。
鉴　真	（唱）太守不必多宏愿， 　　　黎民苦难挂心间。 　　　遍尝百草试汤药， 　　　师徒们救死扶伤莫等闲。
崖州太守	（唱）我佛慈悲皆普救， 　　　百年古刹毁了开元。 　　　大云寺平步青云多伟岸， 　　　求师傅重修古庙再续香火驱除瘴气救黎元。
鉴　真	当今之计，先救百姓苍生，再修开元古刹。
崖州太守	先修开元古刹，佛气自然可压住瘴气了。
鉴　真	敢问太守，一修佛寺，经月累年，患病的百姓还有生理吗？
崖州太守	咱这热带的瘴气，传人后一触即发，大佛寺才可永镇！
鉴　真	修庙必先治病，治病即为传佛。治病救人要紧，送客！

〔崖州太守下。

洪珊瑚　　这太守大人，看见咱们的大云寺高耸入云，他也来攀比，就是不管百姓死活！

如　海　　他呀，就是要抓政绩工程，邀功讨好呗。

鉴　真　　同在海南，咱们翻空山上，这本地、外地的一应人等，怎么就瘴气不生，安然无恙呢？

洪珊瑚　　是啊，这瘴气，咱们苗族都称之为打摆子，蚊叮虫咬，每年都有。发作起来，忽冷忽热，弄不好就死人的。

如　海　　我来此数年，只有我翻空山上，瘴气不作，风水好啊。

鉴　真　　可否把周围重病的百姓，抬到大云寺，咱们好生调养？

洪珊瑚
如　海　　（合）悉听遵命。

鉴　真　　你们就不怕传染？

洪珊瑚
如　海　　（合）救人一命胜造七级浮屠，我们不怕啊。

鉴　真　　如此，我等一干僧众，

洪珊瑚
如　海　　（合）我等大小喽啰，

鉴　真　　都去救人、抬人啊。

　　　　　（唱）治病救人天之道，（合唱）天之道，
　　　　　　　　我佛慈悲最逍遥。（合唱）最逍遥。
　　　　　　　　舍身饲虎有古训，（合唱）有古训，
　　　　　　　　以身试药岂辞劳？（合唱）我们不辞劳。

〔众下，复上。

荣　睿
普　照　　（合）师傅，我们抬回了二十位重症患者。

洪珊瑚 琼　花	（合）我们抬回了二十位女病人。
如　海	师傅，我率领大小喽啰，一共抬回来了四十位病人！
鉴　真	且将病人分别安置在前殿、后殿和偏殿，打开窗户通风，奉上热茶补水啊。
众　人	是！
鉴　真	珊瑚施主，这几天你给我们喝的茶，清凉可口，先苦后甜……
洪珊瑚	师傅，您喝的茶呀，是苗族世世代代都喜欢喝的青蒿茶。
如　海	翻空山上，处处都是青蒿草。现如今，我就爱这口青蒿茶！
鉴　真	（吟唱）呦呦鹿鸣，食野之蒿。 　　　　我有嘉宾，德音孔昭。 　　　　仙翁葛洪，遍尝百草， 　　　　清热退烧，唯有青蒿。
洪珊瑚	喽啰们，支起大锅，多放青蒿茶砖，多炮制青蒿茶啊。
众喽啰	得令！
鉴　真	（接唱）再加蚕矢止吐泻，剥露竹茹清肝焦， 　　　　陈皮化痰止咳嗽，诸臣列队伴青蒿。
洪珊瑚	师傅，我们炮制好了。
鉴　真	如此，待我先尝者。
荣　睿	我的先尝。
普　照	我的先尝。
洪珊瑚 如　海	（合）我们先尝！
琼　花	当然是我代师傅，以身试药啊。
鉴　真	诸位切莫争吵，我自小跟随师傅，在深山试药的时候，你

们都还没有来到人间呢。（尝药）加水稀释三倍，分给病人吃药！

众　　人　　遵命。（下而复上）

洪珊瑚
琼　花　　（合）师傅，我们的女病人喝药之后，病都好了七分啦！

荣睿
普照　　（合）师傅，那二十位重病患者，全都脱离了险情。

如　　海　　师傅，我们那四十位轻重病人，好多人都豁然病愈啦。

鉴　　真　　且慢，想这崖州，还有好多亟待救治的患者，各位僧众人等，且跟我作速送药治病去者！

洪珊瑚
普照　　（合）我们路熟，除了留守部队之外，我们都去带路送药治病去啊。

鉴　　真　　如此，走啊！

〔众人造型。切光。

第七场　盲　渡

〔天宝十二年（公元753年）。

〔鉴真师徒团队24人从扬州大明寺出发，趁月色前往苏州黄泗浦。

众　　人　　走啊！

洪珊瑚　　（众念数来宝）横扫瘴疠在崖州，

如　　海　　贫富贵贱众百姓，感恩在心头。

琼　　花　　众手复建开元寺，

普　照	太守得意师傅开光号称海南的第一楼。
洪珊瑚	哈，你的中国话说得倒很溜。有道是，人怕出名僧怕壮，
如　海	处处请师去讲道，经历了雷州、梧州、桂林始安郡，又讲经到福州，弘法到广州。
琼　花	当年也曾过明州（今宁波），阿育王寺曾驻留。 龙兴寺住过祖师爷，因此上法师驻扎到越州（今绍兴）。
如　海	龙兴寺从此香火旺，金银珠宝种种施舍用箩筐收。 绍兴人，门槛精，千方百计不许师傅走， 摇钱树树大招风，天天收的金银几满兜。
普　照	荣睿和我提醒师傅去东渡， 被人窃听不甘休。 官兵捉拿我二人，说我等诱骗高僧过琉球。 荣睿一场大病两次装死三番五趟滚刺球！
如　海	在崖州，荣睿他治病送药收支透，因此上，心脏衰竭一病而亡在端州。
普　照	我师傅，痛失股肱急火攻心和天瘦，
琼　花	被官兵车马伺候又回到瘦西湖畔大明寺里再三请还的大扬州。
普　照	师傅说，一息尚存还得走，走到奈良把佛修。
洪珊瑚	我们多方来打探，才知道日本遣唐使，为师傅备下了巨椋大船整一艘。
普　照	今夜一道走，车马到苏州，到了黄泗浦码头，数清了登船的人头，顺风顺水头，沿江出海头，归正了船头，前往东瀛弘佛传法才开头！（众念数来宝结束）
鉴　真	（扑哧一笑）普照好一番顺溜的话头！
众　人	师傅下车，我们到黄泗浦码头了。

洪珊瑚 如　海	（合）（一左一右搀扶）师傅下车走好。
鉴　真	这半年，多亏了你们夫妻带着车马，跟着我们在路上，走天涯，大恩不言谢啦。
洪珊瑚 如　海	（合）师傅言重了，我们追随师父效犬马之劳，这是天大的福分！
鉴　真	我等出海东渡，成败亦未可知。你们赶紧回到翻空山，主持大云寺去者。
洪珊瑚 如　海	（合）师傅大恩大德，我夫妻愿意追随师父到海外天边，您切莫赶我们走啊。（跪下）
琼　花	（跪下）师傅，您就留下他们吧。
众徒弟	（同跪）师傅，我们都舍不得他们夫妻，大家一起走吧。
鉴　真	那好，可是琼花，你身怀有孕，吃嘛吐嘛，还要上船？
琼　花	我们母子上船，就是伴随着您的爱徒祥彦，一起上船啊。
鉴　真	此话当真？
洪珊瑚 如　海	（合）当真。
鉴　真	果然？
众徒弟	果然。
鉴　真	好，如海、珊瑚、琼花，我们一起上船者。

〔众人上船。

鉴　真	徒弟们，此次购置的佛像、经书、法器、文物、工艺品，可曾安放好否？
普　照	师傅，都已经先期安置好了。
鉴　真	那好，紧随船队，我们扬帆出海！

众　人	紧随船队，我们扬帆出海！
鉴　真	（唱）发宏愿东瀛传法一十一年，
	六出海五遭殃数十人遇难登仙。
	祖师爷托生王子灵魂一念，
	我鉴真肉身东渡身受熬煎。
	今夕何夕遂人愿？
普　照	今天是大唐天宝十二年十一月十六日，良辰吉日。
鉴　真	（接唱）六十六年白驹过隙一瞬间。
琼　花	师傅，快看，我们的船队，出了长江口，驶入东海了。
众　人	是呀，明月在天，碧波涌浪，我们出海了。
鉴　真	天心月满，人心难圆。顺风顺水，此时此刻，不由得悲从中来，想起了多少陪伴我、扶持我，为我付出、为我殉难的人啊。
众　人	师傅节哀。
鉴　真	饮水必须思源，功成不忘初心，来呀！
普　照 如　海	（合）有！
鉴　真	给我在船头设下灵牌，我要祭拜英魂，为之一哭。
洪珊瑚 琼　花	（合）师傅保重。
鉴　真	此时不哭，更待何时！拿酒来！
洪珊瑚 琼　花	（合）酒到。
鉴　真	一祭周画师，你让女儿舍你救我，你为我撞岩身亡！
琼　花	（痛哭）师傅！老爸，爹爹！
鉴　真	二祭徒儿祥彦，是他跳下悬崖，为我们铺平了海路！
琼　花	（再哭）师兄，你好！
众徒弟	祥彦师兄，英灵永在！

鉴　真　　三祭荣睿，是他不移的决心，坚定了我东渡的信念！
普　照　　荣睿师兄千古！他走了，我还在！
鉴　真　　四祭三十八位先后殒命的徒弟、工匠，是你们成全了鉴真，光大了佛法！
众　人　　烈士们，永垂不朽，永垂不朽！

〔月色朦胧，乌云密布。浊浪排天。海船剧烈地颠簸起来。众人皆呕吐起来。

鉴　真　　天海为之一哭，浊浪与我同悲！

〔众唱：沧海茫茫兮盛酒浆，
　　　　　幽魂渺渺兮云路长。
　　　　　舍身护法兮感天地，
　　　　　永难割舍兮痛心房！

〔一夜过去，红日初升，风平浪静，须臾又风雨来临。

琼　花　　哎呀，师父，您怎么一夜之间，须发眉毛，全都变白啦。
普　照　　还有师傅，您的眼睛怎么睁不开了？
鉴　真　　刚才是红日东升？
琼　花　　可是现在乌云密布、暴风骤雨，
普　照　　又是一波巨大的海啸来啦！
鉴　真　　我怎么什么都看不见，眼睛怎么也睁不开，难道我，我真的哭拜列位，一夜之间哭瞎了眼睛？
琼　花　　师傅，我和未出生的小宝宝，都是你现在和未来的眼睛！
如海 普照　（合）是呀，师傅，我们都是您的拐杖。
众　人　　（跪下）师傅，我们都是你的眼睛、你的拐杖！

鉴　真　呀！

　　（唱）一事无成须发斑，

　　　　双眼瞎掉我的泪不干。

　　　　三番五次遇劫难，

　　　　四海茫茫浊浪怒吼狂风咆哮扯破了白帆。

　　　　六次东渡成泡影，

　　　　七上八下左右颠簸颠倒了脏肺与心肝。

　　　　九成僧尼魂飞散，

　　　　十面埋伏上天无路登岸无门眼见得倾倒的船儿又将翻。

　　　　荣睿葬黑土，祥彦丧黄泉，

　　　　膀臂才卸去，股肱又不全，

　　　　几多和尚丧水底，

　　　　几多工匠沉海船。

　　　　琼花呀，你父身死不闭眼，你夫自尽心不甘。

　　　　你替父东渡替夫传道一体双身母子连心千辛万苦万水千山，

　　　　憔悴了形容受尽了颠连！

　　　　难道说东渡传法是痴念，

　　　　难道说持律传宗乃奇谈，

　　　　难道说海神不与佛方便，

　　　　难道说佛法普照单单屏蔽了这大海滩？

　　　　想南朝，慧思法师托生去，

　　　　化身为，日本王子佛心传。

　　　　想东瀛，举国半僧无规矩，

　　　　空留下，佛规律制与经幡。

　　纵然是，身先死，愿未完，化魂魄，将灯燃，启后世，把佛传，律宗不在日本播，万劫不复心不甘，我的心不甘！

洪珊瑚 琼　花	（合）师傅，您不会死，我们不会死！我们是海边长大的女儿，我们都护着您！
鉴　真	是的，我们不会死。（摩挲珍珠袈裟）祖师爷把珍珠袈裟传给我。
如　海 普　照	（合）珍珠袈裟？
鉴　真	即便是我死了，你们也一定会把珍珠袈裟和律宗佛法传到东瀛的！
如　海 普　照	（合）师傅，你看，二位金甲天神，护卫着一位慈眉善目的法师，驾临云头啦。
鉴　真	这……我在心底看清楚啦，这不是祖师爷慧思大法师吗？
慧　思	东海诸神，南国天尊，三天魔障，九世冤孽俱各听着：现有东土鉴真，东渡传佛，历经六次劫难，练成无惧道心，菩萨感念，十界景从，速命尔等收飓风，平浊浪，一路护送法师东去者！
鉴　真	（跪拜）多谢祖师爷护佑！
琼　花 洪珊瑚	（合）风平了，
如　海 普　照	（合）浪静了，
琼　花 洪珊瑚	（合）船稳了，我们得救了！
众僧尼	（环围着鉴真）师傅大法，菩萨保佑，我们得救啦。
如　海 普　照	（唱）度尽劫波过沧海，
琼　花 洪珊瑚	（唱）回眸变幻鬼门关。

众　　　　人	（唱）眼前便是登陆地，
	佛法东传尽开颜。
鉴　　　　真	我们，真的到了，真的到了日本的国土？你们，该不是骗我这瞎眼的老头吧？
众　　　　人	大法师，您要不信，我们把您，在陆地上抛起来啦。

〔大家将鉴真法师高高地抛起来，又轻轻地放在地上。

鉴　　　　真	（跪下，捧起一把土，闻着味道）慧思大法师，我的祖师爷，我们追步你的身影，东渡日本，九死一生，终于成功了！
众　　　　人	我们成功啦！

余　韵

〔日本国京都奈良。

大政官舍人亲王	（唱）樱花之邦莫非佛镜，
隆尊大法师	（唱）富士宝山尽挽佛缘。
孝谦天皇	（唱）携就了传灯大法师冉冉而上，
太　上　皇	（唱）授予了菩萨戒饮水思泉。
皇　　　　后	（青衣）满朝的文武俱欢忭，
皇　　　　子	（娃娃生）学大唐尊秦汉明灯在前。
小　黄　门	东土传灯大法师鉴真大和尚，
	为日本天皇、皇后、太子等人授菩萨戒；
	为沙弥证修等四百四十余人授戒；

为八十门僧舍旧戒再授新戒。

孝谦天皇圣旨下：奉天承运天皇诏曰：任命鉴真传灯大法师为大僧都，统理日本国一应僧佛事务。由大僧都主持修建唐招提寺，庶几佛都永存，钦此！

鉴 真 （唱）此心澄澈佛光明，

师祖鉴真一脉清。

书法二王写禅意，

汉方医药通脉经。

唐招提传下律宗在，

百代千秋有余情。

风月同天宏愿展，

却不免五味杂陈交感悲欣。

〔字幕：

1963年是中日"鉴真和尚逝世一千二百周年纪念年"。

1972年中日恢复邦交，1978年中日和平友好条约缔结，邓小平副总理欢迎唐招提寺森本孝顺长老，陪送鉴真坐像回中国省亲。

1980年，鉴真像归国省亲，扬州与北京五十多万人参拜。中国佛教学会会长赞叹云：一时千载的盛举，千载一时的胜缘。

〔剧终〕

2017年元旦写于帝都中国戏曲学院，2月5日修改本。

神话京剧

巫山神女

人物表：

瑶　华　　　本为玉帝御花园之灵芝仙草。通灵修成美姝之后，一世为神农之女，二世为巫山神女，三世为人间天上灵芝仙子（花衫）

宋　玉　　　字子渊，天国侍者，在人间时为楚国之美男子，诗赋才子（小生，或俊扮老生）

神　农　　　瑶华之父，炎帝（花脸）

楚　王　　　楚国之君主（花脸）

太白金星　　玉帝使者（丑）

楚国优伶　　（丑）

灵芝花草　　歌舞者数人（花旦）

序幕

〔天宫瑶池。太白金星上。

太白金星 走啊。人过七十古来稀,神仙千载长寿考。凡人若想当神仙?——想得倒好。(与观众互动)您想吗,您想吗?(神秘地)要想无灾无病过百年,除非吃了灵芝草。这不,灵芝园圃就到了。

〔二道幕拉开。姹紫嫣红的灵芝园圃。瑶华领着众花草歌舞。

灵芝花草 (唱)闭月羞花兮人间天上,

姚黄魏紫兮绛云铺张。

延年益寿兮仙风道骨,

仙草瑶华兮万代芬芳。

是哪位在此偷窥我姐妹歌舞呢?

太白金星 在下,玉皇大帝麾下的太白金星是也,老汉我不是偷窥,是奉玉帝之命,来找这灵芝仙草所化之女。只因那瑶池里头的御花园、灵芝园,天上的仙露滴溜溜圆,苗圃的仙草囫囵囵圆,有一株灵芝它长得水灵灵的花冠荷盖圆;玉帝他,闲来无事来游园,见了这水灵灵的灵芝眼睛瞪得圆又圆,吹了口仙气就变变变,变成个玲珑剔透的小仙女,你们人间叫小名媛。她双眼圆,腮帮圆,该瘦的地方瘦,该圆的地方圆。玉帝便收她为闺女,起了个名字叫瑶华,父女两人天伦之乐常团圆,常团圆。

瑶　华 是啊,

（唱）千年的慧根连绵长，
　　　万载的愿望一朝偿。
　　　父王他命灵芝仙界绽放，
　　　花解语草通灵摇身变成了美娇娘。
　　　还有那——百年浇水洒心雨，
　　　忘不了宋玉哥哥他的恩情长。

〔舞台一侧出现宋玉。

宋　　玉　（唱）百年浇水灵芝草，
　　　　　　千载修成了美娇娘。
　　　　　　有心上前望一望，
　　　　　　不经意羞红了双面庞。

〔歌舞队上。

太白金星　玉帝怜悯人间百姓病痛疾苦，让瑶华与先期下凡的神农炎帝幻化成父女，到人间尝百草、传医书。瑶华……咦，怎么一会儿工夫就没影儿了。你在哪儿呢？
瑶　　华　老人家，您可是找我啊，咱们啊，玩儿捉迷藏。
太白金星　嘿嘿，捉迷藏好玩儿啊！让我看看在哪儿呢，在哪儿呢。
瑶　　华　我在这里。
太白金星　（扑空）在？
瑶　　华　（捂住太白金星双眼）我在这里！
太白金星　瞧你这调皮劲儿，要是下凡到了人间，保准你能玩儿个够。
瑶　　华　人间？能比天上还好玩儿？我不去。
太白金星　不去？咱们天上都是长生不老的神仙，整天大眼儿看小眼儿，都审美疲倦了。

瑶　　华　　可是那人间，人生不满百，常怀千岁忧……

太白金星　　那人间虽生来短暂，但春有百花秋有月，夏有凉风冬有雪，人生百态情义美，只羡鸳鸯不羡仙。

瑶　　华　　想那人间那么有趣，我就去见识见识。

太白金星　　我可是奉了玉帝之命，来唤你过去的啊。天上一瞬，抵得上地上百年，早去早回啊。

瑶　　华　　天上人间，那么遥远，我又怎能片刻来回呢？

太白金星　　不妨事的，且将我这手上的拂尘，点化成白鹤一只，送你前去巫山神农架的灵芝花圃便了。

瑶　　华　　多谢您老人家相赠白鹤。

太白金星　　你此行需到炎帝神农那里，做神农之女，传《神农本草经》书去吧。

瑶　　华　　到炎帝神农那里去？

太白金星　　天机不可泄露，你就早去早回！

宋　　玉　　（唱）忽听得遣瑶华前往人间，

　　　　　　　　　奔前程多磨难牵挂难言，

　　　　　　　　　怎能忘，痴情难抑情义见，

　　　　　　　　　悉心浇灌三百年。

　　　　　　　　　人间野兽山野遍，

　　　　　　　　　护瑶华到人间续写情缘。

　　　　　　——只是她的白鹤飞快，我的法力不够，且往那楚国投生去也。（下）

第一场　舍身救父

〔神农架天门垭。

神　农　（内唱）种庄稼收五谷满心欢畅，

〔神农上。

神　农　（接唱）百姓们再不担心饿肚肠。
　　　　　　　可怜苍生多病痛，
　　　　　　　老送小来儿哭娘。
　　　　　　　痛定思痛尝百草，
　　　　　　　跋山涉水觅药方。
　　　　　　　瑶华闺女她跑得快，
　　　　　　　随我驱驰不彷徨。
　　　　瑶华，咱们快走啊！

〔瑶华上。

瑶　华　来了！
　　　（唱）离瑶池到人世别有风光，
　　　　　　上玉皇下炎帝都疼我乖乖女儿小红妆。
　　　　　　播种五谷教百姓，
　　　　　　品尝百草把病防。
　　　　　　高峰绝顶攀不上——
神　农　（唱）搭架结绳步步强。
瑶　华　（唱）悬崖陡壁太凶险——
神　农　（唱）古藤系腰古道长。

瑶　华　（唱）虎豹熊罴声声吼，

神　农　（唱）挡不住我父女琴声惊蛮荒。

瑶　华　（唱）削桐为琴兮余音悠扬，

神　农　（唱）练麻当弦兮百鸟朝阳。

瑶　华　（唱）鸾凤和鸣兮幽林起舞，

神　农　（唱）草木相携兮花卉齐芳。

瑶　华　哎呀父王呀，你看那高峰绝顶之上，

神　农　悬崖陡壁之间——

瑶　华　有一片花花草草，

神　农　真个是姹紫嫣红！

瑶　华　绛红的冠盖好似彩云席地，

神　农　五彩的孢子恰如童儿朝天！

瑶　华　难不成这就是传说中的灵芝？

神　农　是啊，若是灵芝，那可是救命的仙草，延年的奇葩。

瑶　华　灵芝只应天上有……

神　农　奇峰入云接九天！

瑶　华　父王，好可爱的灵芝，我要去看啊。

〔瑶华攀援登顶。

神　农　女儿，当心，危险了，让我来！

瑶　华　（唱）蝙蝠斜飞鸱鸮翔，

神　农　（唱）毒蛇吐信天狗汪。

瑶　华　（唱）腥风血雨陡然起，

神　农　（唱）巨石崩裂猛塌方（做系列身段科）。

瑶　华　（唱）父王他，毒蛇猛兽留伤痛，

神　农　（唱）恰好似，万箭穿心污血浆。

瑶　华　（唱）父王他，顶巨石驱虎黑累累的痕伤，
神　农　（唱）我还要，以身试药把仙草尝——

〔又一块巨石翻落下来，砸中神农。瑶华与神农将巨石艰难
　挪开。神农昏迷。

瑶　华　啊呀，父王啊——
　　　　（唱）你多少回尝药痛肚肠，
　　　　　　　多少回昏迷在深山坂砀。
　　　　　　　为著《本草》救百姓，
　　　　　　　今日里你又出生入死遍体鳞伤。
　　　　　　　喂几口山泉水滋润枯唇，
　　　　　　　嚼几口灵芝草盼父还阳。
　　　　　　　女儿我尽孝不顾年岁小，
　　　　　　　女儿我救父不怕血水脏。
　　　　　　　女儿我报答不尽慈父的爱，
神　农　（朦胧中察觉）瑶华，伤口有剧毒，你千万别碰！（复昏迷）
瑶　华　（唱）为救父，女儿我吸毒素敷灵芝热泪汪汪！

〔瑶华伏在父亲伤口上吸毒，并将灵芝草敷在父亲伤口上。
　仍不免热泪滚滚。

神　农　（醒来）瑶华！你醒醒！
瑶　华　父王！灵芝入药，是为上品！（昏迷）
神　农　瑶华，女儿！我要将我女儿用生命和泪水验证的灵芝仙药，写入《本草经》，普救天下人！（写《本草经》）

〔太白金星上。

太白金星	善哉，《本草经》治病救人，灵芝草百世流芳。
神　农	老人家你是何人？
太白金星	天上方一日，世上已百年。炎帝神农连我都不认识了吗？
神　农	拜上太白金星。
太白金星	不必多礼，你呀，就随我骑鹤升天吧。
神　农	神圣在上，您快救救我女儿啊！
太白金星	啊呀，此处有王母娘娘所赐玉露灵芝在此，我们喂她缓缓服下，涤荡尘埃，洗尽污染，自会复生。
神　农	那……瑶华不随我等一同升天吗？
太白金星	瑶华尘缘未了，只因她私自下凡，玉帝恼怒，赐她为灵芝仙子，统领这神农仙峰上的灵芝。等她渡尽劫波，我再来接她上天啊。
神　农	那这《本草经》？
太白金星	且伴瑶华身，等待有缘人！
神　农	女儿，珍重啊！（随太白金星升天）

〔收光。

第二场　惊艳传经

〔神农架草棚。宋玉上。

宋　玉	唉！小生，姓宋名玉字子渊，鄢都东门人氏也。忝为屈原大夫之弟子，谬称诗文辞赋之传傅。生来面如宝玉，长的扶风弱柳，自幼饱读经书，依然潦倒穷愁。人都言我胆小如鼠，赌我上山住一宿。

〔画外音甲：宋玉，你究竟是男人还是女人？

宋　玉　我是男人，正品原装的男人。

〔画外音乙：是男人，为什么皮肤比女人还要白嫩？
〔画外音丙：是男人，为什么那么多女人喜欢跟你搭讪？
〔画外音丁：小白脸，那天我看到大姑娘给你送水果。
〔画外音甲：还有小媳妇悄悄地把香囊扔到你的车上。

宋　玉　那都不关我的事，都是她们自己的作为啊。

〔画外音乙：宋玉吹牛，说他儒医不分家，采药遍天涯。
〔画外音丙：这牛皮吹破了。神农架的草药多，他敢去吗？
〔画外音甲：是男子汉就该救死扶伤，上神农架采药去。
〔画外音丙：咱们打死他，谅他也不敢吧。
〔画外音丁：宋玉，你要上得山去，我给你百贯铜钱！

宋　玉　哎呀呀，三人成虎，百口莫辩。看今夜月明如洗，人月相照，多少烦闷涌在心头啊。

（唱）自幼诵《三坟》《五典》，
　　　更何言《八索》《九丘》，
　　　《诗经》屈骚琢磨透，
　　　《春秋》《左传》记心头。
　　　只因为天生丽质，
　　　便被人讥笑不休，
　　　都说是女人胚子，
　　　却怎生男子风流？
　　　说什么小白脸好看在外头，
　　　说什么枕头包草把花绣，

说什么苗而不秀，

说什么银样镴枪头？

闻之山峰有仙草，

冒死采药到山头。

若能采得灵芝在，

治病救人儒医不分赛封侯。

战兢兢跋山涉水，

摇晃晃伤春悲秋。

（夹白）哎呀好啊，幸喜得神农架天门垭神女峰下，有着一间半塌的草棚可以栖身。

天赐就，天赐就，

半壁草堂，多准是神农留？

躲豺狼，远猿猴，

浑身酸痛都发作，

霎时间困倦在草庐。

〔瑶华神女上。

瑶　华　（唱）别梦依稀在琼楼，

御花园中把女体修。

人间炎帝尝百草，

随父采药度春秋。

为救父不怕中毒吸污血，

为救父我把纯净的灵芝酾。

醒来不见父王面，

唯有这《神农本草》经书留。

这经卷是我父女生命换，

这经卷该在人间永传留。

奴在奇峰育芝草，
芝草胜花美不够；
奴在此间等道友，
若有缘，传他经书志愿酬。
今夕何夕呀明月照草楼，
却为何小鹿扑扑撞心头？

哎呀且慢，有一美少年睡眠在此。待我变为灵芝，度他入梦，多少是好！

〔宋玉梦中苏醒，双人歌舞。

宋 玉 哎呀，苦啊，适才我梦见深山老林中，又有一大群女子追过来啦。（女子隐去，虎啸声声，黑熊呼啸）哎呀，女人胜过老虎，黑熊也要吃人啊。哎呀不妙啊，好一朵千娇百媚的灵芝花，那黑熊的大脚掌，眼看就要踩上去了。香消玉碎，就在须臾。我不免长啸一声，引过黑熊。

〔黑熊被啸声引逗过来，宋玉装死。良久，黑熊悻悻然走开。

宋 玉 且喜黑熊走了，宋玉保住一命，这浑身上下都是惊吓出来的冷汗啊。且喜灵芝还在，英雄救美，救美英雄啊。

〔瑶华恢复人身。

瑶 华 多谢公子救命之恩！
宋 玉 妙啊！原来花是女子，女子是花啊。
（唱）若有人兮山之阿，
　　　被薜荔兮带紫绸。
　　　既含睇兮又宜笑，

    子慕予兮善窈窕。

    乘赤豹兮从文狸，

    辛夷车兮闪星眸。

    被石兰兮带杜衡，

    折芳馨兮遗所尤。

  此女啊，天下第一，人间唯独，增之一分则太长，减之一分则太短；著粉则太白，施朱则太厚；眉如翠羽，肌如白雪；齿如含贝，腰如束素。嫣然一笑呀，迷倒天下须眉，今方知沉甸甸的爱字在心头！

瑶　华　呀，这一恩人面如傅粉，胜过凡间女子；唇如施丹，莫非传经之人？

  （唱）余处幽篁兮逐水流，

    路险难兮人孤独。

    表独立兮山之上，

    云容容兮而在丘。

    东风飘兮神灵雨，

    杳冥冥兮羌晦昼。

    雷填填兮吼冥冥，

    乌夜鸣兮猨啾啾。

    本草欲传兮未敢传，

    思公子兮徒离忧。

宋　玉　小生宋玉，拜见仙姑！

瑶　华　奴家瑶华，拜谒公子！

宋　玉
瑶　华　（合唱）是那处曾相见，

    恍惚前生结宿缘。

〔相对无语。但观壁上五弦琴。

宋　玉　这是五弦琴？

瑶　华　正是家父昔年所奏之琴。

宋　玉　可否请教，聆听仙音？

瑶　华　岂敢献丑？

宋　玉　定要请教！

瑶　华　（琴歌）岁既晏兮孰华予？

　　　　　　　　憺忘归兮留灵修。

　　　　　　　　石磊磊兮葛曼曼，

　　　　　　　　于山间兮采琼秀。

　　　　　　　　怨公子兮怅忘归，

　　　　　　　　岁既暗兮孰华奴。

宋　玉　妙呀，高山流水，阳春白雪，尽抒仙姝之意，而无尘俗知音……

瑶　华　敢赐一曲，以供雅赏？

宋　玉　仙姑听者。

　　　　（琴歌）何神女之姣丽兮，

　　　　　　　　引君子之春愁。

　　　　　　　　宛若彩凤乘云兮，

　　　　　　　　似美玉兮含娇羞。

　　　　　　　　苞湿润之玉颜兮，

　　　　　　　　若灵芝其隐秀。

瑶　华
宋　玉　（合唱）人神其殊隔兮，

　　　　　　　　怕不待和天瘦。

宋　玉　人间天上灵芝美，只怕人间难追求。

瘴疠丛生性命短,楚国百姓俱烦忧。

瑶　华　　我父炎帝尝百草,灵芝《本草》经书留。
　　　　　君若传经万民安,得尽天年到白头。

宋　玉　　此话当真?

瑶　华　　当真。

宋　玉　　果然?

瑶　华　　果然。如此就将这《神农本草经》传与恩人哥哥,解百姓于水火病患之间!

宋　玉　　谢过仙姑!仙姑对黎民百姓之大恩大德,宋玉没齿难忘!
　　　　　(二人拥抱)

〔天雷阵阵。

瑶　华　　(推开宋玉)仙人阻隔,后会有期。

宋　玉　　如何才能救助百姓,长寿成仙呢?

瑶　华　　神女峰前,寻找灵芝!(飘然而下)

宋　玉　　仙姑慢走,仙姑慢走!唉,世界美梦何其多,宋玉草棚也成金窝。(发现树皮版的书)咦,《神农本草经》赫然在目,这神异之事,费琢磨,费琢磨!

第三场　行宫调包

〔神农架天子行宫。
〔楚国老优伶上。

优　伶　　宋玉之事炸了锅,炸了锅,

小蛤蟆陡然变天鹅，变天鹅。
穷小子一场春梦会娇娥，
写下了《神女赋》，读者多又多。
楚王看了心欢喜，
一心要会美娇娥。
还要灵芝天天有，
千秋万岁幸福多，幸福多。
因此上，神农架上造行宫，
请宋玉，每天在此把台坐，
但把神女勾到手，
偷梁换柱——换了驴子不换磨，不换磨。
且住，天机不可泄露，我的任务是准备酒肴和蔬果。酒菜俱已备好，有请大王和宋公子啊！

〔楚王和宋玉上。

宋　玉　　大王请。

楚　王　　宋公子请。

宋　玉　　大王，公子之称，愧不敢当啊。

楚　王　　子渊你不必过谦，文质彬彬，而后君子；文采灿灿，而后公子。《神女赋》名动天下，岂非公子乎？

宋　玉　　看来大王不仅善于治国理政，还能够读诗诵赋，在下佩服、折服了。

楚　王　　不过孤王也有不解之处啊。

宋　玉　　宋玉我虚心请教。

楚　王　　增之一分则太长，减之一分则太短；著粉则太白，施朱则太厚；眉如翠羽，肌如白雪；齿如含贝，腰如束素。嫣然一笑

	呀，迷倒天下须眉，今方知沉甸甸的爱字在心头……
宋　玉	大王见笑了，这正是宋玉所写的文辞啊。
楚　王	此等文辞，你们文人叫夸张，我们郢都叫吹牛皮！
宋　玉	此话怎讲？
楚　王	想寡王后宫三千，俱是青春少女，各国佳丽，无非是尺有所短寸有所长，是人嘛，谁没有个不足之处？
宋　玉	倘若真有完美之人，令您过目不忘、刻骨铭心、倾心相爱呢？
楚　王	男子汉大丈夫，怎能够随随便便，一个爱字说得出口？
宋　玉	宋玉有话要说，只怕冒犯君王。
楚　王	恕你无罪。
宋　玉	人间若无爱，何以生儿育女？乾坤没有爱，何分昼夜阴阳？宇宙没有爱，何以生天生地？君王没有爱，何以夜夜尝鲜？
楚　王	是的，每天晚上我都要尝鲜，可每一个小鲜肉都是战战兢兢、哆哆嗦嗦的，手摸上去，她们都吓得起鸡皮疙瘩，答话都结结巴巴，何爱之有、何爱之有啊？
宋　玉	是啊，公鸡打鸣，公猪配种，禽兽本能，何欢之有？
楚　王	这话是糙一点，但说的倒也在理。君王我不愿做鸡公、猪公，我也要有点风花秋月、诗情画意啊。
宋　玉	是啊，弹琴鼓曲，吟风弄月，写诗作赋，谈何容易。
楚　王	才子佳人固然般配，但是英雄美人，帝王后妃，也是要载入史册的！
宋　玉	不然，人间佳丽虽然好，怎比得上玲珑剔透、古怪精灵的天仙美女呢？
楚　王	好好好，孤王要的就是你这句话，人间佳丽孤王朝朝拥有，每夜尝鲜也就是那么回事儿。若能会得了天仙……
宋　玉	大王，山精狐媚，人神殊隔，只怕折了寿算啊。

楚　王	牡丹花下死，做鬼也风流。倘若是沾了仙气，吃了仙草，灵芝养神，便可以长生不老了啊。
宋　玉	这个……
楚　王	什么这个那个的，我且问你，前番梦见仙女，可是在十五月圆之时？
宋　玉	正是。
楚　王	今夜正是十五，亥夜时分，您就弹琴鼓曲，招蜂引蝶，呼唤你那仙女来吧。
宋　玉	这个……
楚　王	文人太啰嗦，没有那么多这个那个的，你要把仙女引来，我就赏你五十个美人。
宋　玉	学生只怕受用不起。
楚　王	罢罢罢，咱们别虚伪，孤王哪一次奉送美人，文臣武将都说"受之有愧、却之不恭"啊。听好了，重点是后半句"却之不恭"！
宋　玉	宋玉我一心只要传《屈赋》写《楚辞》，传下《神农本草经》。
楚　王	好好好。咱就尊重知识与文人，下次给你建个文学馆、百草园，自古儒医不分，就让您去写赋行医传本草去。快弹琴吧。（下）
宋　玉	（唱）理瑶琴弹丝弦如琢如磨，

人沮丧心如捣指尖蹉跎。

（夹白）酒来！（优伶上，倒酒）

　　　平日里滴酒不沾清心志，

　　　今夜啊壶中乾坤醉弥陀。

（琴歌）山中仙兮芳杜若，

　　　世上人兮最龌龊，

　　　　　　琴操三弄盼相见，
　　　　　　相见又怕你遇恶魔！

　　　　〔瑶华上。

瑶　华　（唱）一唱三叹兮琴伴歌，
　　　　　　君思我兮然疑作。
　　　　　　酹酒浆兮比玉露，
　　　　（夹白）恩人哥哥同饮啊。
　　　　（唱）双照影兮影婆娑。
　　　　（合唱）一月不见三秋过，
　　　　　　人间天上相思多。
　　　　　　良辰美景君须记，
　　　　　　锦帐春深恨晓铎。

　　　　〔宋玉酒醉，一个趔趄，被优伶拉下。楚王着宋玉衣冠上。

楚　王　（唱）仙女一个顶百个，
　　　　　　柔弱无骨小娇娥。
　　　　　　江山仙女孤都爱，
　　　　　　百年之后可奈何，可奈何？

瑶　华　（唱）侬今调包人叹错，
　　　　　　天鹅常笑癞蛤蟆。
　　　　　　浓酒斜吹观醉卧，
　　　　　　普天下调包的谁胜我！（下）

　　　　〔楚王、老优伶都被瑶华以气吹醉，二人斜卧。

楚　王　（晨醒）（唱）困沉沉斜抱美人卧，

　　　　　软跄跄掉进安乐窝。

　　　　　油光光一头秀发如瀑布，

　　（捋着老优伶胡须，以为是仙女头发；一睁眼看见老优伶）

　　啊呀，

　　（接唱）天仙女变成了老头陀！

优　伶　大王放手，老汉的好多花白胡须，也断喽。

〔宋玉上。

宋　玉　啊呀，君王重口味，优伶好基友！
楚　王　掌嘴！这宋玉犯有欺君之罪，火速送进大狱者！
优　伶　宋玉犯有欺君之罪，大牢关押去吧。

〔收光。

第四场　探狱夺爱

〔楚王设在神农架之天牢。

宋　玉　（唱）入天牢遭系押刑宪忒重，

　　　　　松涛吼乱云飞我心从容。

　　　　　三生缘分一朝现，

　　　　　五弦琴韵两心同。

　　　　　朝廷不解风情好，

　　　　　欲把神仙囚牢笼。

瑶　华　摇身脱险境，
楚　王　错爱恼南风，

——哎呀呀，心急抱住了老公公。

〔老优伶上。

优　伶　昨夜君王蒙错爱，今朝拷打双眼红。宋先生，你的大餐来了。

宋　玉　什么大餐，我此刻心乱如麻，吃不进啊。

优　伶　此等大餐嘛，愿吃也得吃，不愿吃也得吃，由不得您的啊。

宋　玉　这是何等大餐，愿闻其详。

优　伶　（给宋玉戴刑具）脖颈餐桌戴，背手最气派。藤鞭一声响，顷刻血出来。

宋　玉　哎呀公公啊，昨夜仙子飞渡，那君王自愿与您老彼此相抱、肌肤相亲，怪我何来？打我何来啊？

优　伶　自古以来君要臣死臣不敢不死，王要打人我不敢不打啊。（附耳）这鞭刑嘛……是君王亲自挑选的（凌空打了个响鞭）。

宋　玉　公公救我，公公救我啊！

优　伶　大王有令，要赐你三十下鞭刑，谁敢不遵呢？来人啊。

〔宋玉被拖下去。画外音：一十、二十、三十！
〔宋玉复被拖上场，昏倒在地上。瑶华上。

瑶　华　（内唱）声声响亮鞭刑重——
　　　　（接唱）人世间岂有这万恶的牢笼。
　　　　　　（解开刑具）子渊他细皮嫩肉怎经受，
　　　　藤鞭下条条伤痕鲜血染红。
　　　　我把那仙家气轻轻吹送，
　　　　我把那灵芝孢粉缓缓服冲，
　　　　我把那粉拳轻敲减轻伤痛，
　　　　我把那穴位点血脉暗通。

为救子渊脱苦难，

何惧那人间的贪欲血雨腥风。

子渊醒来，子渊醒来！

宋　玉　呀，

（唱）遭鞭刑死去活来心犹痛，

瑶　华　子渊醒来啦！（搀扶）

宋　玉　（唱）仙姑降黑牢明皓月当空。

瑶　华　子渊起来，咱们走走看啊。

宋　玉　适才小生被打得皮开肉绽，骨裂股疼，怕是从此非瘫即跛，走不得啊。

瑶　华　走得的，咱们按照《本草经》，内服灵芝，外服丹药，试试看。（喂药、敷药，扶持）

宋　玉　喔，多谢救命的仙姑。咱们走啊。哈哈，我又站起来了。

瑶　华　（唱）幸喜得新伤好治灵芝疗痛，

宋　玉　（唱）仙姑她治病救人胜过郎中。

瑶　华　（唱）此时间羞答答双颊绯红，

宋　玉　（唱）双起舞好一似出水芙蓉。

瑶　华　（唱）只恨楚王心太狠，

宋　玉　（唱）置我死地入牢笼。

瑶　华　（唱）不若双双入仙境，

宋　玉　（唱）登山临水送飞鸿。

瑶　华　子渊，事不宜迟，咱们走！

宋　玉　仙姑啊，想这天牢之中悬崖峭壁，栅栏重重，如何走得了啊？

瑶　华　咱俩均是窈窕细腰，穿过这重重栅栏，易如反掌。且随我来！

〔楚王、优伶等人上。

楚　王　　站住，哪里走！（众人围住瑶华、宋玉）
宋　玉　　子渊拜见大王！
楚　王　　好一个宋玉，里应外合，试图越狱，其罪通天，还不给我跪下！

〔宋玉被迫跪下。

瑶　华　　哎呀，大王啊——
　　　　　（唱）子渊他谦谦君子所犯何罪，
楚　王　　（唱）孤送他五十美女却之不恭！
宋　玉　　（唱）似我等至诚男人天下少有，
楚　王　　（唱）与仙女私相授受燕侣莺朋。
宋　玉　　（唱）大王你六千美女三院六宫，
楚　王　　（唱）岂如她深山俊鸟一枝花红？
瑶　华　　（唱）瑶华芳心已暗许，
宋　玉　　（唱）宋玉我觅爱传经喜相逢。
楚　王　　（唱）楚王我一点绝恋在胸中！
瑶　华　　（唱）爱他文辞惊天下，
楚　王　　（唱）不如我金银珠宝光华彤。
宋　玉　　（唱）情义无价黄金贫穷！
瑶　华　　（唱）爱他知音解琴意，
楚　王　　（唱）不如我锦绣山河一望中。
宋　玉　　（唱）君子何必夺人爱？
楚　王　　（唱）普天之下皆楚宫。
瑶　华　　哎呀，大王啊，妾在巫山之阳，高丘之阻，旦为朝云，暮为行雨，原不属你楚宫管辖的了。
楚　王　　孤王贵为楚国天子，管天管地管日管月，朝朝暮暮，阳台

		之下，就盼望着仙姑你呀。
瑶　华	天下万物，唯有情感意志，未可勉强。
楚　王	人有所爱，君无戏言，我且盼你回心转意者！宋玉，你若想活着出狱，就得给我好言相劝！
宋　玉	君王在上，世间万物，唯有情感不能勉强。君王若要夺人所好，宋玉我情愿以死相拼！
楚　王	书生意气，你想得太简单了。想这前后左右，都是我的兵丁人众，你想撞死、吊死，都是徒劳的空想。
宋　玉	那我就从此不吃不喝，宁肯渴死、饿死，也要换得仙姑出狱啊！
瑶　华	是啊，君王既然如此相逼，我愿陪着子渊在狱中绝食，以死相拼！
楚　王	好啊，咱们一言为定，我让整个楚国的君臣父子，男女老少，从我做起，此时此刻，都陪着您二位绝食、辟谷了！
瑶　华	这个……

〔幕落。

第五场　普救众生

〔神农架天门垭。

〔老优伶上。

优　伶	搞笑搞笑真搞笑，
	此事说来也害臊，也害臊。
	楚王他，六千美女他不要，

看中了，巫山神女小窈窕。
让宋玉，先用美男计，巧把神女邀，
在床上，偷梁换柱抱错了腰，抱错了腰。
大王他，好生着恼好生恼，
用一着，鞭打宋玉苦肉计，再把那仙女招。
谁知那，仙女、宋玉情愿双双绝食坐大狱，
不吃不喝乐逍遥。
楚王他，吃了秤砣铁了心，跟着绝食辟谷了，
举国上下敢开伙？陪着君王伴小娇，伴小娇。
这正是：楚王爱细腰，举国皆饿殍。
就连我老头子，也饿得头晕目眩我直不起腰，直不起腰！

〔楚王上。

楚　王	老优伶啊，那神女和宋玉绝食几天了？
优　伶	启禀大王，他们两人已经绝食七天了。
楚　王	他们两人的精神头，还好吧？
优　伶	他们俩小年轻啊，扛得住饿，弹琴作赋哼小曲，什么君子好逑、淑女窈窕，小日子过得可好啦。
楚　王	唉，您哪里知道，冰肌玉骨美人餐，原本就吃得少；你看那宋玉传下的《神农本草经》上有说法，辟谷兼用灵芝嚼，活到千年犹嫌少！
优　伶	辟谷兼用灵芝嚼，活到千年犹嫌少？您是说，这瑶华仙姑，原本就是灵芝仙子？
楚　王	是啊，神农架上天门垭，高山绝顶吐芳华。瑶草灵芝天上药，延年益寿变仙家。
优　伶	着啊，怪不得咱们鞭打宋玉，伤痕累累，人家仙姑这么吹

　　　　　　上一吹，敷上一敷，让宋玉嚼上一嚼，嘿，他立马就站立如初，双人跳舞，敢情用了灵芝仙草？

楚　王　　正是。

优　伶　　这么说，楚王您忍饥挨饿，不仅是爱美人，更是爱仙草？

楚　王　　老优伶长进了。

优　伶　　那咱们赶紧派人去天门垭去盗仙草啊。

楚　王　　您以为？想那天门垭乃玉皇大帝在人间的灵芝基地，山高林密，毒蛇猛兽，虎罴熊猫，还有天兵天将，都在护卫灵芝仙草……

优　伶　　所以您才走捷径，爱美人，派宋玉当内应，举国绝食，孜孜以求？

楚　王　　孤王我爱江山更爱美人，更爱那长生不老的灵芝仙草！

优　伶　　可是，楚国君臣百姓，不吃不喝，耆老孺子，都饿得扛不住了。

楚　王　　都扛不住了，那就好了，快去天牢，据实相报！（下）

〔天牢。

宋　玉　　（唱）辟谷七日精神好，

瑶　华　　（唱）渴饮玉露饿餐金凤且自逍遥。

宋　玉　　（唱）肠胃清爽脂肪少，

瑶　华　　（唱）调理气息吐故纳新每日朝朝。

宋　玉　　（唱）怪不得仙家千年犹不老，

瑶　华　　（唱）无欲者无生无死境界弥高。

宋　玉　　（唱）相爱不敢爱？

瑶　华　　（唱）欲望一风抛。

宋　玉　　（唱）无儿又无女？

瑶　华　　（唱）神仙长寿考。

宋　玉	（唱）寂寂寞寞广寒居，	
瑶　华	（唱）年年岁岁观花草。	
宋　玉	（唱）我欲随君登仙去，	
瑶　华	（唱）蟠桃玉露灵芝草。	
宋　玉	亲也不能亲？	
瑶　华	抱也不能抱。	
宋　玉	四目相对，形容枯槁，	
瑶　华	含情脉脉，天荒地老。	
宋　玉	这样的生活吗，我还是不去为好！	
瑶　华	子渊，你成仙了道的一颗心动摇了，动摇了！	

〔老优伶上。

优　伶　报！

宋　玉　老人家请过来，您老有何吩咐？

优　伶　大王要礼聘瑶华姑娘为新科皇后，不知姑娘回心转意了吗？

瑶　华　老人家，自古鸡鸭不同调，人仙不同道，您就转告楚王，让他就死了这条心吧。

优　伶　这个，宋玉公子绝食几日了？

宋　玉　七天了。

优　伶　精神还好？

宋　玉　还好啊。

优　伶　可是大王他也同样绝食了七天……

宋　玉　此话当真？

优　伶　绝无戏言。

瑶　华　那是他自找的啊。

宋　玉　楚王他要挟仙姑，不惜绑架百姓，太过分了！

优　伶	走了走了！（去而复返）再报！	
宋　玉	老人家？	
优　伶	可是老汉我年满七十六，绝食七天，连路也走不动，话也说不出来了！	
瑶　华	老人家，我给你吃片草药，聊以充饥吧。	
优　伶	（嚼药片）哎呀，真是仙药，吃了精神倍好！多谢仙姑，我走了。（去而复返）三报！	
优　伶	楚王爱细腰，举国皆饿殍。	
宋　玉	楚王爱细腰，	
瑶　华	举国皆饿殍？	
优　伶	楚国六十岁以上老人，三岁以下的幼童，都必须奉陪您二位，绝食到底呀。	
宋　玉	敢有违者？	
优　伶	刀剑伺候！	
瑶　华	那百姓们老弱病残，怎能坚持下去？	
优　伶	成千上万的老人幼童，大多倒卧在床，坐以待毙啊。	
宋　玉	老人幼童，大多倒卧在床，坐以待毙啊？	
瑶　华	此话当真？	
优　伶	当真。	
瑶　华	果然？	
优　伶	千真万确。老夫要不是适才吃了姑娘的草药，这会儿也倒卧在外，回不来了。	
宋　玉	这不结了，想这神农架山上山下都是茂密的芳草，大家抽空嚼嚼，不就可以转危为安、起死回生了吗？	
优　伶	说得有理啊。我赶快劝导百姓去。	
瑶　华	且慢，想我父神农，尝遍草药三千种，八百余种含毒性，	

		虎狼之药，不可乱吃啊。
宋	玉	仙姑言之有理，我自有《神农本草经》在手，劝导百姓，匹夫有责啊。
瑶	华	赈灾救人，事不宜迟，你我且随老人家，前去救人啊。
宋	玉	只是高墙之内，如何出狱？
瑶	华	窈窕淑女，细腰任穿越！
宋	玉	君子好逑，书生变力士！
优	伶	你俩都轻松出狱了，我可什么都没看见！
宋	玉	老人家快走啊。
优	伶	老汉我走不快啊。
瑶	华	且随我腾云驾雾者！

（唱）驾祥云哪顾得山路迢迢，

　　　救黎民解倒悬心中焦焦。

　　　这一片稚子喊饿哭哭嚎嚎，

　　　那边厢老人倒毙白发萧萧。

　　　随身几茎灵芝草，

　　　怎救百姓半分毫？

　　　罢罢罢，不如天门垭上盗仙草，

　　　苦苦苦，只怕堕入轮回犯天条。

　　　事到如今无法宝，

　　　请雷神降甘霖，

　　　汇灵芝融仙草，

　　　饿时一点胜百味，

　　　渴时一滴胜琼瑶。

　　　管他身后非与是，

　　　我定要盗灵芝觅仙药起死回生把苍生报。

〔瑶华与宋玉、优伶飞临天门垭。
〔天兵天将带领蝙蝠、鸱鸮、毒蛇、猛兽把守天门垭。

|宋　　玉|为救百姓命，不惜盗仙草。
|瑶　　华|诸位道长，楚王爱细腰，举国皆饿殍，且放开一条生路，容我取得灵芝解救百姓……
|天兵天将|休得无礼，看刀！（开打）

〔老优伶拿起拂尘，变化为太白金星。

|太白金星|瑶华仙姑，休得无礼。这灵芝仙草乃仙家之物，岂可施舍凡间呢？
|宋　　玉|岂不闻，上天也有好生之德？
|瑶　　华|是啊，上天好生，瑶华救民，何罪之有呢。
|太白金星|话虽如此，你私自做主，投放仙药，就是犯了天条。
|瑶　　华|即便粉身碎骨，我也要体百姓疾苦，救燃眉之急。
|太白金星|盗取仙草，谈何容易。你纵有天大的本事，如何打得过这些天兵天将、毒蛇猛兽呢？

〔天兵天将护卫仙圃，与瑶华、宋玉再次开打。
〔楚王带兵将上。

|宋　　玉|楚王爱细腰，举国皆饿殍，此时此刻，您还要来捣乱？
|楚　　王|宋玉你拐带仙姑，私自出狱，就不怕我将你碎尸万段吗？
|宋　　玉|岂不闻君王不贤，荼毒百姓，举国声讨之，宋玉何罪之有？
|楚　　王|那……仙姑正在与天兵天将激烈争斗，咱俩就单挑？
|宋　　玉|单挑就单挑。为救百姓，不惜与君王过招！
|楚　　王|哈哈，小子倒有仁心，君王自有大爱。莫打了，莫打了，

	我已经传旨下去，让黎民百姓恢复饮食了。
瑶　　华	可是许多老人小孩，已经昏死过去，设若不救，万无生理。

〔再次与天兵天将开打。

楚　　王	众兵将，且随瑶华仙姑，一起攻打天兵天将去！
众 兵 将	是！
太白金星	玉帝圣旨下：朕闻楚国百姓有难，特封瑶华为灵芝仙子，以泪水化甘霖，化灵芝为圣药，普救黎民百姓！作法但毕，速速回转天宫者。
瑶　　华	遵命！

（唱）楚国百姓皆饿殍，
　　　热泪潸潸心内焦。
　　　以泪洗面灵芝润，
　　　化作甘霖胜琼瑶。

〔瑶华以泪洗面，化作灵芝甘霖，普救百姓。

众　　人	谢玉帝恩典！
太白金星	法事已毕，灵芝仙子，您下界玩耍的时间也到点了，咱们快点撤吧。
众　　人	多谢普救百姓的灵芝仙姑！
瑶　　华	子渊！咱们一起走？
宋　　玉	仙姑！我想与你一起走，可是《本草经》还没有传下去啊。
楚　　王	我也想与仙姑，同去留！
太白金星	您呐，害人太多，御女过度，折了寿算啊。瑶华，咱们骑鹤归去也。

众　　人　仙姑千岁！
瑶　　华　（拜别众人）后会有期。

第六场　述怀写梦

〔楚王寝宫。

楚　　王　老优伶啊，孤王身心憔悴，不知今夕何夕？
优　　伶　今儿是八月十五，皓月在空啊。
楚　　王　这是万家团圆的良辰吉日啊。可是孤王顿觉秋风刺骨，寒气入心，只怕是日暮途穷了。
优　　伶　大王一向身体刚强，尽管偶感微恙，定会万寿无疆啊。
楚　　王　快请宋玉过来。

〔宋玉上。

宋　　玉　宋玉拜见大王！
楚　　王　子渊啊，咱们君臣二人，可否把盏言欢呢？
宋　　玉　大王有兴致，小的不敢不陪啊。

〔老优伶斟酒上来，金杯给君王，银杯给宋玉。

楚　　王　干！
宋　　玉　干！（踌躇不饮）
优　　伶　宋玉，可别扫君王的兴致啊。
楚　　王　您老有所不知，自古文人多疑，宋玉也一样，他怕孤王的毒酒，把他给废了！
宋　　玉　小生绝无此意。

楚　王　　来来来，你我换过杯子，推杯换盏啊。

　　　　　（唱）入不言兮出不辞，

　　　　　　　　乘回风兮载云旗。

　　　　　　　　望美人兮浩魄依稀，

　　　　　　　　临秋风兮长歌残凄。

宋　玉　　大王好诗性、好才学啊！

楚　王　　子渊啊，你又奉承孤王了。这分明是你的老师屈原夫子的诗句，我只是记不完整，增减了几个字，如此而已。接下来是……

宋　玉　　（唱）悲莫悲兮生别离，

　　　　　　　　乐莫乐兮新相知。

楚　王　　好好好，斟酒来，你我再干三杯！（酒毕）子渊且受我一拜。

宋　玉　　（急扶）君王折杀小人也。

楚　王　　看看看，还是知识分子的臭毛病吧，总以为君王一拜比山重，灭口杀人须臾中！

宋　玉　　小生即便死在君王面前，也是心甘情愿，与有荣焉。

楚　王　　孤王不杀你，反倒要求你。

宋　玉　　大王求我何来？

楚　王　　人固有一爱，想孤王我享用过多少人间美色，三千美人，陪过我吧？

宋　玉　　那是君王的恩宠，阳光雨露，大爱无疆啊。

楚　王　　美人们见了孤王，战战兢兢，抖抖索索，说什么情，还道什么爱啊。

宋　玉　　也是也是。情是生生死死，爱是比翼双飞。

楚　王　　要得，孤王就是喜欢你这个酸劲儿。再饮酒啊。

宋　玉　　干！

楚　王	（唱）增之一分则太长，	
	减之一分则太瘦；	
宋　玉	（唱）著粉则太白，	
	施朱则太厚；	
楚　王	（唱）眉如翠羽兮，肌肤如白昼；	
宋　玉	（唱）齿如含贝兮，细腰如束素。	
	（合唱）嫣然一笑呀，百媚千娇绿肥红瘦，	
	今方知沉甸甸的爱字在心头……	
楚　王	见了瑶华仙姑，才知道什么是美人。	
宋　玉	见了灵芝妹妹，方晓得人间的情愫。	
楚　王	为此孤王用美男计、苦肉计，还有全部楚国君臣的饥饿疗法，试图与这仙姑接近啊，可是总是不能够，不能够！	
宋　玉	人生诸事，得不到的才是最好的？	
楚　王	世上美姝，得不到的才是最美的！	
宋　玉	君王英明！	
楚　王	我们郢都谚语说：妻不如妾，妾不如偷，偷得着不如偷不着！	
宋　玉	人生一世，草长一秋，距离产生美，思念最崇高。	
楚　王	是的，实不相瞒，寡人昨夜恍惚之中，瑶华也曾入我梦来。	
宋　玉	瑶华她，她，她也入您梦中？	
楚　王	她说道，感君一往情深，错爱亦是大爱。但不可以黎民百姓的身家性命，绑架情感，证明真情啊。	
宋　玉	是啊，真爱岂可强迫，必须两厢情愿的。	
楚　王	有此一梦，得见美姝，此生足矣。	
宋　玉	大王千秋万寿。	
楚　王	人生不满百寿，可是辞赋万年。	
宋　玉	文章千秋，辞赋万年！	

楚　　王		孤王病入膏肓，拜求先生将灵芝仙姑入我梦中的事儿，写成一赋。
宋　　玉		大王千秋万寿！
楚　　王		孤王有罪：亵渎神女，罪之一也；求索灵芝，罪之二也；差点饿死了诸多百姓，罪之三也。
宋　　玉		这个……我写，写，写！我写《高唐赋》《登徒子好色赋》，还要续写《神女赋》！
楚　　王		一言为定。一百美女，三千黄金，当场奉上。
宋　　玉		不然，金钱美女，受之有愧。
楚　　王		却之不恭吧。
宋　　玉		我只要君王履行前言，开办研修《本草经》的国医馆！
楚　　王		君无戏言，绝不反悔。封宋玉为楚辞大学士，为国家写赋，再封为《本草经》国医馆主，悬壶济世，普救苍生！
宋　　玉		拜谢大王。
楚　　王		不必谢我。倒是我要拜求先生，写我梦中之美景，记我君王之风流啊。
宋　　玉		旦为朝云，暮为行雨，朝朝暮暮，阳台之下。
楚　　王		好啊，旦为朝云，暮为行雨，朝朝暮暮，阳台之下……（倒下）
优　　伶		君王驾崩啦！

余韵

〔太白金星上。

太白金星　　玉帝开盛宴，蟠桃把鲜尝。
　　　　　　　灵芝花草在，万载千代芳。

|||玉帝有令，着灵芝仙子瑶华仙姑前往人间，把那前世为你浇灌仙草的宋玉，请回到天上写楚辞大赋，永记盛事也。
|瑶　　华|楚国才人宋玉，原本是天上的侍者？
|太白金星|正是同一人。
|瑶　　华|（欢快地）遵旨。（下凡）
|||（唱）岁既晏兮孰华予？
|||　　　憺忘归兮留灵修。
|||　　　石磊磊兮葛曼曼，
|||　　　于山间兮采琼秀。
|||　　　怨公子兮怅忘归，
|||　　　岁既暗兮孰华奴。
|宋　　玉|（唱）何神女之姣丽兮，
|||　　　引君子之春愁。
|||　　　宛若彩凤乘云兮，
|||　　　似美玉兮含娇羞。
|||　　　苞湿润之玉颜兮，
|||　　　若灵芝其隐秀。
|瑶　　华
宋　　玉|（合唱）从今后天长地久，
|||　　　从今后双双登楼。
|||　　　从今后毓华抚秀，
|||　　　从今后琴棋书画歌舞未肯休。
|||　　　唉呀呀，千姿百态神仙境，
|||　　　只索是相拥相抱、生儿育女不能够！
|宋　　玉|只要天长地久，不需一朝拥有。
|瑶　　华|只要天长地久，不需一朝拥有。恩人，咱们上天去？

宋　玉　　上天去。(环顾楚国)

瑶　华　　子渊，你还是撇不下啊。

宋　玉　　撇不下的是百姓疾苦、《本草》经书啊。

瑶　华　　(唱)那一部《神农本草经》，

宋　玉　　(唱)置之名山传之后头。

瑶　华　　(唱)与你那楚辞歌赋，

宋　玉　　(唱)都为华夏子孙留！

瑶　华　　传本草，后事还没有安排好吗？

宋　玉　　小生遵命，在楚国国医馆讲学授徒，如今《本草经》传人三百，都在救助百姓啊。只是没有灵芝，何来见证？

瑶　华　　没有灵芝，何来见证？

　　　　　(唱)携才人与恩人天宫行走，

　　　　　　　且把那灵芝仙草、盖世奇葩，

　　　　　　　在那巫山神农架、东海锦璃琉，

　　　　　　　点化繁衍未肯休。

〔剧终〕

2017 年 5 月 12 日改于京华国戏

大型历史故事剧

母仪天下

人物表：

花香纳儿　　本名太任。挚国（今河南平舆）国君任成之女，嫁周太王之少子姬王季为妻。青史上胎教先驱第一人（花衫）

姬王季　　又名季历，封西伯侯。与花香纳儿生姬昌（即西伯昌周文王）（老生）

姬　昌　　继承父亲爵位，称西伯昌，世称周文王。生子姬发（武王），姬发生子姬诵（成王）（小生）

春　草　　侍女（花旦）

秋　裳　　侍女（花旦）

武　丁　　先为王子，后为商匡王。

帝　乙　　商德王（净）

傅　说　　武丁时代丞相（丑）

商纣王　　子寿，商朝末代君主（净）

比　干　　纣王叔父，太师（老生）

妲　己　　（花旦）

文武百官、宫女若干、武士若干

第一场 路 遇

〔武丁、姬王季驰马上。

武　丁　平原好纵马，

姬王季　千里奔槐庄。

武　丁　贤弟请！

姬王季　兄长请。

武　丁　适才我的马队，在百里之外的十字路口，巧遇兄弟。

姬王季　是啊，适才我巧遇兄长，正欲躲避官车，闪过一旁……

武　丁　是我看到兄弟人物俊秀，骏马飞快，故此猛然发力，纵马奔驰！

姬王季　眼见得兄长身边那些随从小厮、闲杂人等追赶不上，统统都给抛在了马后！

武　丁　是啊，只有你单人匹马，紧紧跟随，后来居上……

姬王季　兄长神勇非常。只是我这匹骅骝宝马，天生有个永不服输、力争上游的脾气，故此不听使唤，穷追不舍，得罪兄长了。

武　丁　哈哈，你我彼此有缘，马也善解人意啊。贤弟，听你口音，好像不是本地人士？

姬王季　兄台，在下乃陇原周族姬王季是也。敢问兄长名讳？

武　丁　原来是西伯侯周公子驾到，殷商武丁有失远迎，这厢有礼了。

姬王季　啊呀，原是殷商王子在此，普天之下莫非王土，率土之滨莫非王臣，请受小人跪拜。

武　丁　周公子免礼，快快请起。想那陇原距离我这殷商挚国，足有千里之遥。不知周公子前来，有何要务？

姬王季　实不相瞒，听说挚国槐庄素有皇家驿站之称，此地的马车

		天下驰名，故此特来观赏。
武　丁		原来如此，且听我道来。
		（唱）大商世胄任中玄，
		世代造车在薛原。
		（夹白）从齐鲁到豫州，
姬王季		（接唱）迁徙在此二百载，
		挚国的车辆美名传。
武　丁 姬王季		（合唱）前三皇，后五帝，
		皇家驿站在此间！
		参天的槐树做宝车，
		万里神州好驾辕。
姬王季		（唱）王兄驿站来试马？
武　丁		（唱）为求太任结姻缘。
姬王季		太任？
武　丁		太任，小名花香纳儿，就是挚国国君任中玄的小女儿……
姬王季		太任？花香纳儿？我想王子宫中，美女如云霞，王公贵族，人人献美姝……
武　丁		哎！
		（唱）暗思想，
		活色生香，
		庭花不及娇模样，
		宫花岂有野花香？
姬王季		所以王子特来京畿之外的挚国来求亲。
武　丁		是的，一会儿我就要上门求亲，送上贝壳钱礼。哎，只恨我那些从人们行动太慢，无人当我的书童啊。

〔傅说等从人气喘吁吁地赶到。

傅　　说　　书童来了。
　　　　　　（念）王子草上飞，小人我玩命追。
　　　　　　　　　三鞭子打下去，马蹄扬起了灰。
　　　　　　小人我摔下马，脸上、屁股青的青、红的红、白的白、灰的灰，鼓起了小肉堆！
　　　　　　因此上一瘸一拐一拐一瘸姗姗来迟了，
　　　　　　王子您莫怪罪，莫怪罪！
武　　丁　　唉，像你这般模样，哪里扮得了书童，也就是一马童而已。
姬王季　　　这，小弟愿充当书童，君子成人之美，何况王子乎。
武　　丁　　既然如此，那就委屈贤弟了。嘘，她的车马过来了，我们且躲过一旁。
姬王季　　　是是，躲过一旁……
傅　　说　　大家伙"消开"、"消开"啊！

〔切光。

第二场　择　婚

花香纳儿　　（内唱）晴光美百鸟鸣花草芬芳——

〔花香纳儿与春草、秋裳二侍女作"马车舞"上。

春　　草
秋　　裳　　（合）公主坐好，咱们起驾啦！
花香纳儿　　（接唱）飞驰的车毂马蹄忙。

大槐树遮天蔽日花蕾绽放，

小丫头我右转左旋舞刀弄枪把风景游赏。

春　　草　　公主，适才老爷吩咐，说商朝的王子武丁前来求婚，让咱们去去就来，不可走远啊。

秋　　裳　　是啊，一会儿新姑爷来了，可别找不着俺公主的人啦。

花香纳儿　　什么姑爷不姑爷的，这八字还没有一撇呢。

（唱）婚姻大事非儿戏，

花香我人小有主张。

春　　草
秋　　裳　　（合）那，公主究竟要怎样的夫婿呢？

花香纳儿　　（接唱）一要他人品好相貌堂堂，

春　　草
秋　　裳　　（合）这二呢？

花香纳儿　　（接唱）二要他武艺超群威风凛凛战场称王，

春　　草
秋　　裳　　（合）这三呢？

花香纳儿　　（接唱）三要他真心诚意对我好，

相喜悦，有商量，

风月美，效鸾皇，

做一对恩爱的夫妻子孙后代万年长。

〔武丁、姬王季上。

武　　丁　　花香公主，进府不如路遇，本王这厢有礼啦！书童，给我送上十万贝壳的大彩礼！

姬 王 季　　公主在上，书童在下，王子已经发话，请收下十万彩礼！

〔春草、秋裳欲接彩礼。

花香纳儿	啊呀,且慢。看这武丁王子虽然有些土豪粗蛮,可他的书童却英武聪慧……春草、秋裳,这十万彩礼虽重,无功未肯受禄啊。
武　丁	哎呀,美人呐,咱大商朝的江山社稷,早晚都是我的,只要你肯嫁给我啊,早晚也都是你的!
花香纳儿	你的总是你的,我的总是我的。你要我是你的,除非车马交战之后,倘若我花枪落败……方可谈婚论嫁!
武　丁	此话当真?
花香纳儿	当真。
武　丁	果然?
花香纳儿	果然。
武　丁	如此看刀!
花香纳儿	接招。
武　丁	马踏山河碎!
花香纳儿	车行日月摇。
武　丁	单刀直入,直砍命门三道。
花香纳儿	双枪迎纳,且观玉龙咆哮。
武　丁	(唱)焦躁, 　　　马快人骄, 　　　难敌她战车萧萧。
姬王季	(唱)箫韶, 　　　宝马香车, 　　　攻守万里之遥。
武　丁	(唱)窈窕, 　　　红裙, 　　　看我只手揽酥腰。

花香纳儿　　（唱）草包，

　　　　　　　　笨手耍花招，

　　　　　　　　且看我以枪挑刀！

〔花香纳儿挑开武丁大刀，双枪直逼向前。

傅　　说　　美女手下留情，不要犯上啊！（扑上，被春草、秋裳摔倒）

〔姬王季大惊，飞跃过去，接住花香纳儿双枪，转动720度，反将双枪夺在手中。

武　　丁
花香纳儿　　（合唱）英豪，

　　　　　　　　救命的壮士，

　　　　　　　　胆大艺更高。

〔姬王季将双枪掷还给花香纳儿。

武　　丁　　多谢贤弟救命之恩！

姬王季　　些许小事，何足挂齿。不过，公主适才是手下留情，如若不然，她手臂再伸长两分么，兄长便非死即伤。兄长要谢救命之恩，首先要谢公主的不杀之恩。

花香纳儿　　然也，壮士武艺超群，果然是行家里手。

武　　丁　　惭愧啊惭愧，想我堂堂男儿，竟然敌不过一闺阁女子。罢罢罢，大商王子武丁，感谢挚国公主不杀之恩呐。贤弟，咱们走！

傅　　说　　是啊，咱们快走吧。

姬王季　　兄长且慢，还有求婚之事等待商议……

武　　丁　　孤王我一言既出驷马难追，既然技不如人，这婚事么……

		也就不议了。咱们走走走！
花香纳儿		（急拦）你们哪里走？谁也走不了！
春　　草 秋　　裳		（合）公主说别走，你们就别走！
傅　　说		哟哟哟，这话是怎么说的，难道你们要动粗不成？
武　　丁		公主这是何意，莫非你又回心转意了？
花香纳儿		（唱）王子挚国来求亲，
		男女老少皆知情。
		今日我反胜为败有凭准，
		红口白牙我说的真。
		双枪既然被他下，
武　　丁 傅　　说		（合）你是说他？！
花香纳儿		（接唱）愿嫁他……
		愿与这无名的书童结姻亲。
姬王季		啊呀，公主啊——
		（唱）王子公主结姻亲，
		朝野上下皆知情。
		多谢公主来垂青，
		点点滴滴我记在心。
		无名的书童岂敢应，
		是非贵贱我分得清！
武　　丁		着啊。常言道有缘千里来相会，无缘对面不相逢。我兄弟他不是书童，他是闻名天下的陇原公子姬王季啊。
花香纳儿 春　　草 秋　　裳		（合）原来是文武双全、闻名天下的姬公子？

武　丁	正是。想我身为王子，佳丽之多，难以胜数。只是爱我的人我不爱，我爱的人却不爱我，不如玉成一段姻缘，成就千秋佳话，但不知公主、贤弟，意下如何？
花香公主 纳儿王季	（羞愧）但凭王子做主！
武　丁	呵呵，你们俩倒都是爽快人。那就一不做二不休三不怕四不拖，把我的彩礼么当成贺礼，干脆尽快禀报挚国国君，咱们今夜就吹吹打打，为我兄弟张罗婚事者！
傅　说	是啊，趁热打铁，现在就操办喜事啊。

〔内声：吹吹打打，办起喜事来哟！

〔鼓乐齐鸣，切光。

第三场　胎　教

〔春草、秋裳上。

春　草	喜鹊枝头啼，
秋　裳	明月照花溪。
春　草	花香公主她择了婿，
秋　裳	不选王子爱书籍。
春　草	哎，不是书籍是书童，
秋　裳	嗯，不是书童是那陇原周族的陕老西。
春　草	男女般配眼对眼，
秋　裳	才貌双全衣牵衣。
春　草	吹吹打打热热闹闹好一个洞房花烛夜，

秋　　裳	美美满满甜甜蜜蜜且看那合欢更漏迟。
春　　草	天降及时雨，
秋　　裳	地接连理枝。
春　　草	一生二来二生一，
秋　　裳	公主怀孕百鸟啼。
春　　草	姬公子为报王恩征战去，
秋　　裳	美公主朝朝胎教不迟疑。
春　　草	哎，我说咱俩可别再咬着舌头对对子了，我都有点瘆得慌啦。
秋　　裳	谁说不是啊，再这样对下去啊，我也要结结巴巴上气不接下气地跟你急。
春　　草 秋　　裳	（合）得嘞，咱们别丫环装秀才——胡来啦，快打点茶点枕席，迎接公主来也。
花香纳儿	（内唱）梦吉兆得麟儿喜从天降，

〔花香纳儿上。丫环扶上。

花香纳儿　（接唱）庭院上来了我满心欢喜身怀六甲的美花香。

　　你情我愿惬心意啊，

　　心鼓咚咚贴胸膛。

　　千里姻缘一线绕，

　　刻骨的相爱喜圆房。

　　新婚三日嫌夜短，

　　鱼水之欢情意长，情意长。

　　忽梦金龙入怀抱，

　　便得珠胎肚里藏。

　　夫君他威威武武征战去，

　　　　　　　　为妻我温温馨馨做娇娘。
　　　　　　　　都说男人的心胸广，
　　　　　　　　怎及得女人的肚子宽肚肠。
　　　　　　　　天下人皆是女人养啊，
　　　　　　　　生得出男女老少贵贱贫穷好坏高下的三百六十行！
　　　　　　　　为报夫君情意好，
　　　　　　　　为继姬姓宗脉长。
　　　　　　　　为诞幼龙揽江海，
　　　　　　　　为兴大周日月长。
　　　　　　　　不惮窈窕变肥壮，
　　　　　　　　不怕细腰水牛样。
　　　　　　　　不怕娇儿常蹬腿，
　　　　　　　　不怕呼吸心头慌。
　　　　　　　　朝朝胎教我不停息啊，
　　　　　　　　代代母仪安天下，
　　　　　　　　要为中华撑栋梁，撑栋梁！

春　　草　　公主，您别累着了，快请坐下歇息。

秋　　裳　　夫人，请用茶！

花香纳儿　　哎，以后咱们什么公主、夫人的，都不要多叫了，我现在满心满怀，就是孩子他娘！

春　　草
秋　　裳　　（合）真好听，就是孩子他娘，孩儿他娘！这孩儿，叫什么名字啊？

花香纳儿　　咱家那口子啊，在出征前早就说过了，若生下男孩，名字就叫姬昌……

春　　草
秋　　裳　　（合）姬昌？

| 花香纳儿 | 就是继承他爷爷古公檀父、爸爸王季的事业，振兴姬姓大周，永葆繁荣昌盛！ |

| 春　草
秋　裳 | （合）姬昌真是好名字。 |

| 花香纳儿 | 咱们诵诗吧，读歌颂他爷爷的诗啊。（坐下） |

| 春　香 | 姬昌妈妈，您们呐，现在是两个人，坐得太直会累得慌，咱们垫一个枕头，靠靠？ |

| 秋　裳 | 是啊，姬昌妈妈靠着、斜躺着背诗，会舒服得多啊。 |

| 花香纳儿 | 尽管坐着累，还是要挺住。古来妇人妊子，寝不侧，坐不边，立不跸，不食邪味，割不正不食，席不正不坐。 |

| 春　草
秋　裳 | （合）目不视于邪色，耳不听于淫声。夜则令瞽诵诗，道正事…… |

| 花香纳儿 | 如此，则生子形容端正，才德必过人矣。 |

| 春　草 | 胎教胎教，真是需要。 |

| 秋　裳 | 正襟危坐，方能开窍。 |

| 春　草 | 就是太累得紧， |

| 秋　裳 | 不提防还闪了腰！ |

| 花香纳儿 | 休得乱语，莫开玩笑。我那姬昌小儿，还在腹内听着呢。 |

| 春　草
秋　裳 | （合）真的？咱们赶快陪着妈妈，给小公子读诗啊。 |

| 花香纳儿 | 诗经云：古公亶父，绵绵瓜瓞。民之初生，自土沮漆。陶复陶冗，未有家室。古公亶父，来朝走马。率西水浒，至于岐下。爰及姜女，聿来胥宇。 |

| 春　草 | 夫人，不，孩子他娘，这古诗文绉绉的，说些什么啊？ |

| 花香纳儿 | 是说昌儿他祖父辛苦劳碌，未曾成家；后来骑着马儿，在岐山之下碰到他祖母姜女…… |

| 秋　　裳 | 明白啦明白啦，这不是跟咱家官人一样，骑着马儿到咱挚国来，娶到了咱们家的公主吗？ |

| 花香纳儿 | 说的也是。啊呀，一时间肚子好痛。 |

| 春　　草 | 我在这边听听，啊呀，小公子的心跳得好急！ |

| 秋　　裳 | 我在这边摸摸，啊呀，小公子的腿，蹬到这边来啦。 |

| 花香纳儿 | 小宝宝乖乖，妈妈来拍拍，爹娘的宝宝，大周的未来！ |

| 春　　草
秋　　裳 | （合）啊呀，宝宝马上不蹬了，他听得懂妈妈的话儿。 |

| 花香纳儿 | 是呀，这孩子真是聪慧无比，体贴娘意。 |

| 春　　草
秋　　裳 | （合）这孩子不是凡人， |

| 花香纳儿 | 那……是什么人呢？ |

| 春　　草
秋　　裳 | （合）母仪天下，七世而昌，圣婴出世，他就是个小圣人、小人王！ |

| 花香纳儿 | 是呀，他爸爸说，要是他是男婴，以后就奏请君王，让他继承西伯侯的爵位。 |

| 春　　草
秋　　裳 | （合）西伯昌，西伯昌，接他爸爸的班，要做大周的王！ |

〔切光。

第四场　朝　堂

〔武丁宫殿。

〔文武百官上。

| 傅　　说 | 礼部奏乐，齐唱颂歌者。 |

〔众唱：光闪闪新君如太阳。
　　　　浩荡荡商朝震四方，
　　　　路漫漫八戎来归附，
　　　　威赫赫季历武功彰。

傅　说　百官欢呼，有请君王！
百　官　君王君王，太阳太阳！

〔武丁上。

武　丁　天子立朝堂，山河耀日光。吾乃殷商王朝第二十九代君王武丁是也。上赖祖宗福荫，下得忠臣辅佐，贤弟西伯侯姬王季忠勇无敌，犹在四方扫平八夷，是故海清河晏，一统有望也。
傅　说　一统天下，只争朝夕，这就像光头上的虱子——明摆着。
百　官　天光地光，辉煌辉煌。
武　丁　呃，如今四方未定，大家低调低调。

〔探子上。

探　子　报，启奏君王，西伯侯姬大将军身先士卒，征讨余吾戎，降敌五千人，一战成功，大获全胜！
百　官　恭喜君王，贺喜君王，将军忠勇，商朝安康！
武　官　西伯侯旗开得胜，理应论功行赏。
武　丁　好，孤王论功行赏。西伯侯姬将军大获全胜，解我心头之患，赐马羊千匹，美酒百坛。另封姬将军为讨伐大牧师，带领大军，扫平四夷者。
傅　说　得令，急办啊。大家一起祝贺啊。预备，起——

| 百 官 | 牧师忠勇，吾王圣明，万岁万岁万万岁！

〔探子下，复上。

| 探 子 | 报，启奏大王，西伯侯大牧师第二次大战，讨伐始呼戎贼兵，始呼戎不敌我军，全部归降。
| 武 官 | 始呼戎，一向兵多将广，草肥马壮，此番拿下始呼戎，实乃江山社稷之幸也。
| 武 丁 | 好啊，西伯侯大牧师越战越勇，所向披靡，赏马羊五千匹，美酒五百坛！
| 傅 说 | 遵命，诸位再祝——
| 百 官 | 祝愿大牧师永远健康，吾王圣明万寿无疆！

〔探子下，复上。

| 探 子 | 报，西伯侯大牧师完胜翳徒戎五万余众，活捉十个翳徒戎大头目，即刻就要回到朝廷，向大王报捷献功！
| 武 丁 | 快快有请孤的爱卿姬大牧师！
| 傅 说 | 大牧师姬将军上朝啊！
| 姬王季 | （内唱）破三戎归朝歌满心欢畅，

〔姬王季上朝。

| 姬王季 | （接唱）传捷报趁东风面见君王。
| 武 丁 | （下座拥抱）爱卿，我的好兄弟，三战三捷，大获全胜，真乃智勇大牧师也。
| 姬王季 | （唱）东南北从此再无硝烟起，
　　　　　　天地人皆仰望服我殷商。
| 武 丁 | （唱）兄弟情君臣爱三秋在望，

　　　　　迎爱卿凯旋归春满朝堂。

傅　说　谁说不是啊，一二三大家祝颂啊！

百　官　大牧师威震天下，功高日月，永远健康，永远健康。

姬王季　啊呀，诸君折杀我了，微臣剿灭东南北方，全仗我君王之烈烈虎威。

武　丁　来来来，大牧师恭请上座。

姬王季　多谢君王，微臣位卑，未敢上座。

武　丁　那好，来人，赐偏座。

姬王季　多谢君王。

武　丁　来人，请将咱们河南汝阳的杜康老酒取过来，满朝文武均要与大牧师痛饮三巡。

傅　说　要拿前代夏朝的杜康原浆啊。

〔士兵将一列酒坛奉上。

姬王季　全仗君王三次所赐杜康原浆，我军将士在天寒地冻之时，方可奋勇杀敌，血气偾张！这酒嘛，我还想带回营地，犒赏三军。

武　丁　大牧师不必担心，中军早就准备好了百坛好酒，犒赏三军也。来来来，各位爱卿，速速向大牧师敬酒者。

傅　说　这一巡酒——

百　官　干！

傅　说　二巡酒——

百　官　尽！

傅　说　这三巡酒——

百　官　清清清！

〔众臣纷纷向姬王季亮杯底。

姬王季 哎呀,且慢,拿巨觥来。我也要来为我那些阵亡的战友敬酒啊。一敬天,愿我的战友早生天堂。

百　官 早升天堂。

姬王季 二敬地,愿弟兄们的残骸入土为安,早化沃壤。

百　官 入土为安,早化沃壤。

姬王季 三敬君王,愿君王万寿无疆,愿大商地久天长。

百　官 万寿无疆,地久天长。

姬王季 （唱）此时间乐极生悲存念想,

　　　　　有多少好兄弟战场身亡。

（夹白）战场之上,杀人三千,自损八百!

（接唱）这一位缺腿断膊血沃芳草,

　　　　那边厢身首不全抛尸大荒。

　　　　谁家没有儿和女,

　　　　谁家没有爹和娘,

　　　　一将成名万骨朽,

　　　　百花凋零一花香,

　　　　愿君王烈士家属多抚恤,

　　　　要让那在天之灵少心伤。

武　丁 兄弟所请,本朝安抚功臣,体恤烈属,皆会一一做到。只是今天乃庆功之时,西伯侯不必过分伤心。来来来,咱们继续喝酒举觥啊。

姬王季 君王在上,众位兄弟在下,季历我实实地不胜酒力了,不能再喝酒举觥了。

武　丁 真个不能喝了?

姬王季　　真个不能喝了。

武　丁　　果然不能喝？

姬王季　　果……果……果然不能喝了。

武　丁　　呃，大牧师有万夫不当之勇，区区小酒，何足挂齿、怎会赤庞？来呀，歌舞伺候，八面风光。

〔歌舞队上。

歌　队　　（唱）金樽美酒兮芳芳，

　　　　　　　　美目盼兮兮情长。

　　　　　　　　楚腰舞兮杨柳摆，

　　　　　　　　玉足旋兮罗裙扬。

　　　　　　　　人生苦短兮建功业，

　　　　　　　　海晏河清兮醉琼浆。

武　丁　　兄弟，这歌舞得美妙堂皇么？

姬王季　　歌舞得好，美妙堂皇。

武　丁　　孤王的歌女舞女，长得曼妙无比，有模有样吗？

姬王季　　曼妙无比，有模有样呀。

武　丁　　着啊，红粉赠美女，宝剑赠英雄，如此就将歌儿舞女尽数赠给西伯侯王。

姬王季　　拜谢君王，微臣家有贤妻糟糠，不敢接受美女群芳啊。酒过三巡，容微臣回家，休息卧床。

武　丁　　这个，兄弟倒是一个有情有义的痴心郎也。且慢，不管休息卧床，还是猴急上床，兄弟此次出征，长途奔袭，百战不殆，敢问制胜之道、获胜之光？

姬王季　　这一嘛，全仗君王的虎威，大商的气量。

武　丁　　这二呢？

姬王季　　将士们同仇敌忾、浴血疆场！

武　丁　　还有第三？

姬王季　　这第三么，是因为咱们挚国平舆的车阵妙法，全赖花香夫人传授与我，兵来将挡，马来车横，边疆草寇，哪里见过这等阵势，是故针插不进水泼不进，我军方可伺机追击，节节胜利，勇冠东方！

武　丁　　啊，我明白了，花香夫人自始至终帮助与你，令人好生羡慕、羡慕无方啊！

姬王季　　多谢君王夸奖。（昏睡）

傅　说　　君王，咱们好下手啦。

武　丁　　这个，胜利后杀戮功臣，我是实实地下不了手、硬不下心肠啊。

傅　说　　量小非君子，

武　丁　　无毒不强梁。

傅　说　　君王借刀杀人，重用西伯侯。如今东南北方俱已平定，唯有西方周室，乃我大商心腹之患，不杀不足以为大王！

武　丁　　孤王知道了，只是此情此景，我还是难于动刀剑、开杀戒啊。

傅　说　　君王，咱们不杀人，咱们再劝美酒、进金觞！

武　丁　　好个不杀之计，咱家劝美酒、进金觞！

傅　说　　赐酒敬觞？

武　丁　　赐酒敬觞！

〔二人大笑。傅说示意部下端上金杯毒酒。

〔司仪将金杯毒酒奉上。

姬王季　　（昏睡中）花香夫人，我的美姑娘，孩子的好亲娘！

武　丁　　（嫉妒）此时此刻，你心中最最挂牵的，还是你那贤妻花香

		纳儿好姑娘。令孤王好生着恼，好生懊丧啊。
傅　说	西伯侯速速醒来，切莫彷徨啊。
武　丁	兄弟，我知道你念念不忘我那弟妹，美丽的娇娘。也罢，待你我兄弟痛饮三杯，再容你夫妻相见，互诉衷肠呐。来人，看御酒原浆。
傅　说	奉上御酒原浆！
姬王季	谢过君王。
武　丁	这一杯酒，念我弟兄二人，一见如故，死生相傍，干！
姬王季	干！
武　丁	这第二杯酒，感谢我兄弟南北驱驰，出生入死，为我殷商剿除了三方的后患，便可以安心为王。再干！
姬王季	兄长，我是实实地喝不下去这美酒佳酿了。
武　丁	来人，将我兄弟扶上金銮宝座，位列殿堂。

〔众歌女轮番拥扶姬王季，姬王季尽力躲避，只留下通往金銮宝座的一条通道。

〔傅说指挥武士，搀扶大醉的姬王季坐在金銮宝座上。

傅　说	大牧师犯上作乱，竟敢坐上金銮宝座，罪该万死，但杀无妨！
百　官	大牧师犯上作乱，罪该万死，但杀无妨！杀、杀、杀！
姬王季	（清醒）诸位，万万不可，万万不可，都是我不好，是我坐错了地方……
武　官	酒醉坐错了椅子，也是情有可原啊。
百　官	是呀，情有可原啊。
武　丁	诸位淡定、淡定啊。想这第三杯酒，乃是圆我大牧师的君王之梦，哪怕过过片刻的瘾头，也是为兄的一点慈悲的心肠。再喝！

〔将官强行将酒灌下。松手。

〔姬王季腹痛穿心，挣扎着站起来。

姬王季 兄长！

众　人 嗡……

姬王季 君王，这三杯御酒，杯杯有诈，皆是毒酿！

（唱）浴血奋战拥殷商，

　　　皆只为领兄的情报君的恩，

　　　一刀一枪一枪一刀出生入死在疆场。

　　　平生未死敌寇手，

　　　哪知晓今日中毒因杜康。

　　　兄弟之情皆妄语，

　　　豺狼杀尽弯弓藏。

　　　自古忠良无好死，

　　　诛杀功臣是君王。

　　　英雄到此悲难忍，

　　　但只觉这腹痛若割、万箭穿心、苟延残喘、奄奄一息，

　　　我痛断了肝肠。

　　　死到临头不闭眼，

　　　盼、盼、盼我的夫人好花香！

〔姬王季倒地。

武　丁 唉，你我兄弟一场，知根知底，知心知庞。为圆您的最后一梦，我已经让你的花香夫人，面见君王，让她将你了无遗憾地送上天堂。

传令，退朝！（下）

百　　官	大王？
傅　　说	百官听着，莫要呐喊。
	西伯侯大牧师姬将军，征战三戎，功德圆满。
	在朝堂失态呐喊，坐上君王的龙椅金板，未必是谋反谋反，但实属大胆大胆。
	如今他一醉身亡，蹬腿辗转，死在朝班。
	大王心中，五内俱焚，凄惨凄惨。
	来人啊！
百　　官	在！
傅　　说	大王他体恤功臣，传旨将朝堂改为灵堂，率领文武百官，为西伯侯大将军祭奠、守灵、哭丧啊！
百　　官	（匍匐在地）遵旨，哭丧！

〔切光。

第五场　灵　堂

〔傅说率领文武百官上。

傅　　说	灵堂布置已毕。有请花香公主进殿啦。
花香纳儿	（内唱）迎夫君凯旋归返满心欢畅，

〔花香纳儿上。

> 着盛装美妆容来了我功臣之妻美花香。
> 呀，朝阳漫天乌云降，
> 为甚朝堂变灵堂？

　　　　　　　问我的夫君人何在，
　　　　　　　　因何遗像供高堂？

傅　　说　　啊呀，夫人啊，西伯侯大将军他凯旋归来，痛饮御酒，岂料疲惫之人不胜酒力，他就……

花香纳儿　　他就如何了？

傅　　说　　他就乐极生悲，一命归天了！

花香纳儿　　一派胡言，我夫君他在战场上出生入死，尚且毫发无伤，平日又酒量过人，畅饮巨觥，怎生就一醉而亡了呢？

傅　　说　　真个如此啊。文武百官可以为证！

百　　官　　（哭声）文武百官，俱可作证。

花香纳儿　　傅丞相，我要找你要人！

傅　　说　　您莫找我啊。

花香纳儿　　这满朝的文武百官，我找你们讨要我的夫君啊。

百　　官　　唉，兔死狐悲，物伤其类，满心悲痛，心中如晦。

花香纳儿　　君王何在，君王何在啊？

〔武丁上。

武　　丁　　君王在此！

花香纳儿　　（扑过去）君王，我我我，我要我的夫君啊。

武　　丁　　夫人，你还是那么的奇香芬芳啊。唉，人死难以复生，且随我君臣祭拜你的夫君、孤王的爱卿与栋梁啊。

花香纳儿　　我的夫君真个死亡了？

武　　丁　　君无戏言，是真个死亡了。

傅　　说　　奏乐，文臣先拜揖哭丧！

〔文臣列队扶拜。

傅　　说　　武将再拜揖哭丧！

　　　　　　〔武将匍匐拜祭。

傅　　说　　花香夫人上前祭拜哭丧！
武　　丁　　不，我与夫人同拜哭丧！来呀，与夫人披上黑纱一丈！

　　　　　　〔花香夫人悲痛过度，略一趔趄。武丁赶紧搀扶。

花香纳儿　　君王自重。
武　　丁　　啊呀莫慌，当日我让妻给我御弟，如今难道我连搀扶弟妹的资格，都无有商量了么？嗯……
花香纳儿　　（趋步上前）夫君！是为妻来晚了，来迟了！
　　　　　　（唱）牵夫的手，抚君的胸膛，
　　　　　　　　　我叹夫君你不提防。
　　　　　　　　　东南北方你都平定，
　　　　　　　　　心腹大患唯有你陇原周族正正当当在西方。
　　　　　　　　　要得四方归一统，
　　　　　　　　　我夫一死好做王，
　　　　　　　　　殷商的卧榻无忧患，
　　　　　　　　　君王他，三更醒来梦也香！
　　　　　　　　　牵夫的双手，抚君的肝肠，
　　　　　　　　　我叹夫君你无主张。
　　　　　　　　　君王的御酒不好饮啊，
　　　　　　　　　杯杯催你一命丧！
　　　　　　　　　若是昌儿已成人，
　　　　　　　　　为妻我情愿追随夫君上天堂。
　　　　　　　　　如今我想死不敢死啊，

      昌儿他，爹死之后还有娘，还有娘！

武　　丁　　着啊，花香夫人，想这世间女子虽多，无有人像你这般聪明贤惠，玲珑剔透，字字句句都说到孤王的心坎上啦！

花香纳儿　　哎呀，君王啊！

    （唱）观您的眼，羞您的庞，

       我恨你君王太荒唐！

       当年你许我选夫婿，

       我选定书童你割爱，

       大人大量胸含日月气吞山河落落大方。

       这样的兄长独一份，

       我夫他知恩图报、涌泉相献、蹈火又赴汤。

       如今你三杯御酒催夫的命，

       小肚鸡肠、恩将仇报、过河拆桥、鼠目又寸光！

武　　丁　　花香夫人说得好，骂得更好啊！

    （唱）孤王我平生阅人千千万，

       从未见美丽聪慧、入情在理、说话好听、骂人也甜的贤德夫人如花香。

       当年我选妃在各邦，

       花香之名皆颂扬。

       比武招亲我落败，

    （夹白）是我不忍心下手啊！

       怎忍心满宫满调真刀真枪对娇娘。

       一念之差让与兄弟，

       终身的悔恨我捶枕床。

       夺人之爱他无意，

       替我消灾功昭彰。

恩将仇报我何忍，
夺妻之恨永难忘。
最可畏，大牧师的名声盖天地，
百官山呼他永健康。
更何况，东南北方不足惧，
西周的势力如虎狼，
厉兵秣马军威壮，
时刻威胁我殷商。
西伯侯一呼万人应，
他是我心腹之大防。

（夹白）花香夫人啊，
你也是我殷商挚国的一公主，
怎忍心，西周兴盛殷商亡？

花香纳儿　　哎呀，君王呀，
（唱）花香我任性切莫怪，
挚国自古依殷商。
嫁出去的女儿随夫姓，
现如今我是西周一娇娘。
树干已倒皮还在，
牵皮连筋我不彷徨。
活着紧贴树干长，
死了包在他身旁。
大树已倒根还在，
嫩枝娇蕊喜朝阳，
大王若有情意在，
我十月怀胎、九死一生、八方看护、七侧六跪、五

　　　　　　　　　拜四求、三生有幸、二体归一，三百天的骨血你莫
　　　　　　　　　毁伤，莫毁伤。（跪下）

武　　丁　（同跪）（唱）武丁我可负天下人，
　　　　　　　　　此生绝不负花香。
　　　　　　　　　毒杀兄弟我心有愧，
　　　　　　　　　此时间满腔羞愧伴忧伤。
　　　　　　　　　夫人，起来吧，你要节哀啊。

花香纳儿　夫君，我的大牧师！
　　　　　（唱）花香我今日拜别你，
　　　　　　　　　送君送到西天堂。
　　　　　　　　　三魂六魄跟您走啊，
　　　　　　　　　千年万代效鸾凰。
　　　　　　　　　姬昌是你的亲骨血，
　　　　　　　　　聪明智慧的小太阳。
　　　　　　　　　人见人爱的宁馨儿啊，
　　　　　　　　　抚养他长大当侯王。
　　　　　　　　　逢年过节祭奠你啊，
　　　　　　　　　千载万代贡酒浆。
　　　　　　　　　待我百年归故土，
　　　　　　　　　终老平舆忆娇郎，忆娇郎。

武　　丁　唉。从古到今，未曾有人将我这巍巍朝堂，当作送终的灵堂。我要与花香夫人一道，为我的好兄弟西伯侯大牧师守灵一夜，愿他的灵魂早入天堂！

傅　　说
百　　官　（合）愿西伯侯大牧师，早入天堂！

花香纳儿　谢君王！

〔五更更鼓敲响。

武　　丁　哎呀,夫人啊,此时此刻,此情此景,我老年人也甚为惆怅。眼前阴风阵阵,鬼影瞳瞳,只怕是害了兄弟,损了阴德,遭了天谴,故此脊背生寒,病入膏肓。

　　　　（唱）五更里阴风阵阵起,

　　　　　　　兄弟他,高高在上身影长。

　　　　　　　这边厢来了那勾魂的小鬼帮,

　　　　　　　那边厢来了那摄魄的活无常。

　　　　　　　啊呀,打鬼打鬼啊!

傅　　说　君王莫怕,百官在此护佑着!

百　　官　君王,我们大家都在护卫你。

花香纳儿　君王,你……（将武丁扶着）

武　　丁　谢谢花香夫人。我要死了,得你扶持,也就心满意足了。

　　　　（唱）做君王损阴德命难长久,

　　　　　　　且喜得子孙绵延有鸾凰。

　　　　　　　将功补过犹未晚啊,

　　　　　　　一片诚心来补偿。

　　　　　　　在生不能成双对,

　　　　　　　来世也要共飞翔。

　　　　　　　你母仪天下有教养,

　　　　　　　我早有所闻记心肠。

　　　　　　　将我的幼女嫁汝家,

　　　　　　　世世代代姻缘长。

花香纳儿　花香拜谢君王!啊呀,君王站稳,您保重了。

武　　丁　人做亏心事,即刻一病亡。唉,也罢,夫人身边死,做

|鬼也堂皇！（倒地）

花香纳儿 啊呀，不好啦，君王驾崩啦！

傅　　说 君王驾崩，再扶新王。帝乙懦弱，纣王刚强。大商纣王，走起来啊……

百　　官 纣王嗣位，万寿无疆。

〔暗转。

第六场　探　监

〔羑里监狱。

纣　　王 （内唱）大商六百年兮，浩浩汤汤，

〔纣王率叔父比干、二武将与军士们上。

纣　　王 （接唱）今日我做主兮，称霸称王。

祖父武丁兮，诛功臣杀王季，平定四方，拓土开疆，

吾父帝乙兮，迁都城进朝歌，委曲求全，和亲文王。

孤，大商朝第十七世第三十一代君王是也，俗名子寿，御封纣王。

二　武　将 我主英明，万寿无疆。

比　　干 叔相比干，进谏君王，妄议祖宗，不为仁也。

纣　　王 叔父说哪里话来，想我祖父何等的英武智慧，一举诛杀功臣姬王季，西周之崛起，至少被延误了二十年。

比　　干 君王啊，汝父王执意将王位传与你，自古以来，儿女不可说父母的不是啊。

纣　王　　我是有一说一，叔父你何必抬杠？走啊，咱们今儿去监狱走走，去访访那被孤囚禁的继任西伯侯姬昌。

比　干　　久闻姬昌贤德，如此一同前往。

〔姬昌在狱中演习周易。

姬　昌　　（唱）在狱中演周易心明眼亮，
　　　　　　　　伏羲氏先天八卦照亮苍茫。
　　　　　　　　因蓍草巧结成六十四卦，
　　　　　　　　知往事追来者何必彷徨。
　　　　　啊呀，且住，我观卦象是有萧杀之象，不免心有忧伤……

纣　王　　西伯昌，孤王知道你在西周，先后收罗了伯夷、叔齐、太颠、闳夭、散宜生、鬻熊、辛甲各色人等，又访得贤相姜尚，人才济济，如虎添翼，却又怎生屈居孤王的狱中啊？

姬　昌　　大王你王恩浩荡，惠及八方。大王宣召我来嘛——

纣　王　　你就不敢不来。

姬　昌　　大王让我在狱中修炼嘛——

纣　王　　你就不敢不修。巧言令色，好会说话啊。闻听你在狱中演周易，卜仙卦，上下五百年，左右一千里，你都能蓍草神算？

姬　昌　　微臣才疏学浅，不敢自我夸耀。

纣　王　　孤王送你三件大礼——

姬　昌　　愿闻其详。

纣　王　　也罢，这么，当年我祖父在朝堂，汝父亲酒罪而亡；如今你又子继父业，在孤王的狱中安心演习周易，这岂不是我送你的第一件大礼？

姬　昌　　君王只有一人，蓍草只生羑里，为臣周易有成，当然得拜谢君王之恩也。

纣　王　　难得你以德报怨,回答得好。且看孤王送你第二件大礼。军士们,大礼何在?

〔军士们将用姬昌长子伯邑考所炖的瓦罐奉上。

姬　昌　　(打寒战)君王这是何意呀?

纣　王　　孤王闻听西伯昌你在狱中,常常忍饥挨饿,是故特炖肉汤,为你补充营养啊!

姬　昌　　一拜君王!二拜肉汤,为我牺牲,鸣呼哀哉尚飨!(喝下肉汤)

纣　王　　哈哈,哈哈,孤王素来闻听你算卦如神,今日看来也是枉然。实话告诉你吧,这罐肉汤,是用你的头胎长子伯邑考骨肉所炖出来的!

姬　昌　　君要臣死,臣不敢不死。微臣早已知道适才所食,乃是我的娇儿,故此愿乞一吐,以谢娇儿。

纣　王　　吐吧吐吧。你能面不改色,以德报怨,我也算服了你了。不过你有嫡子十人,庶出七人,还有一十六子在,我也就不加追究了。

〔姬昌吐子。
〔比干与军士们皆跪下。

比　干　　君王,咱们整人诛心,也要适可而止,逼人食子,天理不容啊。

纣　王　　叔父休得胡言,危言耸听啊。也罢,孤王要送西伯侯这第三件礼物,看你如何以德报怨?来人哪,将姬昌施以炮烙之刑。

比　干　　何为炮烙之刑?

纣　王　就是将坏人绑扎在铜柱上，里面燃起熊熊的炭火，令人皮肉皆化也。

比　干　好侄儿呀，行如此酷刑……咱们要遭报应的啊。

纣　王　乱世且用重典，叔父切莫多言。

姬　昌　啊呀，君王啊，我也送您三件礼物。

纣　王　我也洗耳恭听啊。

姬　昌　这第一呢，如果君王能够废除炮烙之刑，微臣愿意将周国漯河西岸的八百亩沃土，全部奉献给大王。

纣　王　好，洛河西岸乃是鱼米之乡，亏你舍得。这第二呢？

姬　昌　倘若君王放我出狱，在我有生之年，我周国绝不犯上作乱，威胁大商。

纣　王　（抓住胳膊）如若反悔？

姬　昌　如若反悔，电打雷轰，天诛地灭。

纣　王　好，我相信你的誓言。这第三呢？

姬　昌　闻听君王麾下歌儿舞女，均乃凡庸之质。适才我卜卦一算，我娘花香老夫人，愿意将天宇之下、泱泱大国中是处寻找的绝色美女苏妲己献与大王，以奉君王之欢。

纣　王　哈哈，又是美人计来了。红颜祸水，玩物丧志啊。来人啊，给我将西伯昌绑上铜柱，且施炮烙之刑。

〔众军士将姬昌绑上铜柱。
〔天雷震响，暴雨如注。
〔姬王季、武丁魂灵上。

姬王季　哎呀，且住，我的长孙，已经被残害了，兄长你赶快釜底抽薪，莫让我儿姬昌柱死在炮烙之刑啊。

　　　　　（唱）我为兄赴汤蹈火十年整，
　　　　　　　　兄报我御酒三杯阎罗牵。
　　　　　　　　千般悔来万般恨，
　　　　　　　　不该夸功靖三边。
　　　　　　　　如今我儿遭危难，
　　　　　　　　快快叫停莫迟延。

武　丁　　贤孙快快且住，切莫点火烧炭啊。

　　　　　（唱）泱泱大商六百载，
　　　　　　　　贤孙的王位三十载，
　　　　　　　　积得阴功又三年。
　　　　　　　　夏商青史滚滚过，
　　　　　　　　西伯昌不掘殷商的田。
　　　　　　　　谨防酷刑遭天谴，
　　　　　　　　我杀王季你放贤。
　　　　　　　　君王一诺千斤重，
　　　　　　　　西伯昌乃是我的乘龙快婿非等闲呐。

姬　昌　　多谢泰山大人！

比　干　　这老爷子，又与西伯昌攀上亲戚了。

〔花香纳儿出现在另一表演区。

花香纳儿　（唱）君王的承诺大如天，
　　　　　　　　英魂的托付在眼前。
　　　　　　　　当日你把幼女嫁，
　　　　　　　　霎时我感恩一百年。
　　　　　　　　莫说花香自择偶，
　　　　　　　　自古美人爱少年。

>　　　　如今我把妲己献，
>　　　　千娇百媚胜天仙。
>　　　　闭月羞花花照影，
>　　　　沉鱼落雁雁声喧。
>　　　　诸君但把云头按，
>　　　　看玉人风情万万千！

　　　　〔妲己款款上。

武　丁　魂风姿绰约，仿佛花香容貌。
姬王季　眉眼相似，岂如我妻婵媛。
纣　王　哎呀，都是什么年代了，二位前辈的英魂么，就莫在这里犯酸了。得啦，妹夫我放，美人我收。哎呀，妲己小美人，且歌舞起来呀。

　　　　〔武丁与姬王季鬼魂隐退，花香纳儿亦下。
　　　　〔妲己率众歌舞。

妲　己　（唱）天生狐媚君王，
纣　王　（伴唱）君王。
妲　己　（唱）惯使男人疯狂。
纣　王　（伴唱）疯狂。
妲　己　（唱）快将我哥释放，
纣　王　快些释放西伯昌，在下这厢给大舅子赔不是啦。
姬　昌　谢君王！

　　　　〔西伯昌乘乱急下。

妲　己　（指着武将甲，唱）烙烤人肉尝尝。

纣　　王	（伴唱）尝尝。	
	这美人与我一般的心性，情投意合，志同道合啊。	
妲　　己	（唱）酒池肉林沉醉，	
纣　　王	（伴唱）沉醉。	
妲　　己	（唱）裸体追逐彷徨。	
纣　　王	（伴唱）彷徨。	
比　　干	（大怒）何方妖姬，放走西伯昌，蛊惑我君王，速速斩杀来见者。军士们，尽快捉拿西伯昌，以绝大商之祸患。	
妲　　己	（哭）君王，他是谁？妾身好怕怕啊。	
纣　　王	比干叔父啊，你竟敢坏我好事？（对武士）给我拿下了。	

〔武士们将比干拿下。

妲　　己　　都说比干有号令君王的洪荒之力，机巧灵动的七窍之心，我也想看一看。

纣　　王　　什么号令君王洪荒之力，只怕是手无缚鸡之力也。好啊，那就剖出比干心肝，以逗美人一笑！

〔切光，黑暗中传来比干的惨叫声、妲己放荡的笑声。

第七场　返　乡

〔花香纳儿与春草、秋裳乘车上。四骑兵护卫车轿上。

春　　草　　车舆行走啊。

秋　　裳　　老夫人坐好，我们来也。

花香纳儿　　想当初你们二人来到我身边，都是两个蹦蹦跳跳的小姑

	娘。如今你们也像我一样，白发萧萧了。
春　草 秋　裳	（合）夫人不老，夫人的白头发啊，比我们还要少呢。
花香纳儿	老啦老啦，丫头们切莫哄我开心啊。
春　草 秋　裳	（合）如今您的孙儿一统九州，在镐京享有君王之位，老太后放着天大的福分不去享受，却为何还要回到家乡去呢？
花香纳儿	叶落归根，人老归宁，只怕你俩的心思，与我都是同样的急迫啊。
春　草	是啊，我们从小在此长大。
秋　裳	夫人与西伯侯也是相识在此处呀。
花香纳儿	喔，此处是……
春　草	夫人，一路行来，此处已是豫州汝南，紧邻挚国地界也。
花香纳儿	豫州？昔日禹分九州，豫为九州之中。我们返回家乡了。快快，快点下车啊。
秋　裳	呀，此处有座小山，名曰天中山！
花香纳儿	汝南又在豫州之中，因此称为天中。昔日我的孙儿姬发丈量天下，在此筑土山，置土圭，测日影，实乃神州之原点，天下之中山也。
春　草 秋　裳	（合）山上还有一座巍巍庙宇……
花香纳儿	正是山不在高有仙则名，水不在深有龙则灵。我们且慢慢上去，看看是何仙迹。
春　草 秋　裳	（合）这庙宇里面，供奉的是挚国国君任氏家族之神位。
花香纳儿	我晓得了。这一定是我那贤德的孙儿，将我任族的牌位

预先供奉在神州之中央，以便我参拜的。啊呀，列祖列宗啊——

（唱）想当年祖上迁徙中原一望，

　　　太任我择夫婿自作主张。

　　　我的夫出生入死驰骋疆场，

　　　功高盖主商君赐他毒酒浆。

　　　十月胎教谈何易，

　　　诵诗开智文武有方。

　　　我的儿西伯昌兵多将广，

　　　演周易成大业奋发图强。

　　　壮志未酬身先去，

　　　追封他勤政的周文王。

　　　太任我胎教有方效太姜，

　　　我儿媳贤太姒她生下十子报姬昌。

　　　她生下姬发龙凤呈祥，

　　　我的小孙儿他有教养，智勇双全气吞日月布局有方。

　　　八百诸侯孟津会，

　　　一千战车杀豪强。

　　　牧野之战鼙鼓响，

　　　纣王的兵士皆投降。

　　　鹿台上烈火焚烧昏君死，

　　　一鼓作气灭殷商，

　　　周朝崛起写沧桑。

　　　普天之下莫非王土，山呼海涌，

　　　率土之滨莫非王臣，慨以当慷。

　　　　　　富贵之极何可比，

　　　　　　泱泱大邦仰太阳。

　　　　　　急流勇退归平静，归平静；

　　　　　　叶落归根返家乡，返家乡。

春　　草　夫人的这一辈子，可真是轰轰烈烈，亮亮堂堂啊。

秋　　裳　夫人一次择婚，十月胎教，居然能改朝换代，将六百年的殷商换成了大周王朝，您哪，真能耐！

花香纳儿　可是我也做过损阴德的事儿，我为救姬昌儿，让妲己害了那纣王和整个王朝，对不起那武丁君王，思想起来，也觉得大节有亏啊。

春　　草
秋　　裳　（合）朝代兴衰，气数已定，夫人贤德，无人可比呀。夫人，咱们下山？

花香纳儿　可是我啊，实实地走不动了，我……累了。回到家乡，便好归山了……

　　　　　〔花香纳儿缓缓倒下。
　　　　　〔姬王季、武丁二魂灵引导花香纳儿升天。
　　　　　〔钦差上。

钦　　差　奉天承运大周君王周文王诏曰：

　　　　　天中平原好驻马，

　　　　　平舆战车定乾坤，

　　　　　太任贤德参天地，

　　　　　尊为贤德老太后周夫人！

　　　　　特将老太后车马驻扎之地，

　　　　　赐封为天下第一之皇家驿站，

敕封老太后为古今第一贤德夫人，在任氏家族之祖庙之上，悬挂"母仪天下"匾额，千秋不磨，万古流芳。

〔合唱：周室三母最贤良，
　　　　太任太姒源太姜。
　　　　八百年的基业唱不尽，
　　　　承上启下是花香。

〔剧终〕

2016年12月24日

大型新编京剧

巾帼杨七娘

人物表：

杜金娥　　杨七郎之妻，故称杨七娘

杨延嗣　　杨氏兄弟中排行第七，人称杨七郎

杜天魁　　杜金娥之父

杜　香　　杜金娥丫环

杜　福　　杜府家院

佘太君　　老令公杨继业之妻，后为征辽大元帅

杨　洪　　杨府老家人

杨府柴郡主与众夫人、八姐、九妹与烧火丫头杨排风

潘仁美　　名洪，字仁美。官居太师、征辽主帅

贺朝进　　监军，潘仁美心腹

耶律沙　　辽国大将，铁牌关镇守

宋辽兵将若干

第一场　闯营搬兵

〔宋军元帅帐外。中军在巡回放哨。
〔潘仁美上，遥望战场情形。
〔辽军像潮水一般涌来，杨家兵将寡不敌众，死伤大半，退至葫芦谷口，请求增援。
〔宋将贺朝进把守谷口。

贺朝进　大胆，两军相逢，岂可临阵脱逃，给我射杀逃兵！

〔宋营弓箭手不忍，朝天射箭。杨家将士无路可退，只得再与辽兵血战。

潘仁美　（冷笑）哼哼，哈哈！

〔伴唱：辽兵犯境黯千嶂，
　　　　杨家将前赴后继显忠良。
　　　　腹背受敌进退维谷上天无路入地无门鲜血淌，
　　　　尸骨撑拒如刀枪。

〔战场厮杀场面隐退。

潘仁美　列位看官，吾乃当朝太师、宋军主帅潘仁美是也。只因吾那独养儿子潘豹，在天齐庙前设下了神州大擂，天下英雄无不甘拜下风。可恨这杨七郎竟敢打死吾儿，令我老年伤子，潘家绝后，断了祖宗香火。是我气愤不过，明里执掌征辽主帅大印，暗中却与辽国大将耶律沙里应外合，令杨家将一门前往金沙滩前、两狼山下受死。

正是：冤仇今日报，美梦睡得香。我且睡去也。

〔杨延嗣内唱：金沙滩惨遭杀戮罹国殇——

〔杨延嗣、杨洪上。

杨延嗣　（接唱）死人堆杀出我杨七郎。

　　　　无奈何拜求潘元帅，

　　　　兵马粮草武器弓箭火速来相帮！

杨　洪　来此已是潘帅营帐。帐前军爷，烦请相告主帅，就说前敌将军杨七郎十万火急，前来禀报军情。

中　军　七将军少待，待我报过潘帅。（下）

杨　洪　军爷快去快回。

杨延嗣　唉，父兄罹难，好生地心焦也。

〔中军复上。

中　军　哎呀七将军，真是不凑巧，潘帅爷连日来为战况担忧，神思困倦，已然沉沉睡去。此时此刻，不便打搅啊。

杨延嗣　你道怎讲？

中　军　潘帅爷沉沉睡去，不便打搅啊。

杨延嗣　（怒）唔！

杨　洪　帅爷这一觉，不知要睡到什么时候？

中　军　潘帅爷年岁高大，这觉么，少则两个时辰，多则睡整整一夜！

杨延嗣　怎么，前方将士在浴血奋战，后方主帅却在卧榻鼾睡，岂有此理，焉有此事。我来击鼓！

中　军　不可呀，不可！

〔杨延嗣推开中军，愤然击鼓。

中　军　报，前敌将军杨延嗣击鼓！

〔贺朝进上。

贺朝进 报相爷,前敌将军杨七郎闯营啦!

〔潘仁美上。

潘仁美 怎么,杨七郎这个冤家对头,还没有战死啊?
贺朝进 死期也快了。
潘仁美 门外鼓声骤,胸间心火吼。钉头碰铁头,冤家碰对头。叵耐今日杨七郎死里逃生,还敢击鼓闯营,传他进帐——
潘仁美 传他进帐啊。
贺朝进 喳,元帅有令,传杨七郎进帐啊。

〔杨延嗣进帐。杨洪欲跟进。

中　军 （阻拦杨洪）老先生,里面没您的事。咱俩啊,乖乖地候在外面吧。
杨延嗣 前敌先锋杨延嗣,拜见元帅大人。
贺朝进 杨将军撤下佩剑。
杨延嗣 嗨!（交剑）
潘仁美 罢了,你可知夤夜击鼓,私闯帅府,该当何罪?
杨延嗣 俺家不知,只知道……
贺朝进 军令如山,条条严明:擅自击鼓、私闯帅府者,该当三十大板!来人呐!

〔四军士上。

贺朝进 七将军违规击鼓,给我重打三十大板!
四军士 是!

潘仁美　　慢！念七将军从前线归来，姑且放他一马。

杨延嗣　　谢主帅不打之恩。潘元帅，在下有天大的冤屈要讲啊！

潘仁美　　但讲无妨。

杨延嗣　　我父兄率领众军杀敌无数，苦于内无粮草外无援兵，几次退回葫芦谷底，意欲突围而退，皆被贺朝进他……他他他带领众多弓箭手以射杀逃兵之名，痛下毒手。请问贺将军，箭头对准自己人，断了我军生路，却是为何？

贺朝进　　这个……奉命行事！

潘仁美　　嗯，兵法云，置于死地而后生。先锋若退，岂不挫了我军的锐气，毁了杨家将的名声？

杨延嗣　　那是当然。我杨家将以一当十，杀得辽兵屁滚尿流。只是敌我之间兵力悬殊，寡不敌众啊！

潘仁美　　杨家将父子兄弟，都是我心腹爱将，这次战役都还好吧？

杨延嗣　　哎呀，主帅呀，

（唱）宋辽二主双龙会，

　　　杨家将假扮宋主与八贤王。

　　　大郎二郎饮毒酒，

　　　箭射辽主一命亡。

　　　四郎八郎罹罗网，

　　　三郎惨遭马踏伤，

　　　五郎失散做和尚，

　　　七郎我杀出重围忍痛带伤速返帅府求调粮草搬兵忙。

潘仁美　　忠良凋谢，其情可哀！老令公呢？

杨延嗣　　我父浑身是伤，退守两狼山。父亲言道，倘若主帅不增兵丁，不援粮草，杀敌三千自损八百，我军先锋将全部壮烈殉国。务请主帅及时增援！

贺朝进　帅府无兵可派！

潘仁美　是呀，我又何尝不想派兵增援。只是帅府兵紧，当今之计，唯有借重七将军，前往汴京搬兵！

杨延嗣　末将遵命！

潘仁美　限你十日之内，前往汴京搬兵回转，如若有误，军法处置！（下）

杨延嗣　得令，告辞！

贺朝进　还剑！（扔剑）

杨延嗣　这个……贺将军，我这里无有战马了。

贺朝进　好好好，念你我兄弟之情，来人！给七将军备一匹健步如飞的千里马！

中　军　是！

杨延嗣　多谢贺家兄弟！

贺朝进　七将军一路保重！

〔二人拱手，同下。

第二场　抢马比武

〔杨延嗣、杨洪上。

杨延嗣　打马回京去，请求援兵来。走啊！

杨　洪　走啊。七将军，这宋辽两国边关打仗，咱们缺的就是军马粮草与后援的兵丁。只要此番回京，调来先锋后援，何愁杨府家仇不报，大宋遗恨难消？

杨延嗣　如此说来，这杨府的家仇——

杨　洪　　桩桩可报！

杨延嗣　　大宋的遗恨——

杨　洪　　件件可消。

杨延嗣　　好！为了国恨家仇，早日得报，你我尽快趱行者！

（唱）跃马挥鞭豪气壮，

杨　洪　　（唱）青山绿水忙躲藏。

杨延嗣　　（唱）风驰电掣朝前闯（坐骑忽然跌倒，碰到杨七郎右腿伤痛处）——

杨　洪　　七将军留神！

（接唱）千里马失前蹄所为哪桩？

杨延嗣　　（反复打马，马长鸣不起，）适才贺朝进明明言道，赠我一匹快步如飞的千里马儿，却原来是一匹病入膏肓的马儿……

杨　洪　　这其中一定有诈！没有好马，咱们如何能够十日之内，回汴京搬得来精兵强将？

〔马嘶声。

杨延嗣　　天无绝人之路，且听那厢似有人马过来，你我且闪过一旁，

杨　洪　　闪过一旁。

〔杜金娥、杜香驰马嬉戏。
〔杜香骑马上。

杜　香　　喂，小姐，你可是快点来呀！想不到你今儿个，也有落后的时候啊！

杜金娥　　（内应）来啦！

（唱）千里马踏破了群山叠嶂，（上场）

杜　香　　（朝着上场门方向张望）在哪里？在哪里？

〔杜金娥从下场门上，用马鞭抚弄杜香。

杜金娥　（学男声）在这里！

杜　香　（猛回头，发现杜金娥）哎哟小姐，你真是吓我一跳。想不到你又绕过山包，一马抢先了。不就是仗着你的汗血宝马快吗？

杜金娥　（唱）关隘中簇拥着美丽的山寨杜家庄。

　　　　　　金娥我自小习武艺，

　　　　　　乱世中求自强护卫家乡。

杜　香　不服不服偏不服，我们再比一次！

杜金娥　好要强的丫头，要是再比输了呢？

杜　香　要是再比输了啊，哼，我就……我就让我那未来的姐夫，和你一比高低！

杜金娥　好一个伶牙俐齿的丫头，本姑娘才不跟手下败将再比呢！

　　　　（唱）戴花要戴野山花，

　　　　　　骑马要骑千里马。

　　　　　　舞刀弄枪俺不怕，

杜　香　（唱）嫁人要嫁那武艺高强英雄盖世的男人家。

杜金娥　啐，小丫头，又作弄我了。咱这山乡之内，哪里去找那武艺超群的大英雄啊？

杜　香　那也难说。听说杨家将正在金沙滩与辽兵激战，这其中有个力大无比的杨七郎……

杜金娥　杨七郎杨延嗣，你说的是他！

　　　　（唱）自幼儿敬仰那杨家将，

　　　　　　英雄盖世忠良家。

　　　　　　私心偏爱那杨七郎，

　　　　　武功第一不畏强暴拳打潘豹从容潇洒的就是他。

　　　　　战场上刀枪不长眼，

　　　　　猛然间，好牵挂，左眼跳，右眼眨，

　　　　　百般柔情顿生发！

杜　　香　我也在想，这世上的男人，也只有像杨七郎这样的大英雄，才有资格做咱们家小姐的姑爷。金沙滩离咱这不算太远，下次要是碰到他，我给你当红娘去。

杜金娥　去你的。

　　　〔骏马仰天长啸。

杜　　香　可不是吗，连汗血宝马都仰慕英雄啊。

杜金娥　（娇羞地）讨打！（欲下）

杨延嗣　好马呀好马，端的是一匹日行千里、夜行八百的汗血宝马。若得此马相助，你我回京搬兵，十天有望也！

杨　　洪　如此快去借马！

杨延嗣　快快行来，挡住马头！

杜　　香　哇，何方强徒，竟敢拦住我小姐的马头，还不快快闪开！

杨　　洪　唉，什么强徒强盗的，他就是你们刚才念叨牵挂的杨家七郎啊！

杜金娥　当真？

杨延嗣　当真。

杜　　香　果然？

杨　　洪　果然。

杜金娥　（下马，与杜香大笑）想那杨家将人物俊朗……

杜　　香　是呀，别逗了，哪里有长得这等模样的杨七郎啊？

杨　　洪　人不可貌相。

杨延嗣	海水不可斗量。小姐,你这匹汗血宝马,可否借咱家一用啊?
杜金娥	壮士,您借的是它?
	(唱)难得壮士识宝马,
	君子夺爱岂可夸。
杨　洪	(唱)金沙滩将士遭危难——
杨延嗣	噤声!
	(背唱)军机大事别乱喳。
杜金娥	壮士,我也看你是条懂马的汉子,你要借其它马呀,我借;但要借汗血宝马呀,没门儿!
杨延嗣	当真没门儿?
杜金娥	当真。
杨延嗣	果然没门儿?
杜金娥	果然。
杨延嗣	那我就……动手抢马啦?
杜金娥	怕得就是你不动手!
杨延嗣	罢罢罢,好男不同女斗。
杨　洪	是呀,有道是,男女相好不相斗,相斗也怕在人前斗。
杨延嗣	啊,此话怎讲?
杨　洪	女子斗输不算数;男人斗输一世羞!
杜　香	嘟,这两臭男人休得无礼,欺负到咱家门口来了。咱好人家女子啊,偏偏要找恶男打斗!(上前欲打)
杨　洪	敬酒不吃吃罚酒,打你就在家门口!(迎上)

〔杜香与杨洪交手,杨洪败。
〔杨延嗣出手相救,杜香不是对手,眼看要败阵。

杜金娥	壮汉住手!他出言不逊,挨我杜香一顿打骂,也就是了。你、

你、你偌大一个男子汉，欺负我家小丫头，是何道理？讨打！

〔杨延嗣踌躇，杨洪趁机牵马。

杜　香　哎呀不好，这老头抢马啦！

〔杜福带领家丁上。

杜　福　杜家门户我为尊，专管横行霸道人。我倒来看看，是哪家的强盗，敢在咱杜家抢马撒野？

杨　洪　什么强盗小偷的？说出来怪寒碜人的。娃娃，今有杨家将爷到此借马！

杜　福　什么猪羊猫狗、将爷、酱油的，酱油与醋，咱杜家应有尽有。咱山西从来就盛产酱油与陈醋。自古小偷小偷，原本都是些小毛贼，今儿个怎么来了老毛贼？

杨　洪　娃娃，你道我老？

杜　福　哟呵，原本就是一讨打的糟老毛贼啊！

杨　洪　（一把攥住杜福，反剪其手臂）好好好，小娃娃，且看我人老力不老，虎老雄心在！

杜　福　（敏捷转身，挣脱起手，一脚踢开杨洪）什么威风的老虎，分明是只衰派的老鼠啊！

杨延嗣　家院休得无礼！（单臂制伏杜福）

杜　福　强徒来到，大家开打呀！

〔杜府四家院同时窜出，开打。
〔杨延嗣与杨洪打败四家院。

杜　福　（指挥左右）丫的，大家一起上！灭了这俩人！

杨延嗣　嚯嚯，群狗打群架，俺家都不怕。

杜金娥	且慢，咱家人多，他们人少，打赢了也没什么威风，倒不如咱俩单挑，公平决赛吧。
杨延嗣	单挑就单挑，谁怕谁啊！
杜金娥	好，还真是个豪爽的爷们儿。要是您打输了呢？
杨延嗣	哈哈，我也会输在女流之手？若是打输了啊，那就任凭你处置。
杜　香	大家都听好了啊，这爷们儿说打输之后——
众家院	任凭咱家小姐处置！哈哈哈！
杨　洪	且慢且慢，既然是公平竞争，单挑单打，要是你们家小姐打输了呢？
众家院	老头别胡说！
杜　香	这老头又在讨打！
杜金娥	咱也不仗着人多欺负人，谁要是打输了本姑娘啊，也任凭那英雄处置！
杨延嗣	不敢不敢，末将要是打赢了啊，但求此一匹汗血宝马足矣！
杜　香	军爷此话差矣。我们家小姐人不离马，马不离人。这西域送过来的汗血宝马呀，是我们小姐的贴身嫁妆！
杜金娥	别与他多言，春香，把你的马儿借给他。上马，看枪！

〔杨、杜二人马上打斗。

杨延嗣	呀，这一女流之辈，端的是好身手！
	（念）只道她蛮荒深山一女娃，
	岂知她单挑双打胆堪夸。
	世间原有巾帼女，
	武艺高强顶呱呱！
杜金娥	这一壮士，武艺高强却又打打停停，顾盼留情却又倍感忧

愁，不知是何道理？

（念）只道他闯荡我家来偷马，

岂知他千金一诺胆堪夸。

功夫深厚身手健，

好一位英武帅气的男人家！

众家院　是好汉就别磨蹭了，要是胆怯，就快快投降吧！

杜金娥　（有意将杨延嗣引开）且使拖刀计——

杨延嗣　何惧回马枪！

杜金娥　壮士真个是杨七郎？

杨延嗣　大丈夫坐不更名行不改姓！

杜金娥　啊，七将军……（欲收兵）

杜　香　（着急，唤马）得儿……

〔马跑，将杨延嗣抛下马背。

杨延嗣　哎呀！

众家院　小姐赢了！壮汉速速跪下，听候发落！（一拥而上）

杜金娥　且慢，适才分明是杜香换马。得，咱们也不仗着宝马欺负人，就改为步战吧。

杨　洪　着啊，此马不识咱们将军，马战原不算数的。

杨延嗣　休得多言，步战就步战。

杜金娥　看剑！

杨延嗣　接招！

　　　　（唱）棋逢对手刀对鞘，

杜金娥　（唱）将遇良材水托筏。

杨延嗣　（唱）平生来未曾比武向娇娃——

杜金娥　（唱）却为何脸泛红晕心发芽？

杨延嗣　　（唱）若得此女上战场，
　　　　　　　　打得番兵四处爬！
杜金娥　　（唱）若得此人配佳偶，
　　　　　　　　天赐姻缘到我家！
杨延嗣　　此女剑法娴熟，了无破绽！
杜金娥　　壮士右腿力乏，从此击打！

〔杨延嗣右腿疼痛，被打败。

众家院　　我家小姐胜利，壮士武艺欠佳！
杨　洪　　三局两胜，方才见出本事，这开头二局，只是热热身，不算的，不算的。
杨延嗣　　唉，大丈夫一言既出驷马难追，就任凭她处置吧。
杜　香　　原本就该听凭我家小姐发落。来呀，将这两个狂徒绑了起来，押回庄园审问！
众家院　　好啊！（欲上前捆绑二杨）
杜金娥　　杜香，休得无礼！
杜　香　　小姐，大家都有言在先，绑就先绑了。（轻声）要是他肯做我们家的姑爷啊，咱们再放他！
杜金娥　　（轻声）丫头切莫胡言乱语，羞煞人也……

〔众家院又上前，欲捆绑杨七郎、杨洪。

杨　洪　　（踢开家院）真要动粗啊？
杜　香　　（制伏杨洪）老人家太好斗，您给我跪下了！

〔众家院欲绑杨延嗣，杨延嗣反抗，推倒数人。

杜　福　　反了天了，大家伙都给我上！

杜金娥　　且慢，有道是君子一言驷马难追，既是手下败将，岂可言而无信？

杨延嗣　　这个……适才确实是有言在先……罢罢罢，大丈夫说话算话，我情愿束手就擒！（伸出手臂）

〔众家院欲绑，杨延嗣与杨洪使了个眼色，二人同时发力，踢开众家院，欲逃。

杜金娥　　（着急，撒下罗网，将二人罩住）哪里逃！
杜　福　　哈哈哈，逃不了了吧，给我往死里绑！
杨　洪　　七将军带伤在身，别绑了！
杨延嗣　　（右腿撞痛）啊！
杜金娥　　啊！

〔杜天魁急上。

杜天魁　　闻听有打斗，急忙来寨前。众家院休得无礼，快快给二位壮士松绑！
杜　香　　老爷，非是我们多事好斗，实实的是这对狂徒要抢我们家小姐的汗血宝马，故此败在小姐之手！
杜　福　　老爷，这小子打输之后却还蛮横无理，打伤弟兄，所以我们才绑！
杜天魁　　杜福不必多言，请问壮士家住何方，姓甚名谁？
杨　洪　　老先生，说出来吓您一跳，这就是天波府杨家将的七将军杨延嗣！
杜天魁　　真个是杨七郎？
杨延嗣　　当真。
杜天魁　　果然是杨家将？

杨延嗣　　果然。

杜天魁　　啊,忠勇杨家将杨七郎到此,令我杜庄蓬荜生辉,快快与我松绑!

〔杜金娥推开杜福,抢上前去为杨七郎松绑。七郎一瘸一拐地站起来。

杜金娥　　杨——七郎,得罪了!

杜天魁　　女儿休得多言。天色已晚,杜福,快快设宴西花厅,有请二位将军。

杜　福　　是。

〔切光。

第三场　结亲痛别

〔杜府西花厅。
〔杜天魁、杨延嗣上。杜金娥、杜香、杨洪跟上。

杜天魁　　啊,七将军请上坐。

杨延嗣　　员外请坐。

杜天魁　　给七将军斟酒满上。

〔杜香欲斟酒,杜金娥将其推开,自己给杨七郎斟酒。

杜金娥　　七将军受惊了。

杨延嗣　　手下败将,羞愧得很!

杜金娥　　敢问七郎是否右腿有伤?

杨延嗣　小姐慧眼。这伤是在金沙滩上被番兵所射，故而护疼不已。

杜天魁　着啊，素闻杨七郎自小英勇非凡，打擂无人可敌，在杨家兄弟中也是武艺超群，排名第一。如若跨上骏马，无有伤痛，慢说是女儿你呀，就是大家一拥而上，也是必败无疑的呀。

杨延嗣　惭愧惭愧。

杜金娥　果然是盖世的英雄，奴家这厢有礼。不过，我还想向英雄拜师、学武、请教……

杜天魁　七将军，前线战事如何？

杨延嗣　这个……

杜天魁　将军切莫见外。老生虽然年迈，不能上阵抗辽，但此生崇敬杨家将，愿助将军一臂之力。

杜金娥　是呀，七将军但有难处，别说是借马了，就是要人……

杜天魁　唔。将军喝酒。

杜金娥　我来敬七将军，干！

杨延嗣　干！酒逢知己千杯少，我这就竹筒倒豆子，一准说了吧。

（唱）戎马半生受百苦，

　　　鬼门关返回怨气浓。

　　　潘仁美他不发援军无接应，

　　　可怜我杨家将一家老少满门忠勇前赴后继左杀右冲，

　　　死的死伤的伤折戟沉沙血染沙滩红。

　　　潘帅命我去搬兵，

　　　十天为限难从容。

　　　可叹我腿伤复发骑病马，

　　　可喜我盗马不成与君逢。

　　　君若赠我千里马，

　　　五更后我还将为搬救兵赴京中。

杜金娥　　（唱）将军啊，

　　　　　　忠孝两全人敬重，

　　　　　　杜金娥自小最爱杨家七郎大英雄。

　　　　　　此去汴京千里远，

　　　　　　铁牌关口敌寇凶。

　　　　　　哪怕是汗血宝马行千里，

　　　　　　也难免万里关山烽烟浓。

　　　　　　十日之内难回返，

　　　　　　如何能救老令公？

　　　　　　误了军机且不讲，

　　　　　　只怕是中奸计，上大当，乖乖钻进了潘帅的黑牢笼。

杜天魁　　女儿所言，甚是有理，七将军你可要好好地思考啊。

杨延嗣　　这个……

　　〔杜福急上。

杜　福　　老爷，大事不好！

杜天魁　　啊，杜福何事惊慌，有话慢慢讲来！

杜　福　　门外有一宋将黉夜前来，言辞甚凶，口口声声要捉拿逃兵杨将军！

杨延嗣　　这厮岂有此理，我去见他。

杜天魁　　七将军且慢，我先出去问个清楚明白，你与小女在此叙话，我去去就来。

　　〔杜天魁下。

杜金娥　　七将军，您瞧，您还没有走出杜家庄，这冤屈的事儿便来了。

杨延嗣　　身正不怕影子斜，俺家不怕他！

杜金娥　　七将军，我倒有个主意。既然潘仁美设下了调虎离山之计，让老令公陷入绝境，之后又将您置于延误搬兵军机的死地，倒不如……

杨延嗣　　小姐有何妙计，愿意请教。

杜金娥　　这个……羞人答答的，讲不出口啊。

杨延嗣　　小姐但讲无妨，若能救得杨家父子姓名，杨延嗣今生不报，来生结草衔环，也当报答！

杜金娥　　七将军啊！远水不救近火，当今之计，将军唯有带领我与杜家庄兵丁，赶赴金沙滩，救出老令公。

杨延嗣　　这个……此计虽好，师出无名啊。战场乃杀场，我怎忍心带着小姐与杜家兵丁，同赴沙场？

杜金娥　　若要师出有名，将军若不嫌弃，杜金娥情愿嫁给将军为妻。夫妻同救老令公，这是名正言顺、光明正大的由头啊。

杨延嗣　　多谢小姐美意，只是七郎我自惭形秽，配不上啊！

杜金娥　　将军多虑了。只要能够救出老令公，杜金娥赴汤蹈火在所不辞。

杨延嗣　　哎呀小姐啊！

（唱）自古言娶妻不告乃不孝，

　　　七郎我也怕违天条。

　　　老令公浴血沙场盼儿归，

　　　不孝儿又岂能花天酒地灯烛红。

杜金娥　　（唱）将军若把为妻认，

　　　杜家的人马立时三刻师出有名去救老令公。

　　　夫妻同把战场上，

　　　阵阵锣鼓急急风。

　　　为我杨家报仇恨，

　　　　　　杀得他贼辽兵滚的滚爬的爬哭的哭喊的喊，

　　　　　　丢盔卸甲尸横遍野血溅战旗红！

　　　　　　搭救公公告婆婆，

　　　　　　做一个勇武的儿媳好先锋。

杨延嗣　　（跪拜）多谢小姐深情垂顾，七郎这厢有礼了！

杜金娥　　（跪拜）夫君！

　　　　〔杜天魁急上。

　　　　〔杨延嗣、杜金娥同拜父亲。

杨延嗣　　岳父大人！

杜金娥　　爹爹！（害羞）

杜天魁　　（搀扶二人起来）哈哈，咱家今日招得七将军为贤婿，遂了金娥心愿，杜门蓬荜生辉！

杨延嗣
杜天魁　　多谢爹爹！

杜天魁　　哎呀贤婿啊，适才那一宋将，名唤张玉堂。他起先言辞甚急，口口声声要捉拿逃兵。

杨延嗣　　岂有此理，焉有此事！

杜天魁　　后来我赠他金银若干，他才说出实情。原来潘仁美、贺朝进在七将军走后，一路上派了连环哨马实时监督。

杜金娥　　原来如此，这奸臣的心肠，实在是歹毒的很哪！

杜天魁　　听说七将军来到杜家庄，他们恐怕将军在此征集人马亲随，故此派张将军前来，急调七将军回营！

杜金娥　　哎呀爹爹、夫君啊，

　　　　　　（唱）飞来横祸来天外，

杨延嗣　　（唱）棒打鸳鸯两分开。

杜天魁 （唱）潘仁美奸佞良心坏，

残害忠良理不该。

似这等乖乖听命俯首就擒送了那奸臣意，

断送了栋梁材，

倒不如杜杨两家埋名隐姓草泽山间悄把儿孙弄，

笑对野花开。

杨延嗣 这个……不妥的。

杜金娥 爹爹所言有理，夫君你要听的呀！

（唱）奸臣把我杨家害，

岂可自上断头台。

自古留得青山在，

杨家苗裔此处栽。

一夜的夫妻我尚未做，

恩爱的情丝难剪裁。

平生最怕那寡妇苦啊，

你与我结同心共命运生生死死不分开。

有朝一日时机到，

国仇家恨从头排。

你我夫妻同挂帅，

要把那来犯的辽兵俱杀坏，

管教那害人的奸臣一步一颤颤巍巍把杨家忠烈来祭拜，

海晏河清还血债。

杨延嗣 哎呀夫人哪！

（唱）杨家诉不尽血泪债，

血漫疆场恨满怀。

千恨万苦恨潘帅，

>　　他把那私仇公报不应该。
>
>　　自古名将听主帅，
>
>　　主帅执掌着生死牌。
>
>　　杨家扶保我大宋主，
>
>　　何惧忠骨异乡埋。

杜天魁　　贤婿说得也是。

>（唱）反帅如同反宋主，
>
>　　不遵帅令如同逃兵把小差开。

杜金娥　（唱）为妻伴夫赴前线，

>　　杜府家丁一字排。
>
>　　何惧敌军如流水，
>
>　　神兵如同天上来。

杨延嗣　（唱）罢罢罢，主帅有命将在外，

>　　重重过节解不开。
>
>　　为夫独自回营去，
>
>　　娇妻你善自珍摄对镜台。

杜金娥　　为妻倒有一计。为妻前往汴京家中，请求老太君启禀圣上，发来救兵，为我夫排忧解难。

杨延嗣　　如此甚好。

杜天魁　　此计甚妙。只是打从此地回汴京，必经铁牌关。这铁牌关么，听说近日被辽将耶律沙所占，女儿如何闯得过去……

杨延嗣　　喔，闯关只能智取，不能强攻。这耶律沙么，他是那辽国主将，凶猛异常，与我大宋国杨家将，结下了滔天的仇恨！

杜金娥　　父亲、夫君但放宽心，为妻自有闯关之策。

〔张玉堂、杨洪上。

张玉堂　　七将军上路出发了。

杨延嗣　　遵命！

杜天魁　　贤婿保重！

杜金娥　　夫君！（取剑）为妻这把龙泉宝剑，削铁如泥，吹发即断，你把它带在身边，杀敌防身，就如同为妻时刻陪伴着夫君！

杨延嗣　　（接剑）多谢贤妻。为夫这把佩剑，本是老令公一路相传，也不知杀了多少敌寇。今日传妻，也显出我杨家的英武节操！

杜金娥　　还有这汗血宝马，夫君快快骑上吧。

杨延嗣　　不，还是贤妻骑上千里马，火速返回汴京，求取援兵去吧。

杨延嗣
杜金娥　　（重唱）临行赠剑情难舍，

　　　　　　　　最苦夫妻两分开。

　　　　　　　　流泪眼观流泪眼，

　　　　　　　　愁云惨淡动地哀。

第四场　智闯铁牌关

〔铁牌关前。

〔耶律沙引辽国兵将上。

耶律沙　　鼙鼓声声起，地动山也摇。某，辽国名将耶律沙是也。

　　　　　（唱）两狼山下狼烟起，

　　　　　　　　西辽国虎貔胆气豪。

　　　　　　　　不怕他宋营杨家招牌老，

　　　　　　　　逼得那杨继业头撞李陵碑，临死哭嚎啕；

　　　　　　金沙滩前口袋阵，

　　　　　　杀得那杨家兵将尸横遍野，

　　　　　　到处喊糟糕，前后无处逃。

　　　　　　不知者称道我有勇无谋，

　　　　　　知之者皆夸我智勇双高。

（轻声夹白）想这两大战役，皆是我花了几多的金银珠宝，供奉了十数个如花美貌——这才公关成功，让那宋朝主帅潘洪潘仁美……

（接唱）一心要割舍那杨家将，

　　　　　不放援兵来啰唣。

　　　　　百般机缘皆来到，

　　　　　这才让我头功得来，轻轻巧巧，

　　　　　逢战必胜，痛快逍遥。

现如今，辽主派我镇守铁牌关，堵住了三关到汴京的交通要道。小的们！

众小番	有！
耶律沙	近日乃多事之秋，尔等小心守关，就连一只小小的蜜蜂儿，也休想从铁牌关飞跑！
众小番	扎！就连一只蜜蜂，也休想从铁牌关飞跑！
耶律沙	啊，起得太早，心情太好，一时间困倦了。去去去，喝酒去。

〔下。

小番甲	酒酒酒，天天有，
小番乙	酒葫芦就像那大穹庐。
小番丙	宋朝的国土要抢走，
小番丁	西辽国的英雄盖九州。

小番甲	壮士的烈酒天天醉，
小番乙	喝不坏身子喝不坏胃。
小番丙	西辽人，酒过千杯还不倒，
小番丁	喝了万杯还不醉。
众小番	补气提神神仙会，
	小不捌子过过嘴瘾没有罪，我还没有醉。

〔杜金娥、杜香扮猎户、酒娘上。

杜金娥	（唱）巧扮猎户把关闯，
杜　香	（唱）身后紧跟我小酒娘。
	贼兵番将俱不怕，
杜金娥	（唱）急如星火救七郎。
小番甲	站住！哪来的两个草民！
小番乙	莫不是宋朝派来的奸细？
杜金娥	（指指挑着的野山羊）俺是猎户。
小番丙	慢着，看你这说话的声音，俊俏的眉眼，一定是位女郎。
杜金娥	原本就是位女子。
小番丙	着啊，上山打猎那是老爷们儿的事儿，怎么要你这女子掺和？
杜金娥	军爷啊，只因我丈夫被抓了壮丁，小女子无以为生，只得上打猎。老虎豹子不敢打，山羊狐狸嘛，倒是趟趟不空的。
众小番	原来如此，可怜可怜。姑娘你呢？
杜　香	俺家是卖酒的女子。
小番丁	娇艳的酒娘。
众番兵	美酒佳肴惹人醉，
	野山羊下酒更有味。
小番甲	哎呀且住，要是给长官抓住了，
众番兵	拳脚交加劈头盖脸打得你流眼泪，流眼泪。

小番甲	我说这猎户酒娘儿们，
杜金娥 杜　香	俺们在！
小番甲	咱们铁牌关，有的是山珍野味，美酒佳肴，你们识相点，快走吧。
小番乙	快走吧快走吧，咱这铁牌关，就连一只公蜜蜂、公蚊子也飞不过去的。
小番丙	瞧瞧你怎么说话的，难道这俩美女是公的不成？
小番丁	别吵啦，一会儿耶律沙将军出来，看看不打断了你们的狗腿！

〔小番戊上。

小番戊	列位，耶律沙将军要下酒的菜肴，你们快弄点去。
小番甲	这——这里倒有俩山姑酒娘。
小番戊	女的不怕。只要有酒菜，就让她们送进去。
小番甲	只怕她们是宋朝的奸细……
小番戊	啊，那我进去问问将军（下）。
杜金娥 杜　香	我们不是奸细，是山姑、酒娘！（舀酒分发给小番甲乙丙丁）

〔小番戊复上。

小番戊	山姑酒娘快进去吧。我们将军讲过了，即使是宋朝的女奸细，也不怕她。
众番兵	说得是。大宋朝连公的都趴下了，咱们还怕母的吗？
小番戊	走，随我来。
杜金娥 杜　香	是。

〔杜金娥、杜香进营帐。

杜金娥 杜　香	辽国将军在上,山姑、酒娘这厢有礼了。
耶律沙	好甜美知礼的女子。我且问你等,既是会打猎的山姑,今儿个打了什么野味?
杜金娥	小女子打的是一只又肥又壮的野山羊!
耶律沙	野山羊?好好好,俺这里正缺少下酒的菜肴。去去去,快快将山羊给我烧来烤来,一会儿好就烤全羊下酒。

〔杜金娥随番兵下。杜香欲下。

耶律沙	说你是酒娘,我倒来问你,酒是什么酒?
杜　香	千秋万岁酒。
耶律沙	怎么讲?
杜　香	喝了此酒,不仅是长命百岁,还会有九五之尊。
耶律沙	好好好,借你吉言,我喝你赔!
杜　香	小酒娘我一向只是斟酒不陪酒,今日我豁出来啦,先敬将军三杯酒!
耶律沙	着啊。我一向是罚酒不吃吃敬酒,这三杯呀,我就一饮而尽了!干!
杜　香	干!

〔杜香再斟酒。杜金娥端烤全羊上。

耶律沙	好好,好大一头烤全羊!就是一柄匕首啊,也在羊肚中埋藏得下。
杜金娥	将爷见笑了。
耶律沙	我且问来,咱这辽国番邦,为何要占领这锦绣中华?
杜金娥	是呀,辽宋两国,各管其地,为何要进犯我锦绣中华?

耶律沙　　俺家不说，你等也猜它不着。实话说了吧，只因为宋朝的酒好、菜香，还有你们这些千娇百媚的美娇娃！

杜金娥　　将爷说笑了。

耶律沙　　句句真言。来来来，给我唱段小曲陪酒。有道是，不听小曲是闷酒，小曲一唱么——

杜金娥　　怎么讲？

耶律沙　　立马变成了开心酒！美女，快唱吧！

杜金娥　　如此村姑献丑了。唱一段我们幽州的小曲《闹五更》。

耶律沙　　好，洗脸恭听。

杜　香　　不对，是洗耳恭听。说错了，罚酒！

耶律沙　　认罚，认罚。唱来。

杜金娥　　（唱）一更里的那个月牙淡无痕，
　　　　　　　　情郎哥哥啊，与奴相约在桃林。
　　　　　　　　说不完的体己话，
　　　　　　　　数不完的相思情，
　　　　　　　　人生苦短嘘寒温。

耶律沙　　好，唱得好！接着唱。人生苦短，俺家缺的不是女人，倒是缺一知己耳。

杜　香　　将军再举杯，趁热吃点鱼啊。

杜金娥　　（唱）三更里的那个月牙已上升，
　　　　　　　　情郎哥，告别奴家去当兵。
　　　　　　　　做不完的春闺梦，
　　　　　　　　恶梦醒来是早晨，
　　　　　　　　人生苦短好孤零。

耶律沙　　不要说你伤心，我平生杀人如麻，此时也觉伤情。俺家不怕热闹，就怕孤独，月明之夜人不寐，冤魂怨鬼乱纷纷，

　　　　　　唉，怕人！喝酒！
杜金娥　（唱）五更里的那个月牙亮晶晶，
　　　　　　　　情郎哥，阵亡噩耗传回程。
　　　　　　　　眼前一片白茫茫，
　　　　　　　　心底阵阵寒彻冰，
　　　　　　　　人生苦短剩一人。
耶律沙　唉，吃粮当兵丁，九个死，一人生，俺家便是从死人堆里爬出来的！
杜　香　将军吃羊，快点趁热吃。

〔杜金娥猛地撕开羊肚，抽出宝剑，直刺耶律沙〕

耶律沙　啊，果真来了女奸细！（以凳挡住，踉跄闪开，一脚踢去）。

〔杜金娥与耶律沙打斗。
〔众番兵涌进来打斗。
〔杜香从后面抱住耶律沙脖颈，匕首相向。

杜　香　谁敢乱动，我立马放了他的血！小姐，你快走！
杜金娥　妹妹……唉，保重！（翻身鱼跃而出）
番兵甲　快追！乱箭齐发！
耶律沙　（冷笑）不可射箭，任她跑，量这一女流之辈，如何闯关而出？我还要抓住这一聪明伶俐的大美女，做我的压寨夫人呐。（冷不防以肘猛击，将杜香击倒）给我绑了！

〔杜香翻身起来，刺伤耶律沙，击贼数人后，被迫自刎。

耶律沙　啊，想不到大宋朝倒有这样身手不凡的美丽烈女！来人！
众番兵　有！
耶律沙　传令关前兵丁，倍加小心，休得放一个母蚊子出去。

众番兵　　是！

耶律沙　　待俺换下了血衣,去找宋朝大美女做如意的夫妻也！

〔众下。
〔番兵甲乙丙丁上。

番兵甲　　可怕真可怕,
番兵乙　　宋朝霸王花。
番兵丙　　丁丁送了命,

〔杜金娥换番兵装束上。

杜金娥　　俺来顶替他。
番兵甲　　这位兄弟是新来的吧,
番兵乙　　面善、秀气直堪夸。
番兵丙　　似曾相识,几分惊诧——
杜金娥　　(猛然出手)让你们见识见识娘娘的刀把！

〔番兵甲乙丙先后打出手,倒地。
〔众番兵疾驰而来。
〔杜金娥打出手,夺马,出关。

第五场　　忠良遭戮

〔远景芭蕉树丛,近景宋营帅帐。中军在外巡营。
〔潘仁美在批理卷宗。
〔贺朝进上。

贺朝进　　恭喜主公,贺喜主公！

潘仁美　　喜从何来?

贺朝进　　三喜临门啊。

潘仁美　　你就别卖关子了,快快道来。

贺朝进　　想那辽国大将耶律沙居然在一天之内,接连三次派人给相爷您送来三箱金银珠宝、三位如花美女,岂不是三喜临门?

潘仁美　　原来如此。金银珠宝么,原不稀奇。这番邦女子的模样习性,皆是大同小异的。这三喜嘛,也只算得一喜啊。

贺朝进　　依微臣看来,这三位番邦女子倒是各有千秋。带上来让相爷当场查验如何?

潘仁美　　也好。喔,且慢带上来。身为主帅,还是白天忙公务,晚上看佳人的好。

贺朝进　　还是咱相爷有定力。(一拍脑袋)微臣这里又找出第二喜来!

潘仁美　　你且道来。

贺朝进　　送金珠美女前来的番兵言道,杨老令公在那两狼山前,头撞李陵碑,一命归阴曹啦。想这杨业,居功自傲,藐视相爷,纵容杨七郎打死咱家公子,是咱有血海冤仇的死对头!咱们原定下借刀杀人之计,如今这老头自己找死,可没有咱家什么事啦!

潘仁美　　忠良自尽,毕竟可惜。只是令公虽死,七郎尚在!

贺朝进　　相爷,冤有头债有主,为公子报仇雪冤,就在今日,也是潘家的第三喜! 这杨七郎在杜家庄私自招兵,还想娶妻,贻误军机,违背军令,是我将他绑将起来,送进了牢房!

潘仁美　　两次违背军令,是该及时正法。只怕传回京城,有人不服啊。

贺朝进　　辽国耶律沙将军也再三传言,七郎不死,终是心腹大患。何况这杨七郎对主帅多有不敬之词,屡屡口出狂言。若知其父已死，必然怨愤多端……

潘仁美　这事……你就看着办吧。只是杨七郎力大无穷，谨防打虎不死反被虎伤！

〔下。

贺朝进　来人，将杨七郎带上来！

〔杨七郎浑身被绑，踉跄而上。

杨七郎　（唱）衔冤被绑昏沉沉，

　　　　　　　思念亲人心如焚。

　　　　　　　恨不得插上双翅赴战场，

　　　　　　　两狼山搭救老父亲。

贺朝进　我说杨七郎啊，您就别在这儿对天抒情了。实话告诉你吧，你那白发苍苍的老父亲，已经头撞李陵碑，一命归天啦！

杨七郎　你到怎讲？

贺朝进　让你去搬兵，你要去募兵造反，私自结亲。还好我早有准备，押你回营。这这这……这么一周折啊，可不就由您自个儿葬送了老令公的性命了吗？

杨七郎　（吐血）喂呀，我那老英雄、老父亲啊！

　　　　（唱）杨家门匾血染成，

　　　　　　　满门忠烈保国门。

　　　　　　　父兄已去子弟在，

　　　　　　　男丁丧命女将存。

贺朝进　看看，又没有出息了吧，一扯就扯到女人身上。你要不是在这节骨眼上想娶个黄花大姑娘，又怎么会被五花大绑，关进牢帐呢？

杨七郎　呀呸，都是你贺朝进与潘仁美为虎作伥，拒不发兵，致使我父惨死战场。我恨不得食尔之肉，寝尔之皮！（挣断绳索，欲打贺朝进）

贺朝进　哎呀不得了，杨七郎造反啦。快来人！

〔众兵将上。

众兵将　杨七郎不得无礼！

杨七郎　列位闪开，冤有头债有主，我今日偏要拳打贺朝进！

贺朝进　那我可不经你一打，咱们大家伙摞在一块也不是你的对手。好汉不吃眼前亏，咱赶紧地逃吧。（欲下）

〔潘仁美上。

潘仁美　列位将军退下，是贺朝进说话无礼了。来来来，我来与七将军饮酒赔礼，朝进也来赔礼饮酒！

杨七郎　潘帅，咱家此刻心如刀绞，怎生饮得下酒啊！

潘仁美　七郎，来来来，是男子汉，咱俩就痛饮三碗白酒。

杨七郎　这个……

潘仁美　这第一碗酒，先敬忠良杨老令公！（撒酒于地）

杨七郎　（惊愕）那我这第一碗酒，先敬贵公子潘豹！

潘仁美　七将军，咱们今儿个一个死了爹，一个死了儿，都是不幸的人哪！来来来，饮酒！

杨七郎　这个……干！当年我在天齐庙前，失手打死公子潘豹，至今想来未免莽撞！

潘仁美　唉，这事也怪我那娇儿太为张狂，而且打擂台上的规则原本是死伤无论，不能都怨你呀！

杨七郎　潘帅如此海量，七郎我感激涕零。此番被贺朝进捆绑起来，

	|原本也怪不得他，都是我自作主张，有悖军令，自取其辱！
潘仁美	这第二碗酒，本帅与你同敬大宋天子。
杨七郎	如此，你我满饮此杯！
潘仁美	作为人臣理应为国尽忠，为君分忧。我潘仁美作为主帅，迩来连连失败，导致汝父身亡，真是有愧于圣上，歉疚于老令公，我乃实实的心痛啊！（自己捶打自己的胸口）
杨七郎	主帅言重了，千万不必如此。
潘仁美	作为主帅，我治军不严。当日你擅自闯营，是我免除了你的三十大板，导致你掉以轻心，无所顾忌，在急如星火的搬兵路上私自招兵……
杨七郎	元帅容禀，只因贺监军为我准备的那匹千里马……
贺朝进	（下跪）那匹赤兔千里马，原已经为将军准备停当，只是那日一时忙中出错，误牵出了一匹病马，小人对不起七将军，实在是罪该万死！（自己撞墙）
杨七郎	朝进兄弟，快快起来，忙中出错，原也有之。
潘仁美	就说这火线结亲一事，不说违背军规，耽误战机，就说你父亲在血泊战场上苦等儿归，你却要新婚燕尔，抱得美人归。我也知道你们夫妻未曾圆房，可是海誓山盟，婚约已定，这不忠不孝之名，你是逃不脱干系的呀。汝父新亡，主帅我又要痛失一员爱将，我是好生地痛心啊。（痛心疾首，捶打自己的头）
杨七郎	潘元帅不必如此，大丈夫敢作敢为，快拿绳索来，将我捆绑起来！
众兵丁	我们不敢捆绑七将军。
潘仁美	着啊，主帅不发话，将军不情愿，他们哪个敢绑我的爱将？来来来，本帅敬你第三杯酒啊！

杨七郎	唉，原是我性情暴躁，众人才不敢捆我呀。来来来，帮我把双手反绑起来，尔等就放心了。（将自己反绑起来）
潘仁美	朝进快快前来敬酒，七将军原谅你了。
贺朝进	七将军原谅我说话无礼，来来来，咱们也满饮三碗！
杨七郎	如此甚好，干干干！
贺朝进	七将军手脚不便，朝进我将酒敬奉在将军唇边。
杨七郎	多谢兄弟。
潘仁美	啊，适才众位将军多有冒犯，大家一起前来敬酒赔罪！

〔众将军鱼贯前来赔罪敬酒。

杨七郎	多谢众位兄弟。饮不得了！
众将军	七将军山海的量，回天的力，饮得的！
杨七郎	饮得的？
众将军	饮得的。
杨七郎	好。那我就放心地饮，来来来，干干干哪！（瘫倒）
潘仁美	杨将军倒下了。有道是：量小非君子，
贺朝进	无毒不丈夫！来人，将杨延嗣给我严严实实地绑在芭蕉树前！快上，上！不然他又要挣脱出来了。
杨七郎	（酒醒）潘主帅，贺朝进，你们是好生的恶毒啊。
潘仁美	哎呀七郎啊，当初你一时兴起，打杀了吾儿；老夫也想再生一子，无奈心有余而力不足，不中用了。老年丧子，灭门绝后，你叫我如何不苦，如何不痛？杀人偿命欠债还钱，今天老夫要用你之命，为我儿子招魂偿命！（挥手）
杨七郎	潘帅呀，末将倒有一小小请求。
潘仁美	但讲无妨。
杨七郎	同样是死，末将不愿死在自家人手上。某，情愿带着一支

	敢死队，冲击铁牌关，擒拿耶律沙；如若不成，但死无憾！
潘仁美	这个……容我考虑。
贺朝进	相爷莫听他胡说，给他松绑了，咱就都没命了。小的们，给我乱箭齐发！

〔杨七郎运足气功，乱箭不伤。

众将军	杨七郎武功过人，杀他不得！
潘仁美	（往天上抛物）七将军，吾儿在天之灵找你来啦，你往天上看。

〔杨七郎抬头看天。
〔潘仁美亲自取箭，一箭射穿七郎咽喉，七郎归天。

众将军	主帅智谋过人，得知咽喉乃其软档！
潘仁美	唉，杨家男子，死亡殆尽；只恐杨门女将，再惹事端。从今往后，大家切莫再提此事了！倘若泄密，军法从事！
众将军	得令！

第六场　拜甲捧印

〔杨家天波府挂甲楼。
〔二丫环捧祭果等物上。

佘太君	（内唱）辽邦犯境烽烟起，（上）
	（唱）百姓蒙难哭嚎啕。
	杨家将一刀一枪一城一池屡战屡胜横扫北番立功劳，
	潘仁美子仇父报，

　　　　　公报私仇撤掉后援，
　　　　　箭射先锋他嫉妒功臣的美名标。
　　　　　李陵碑撞死我令公老，
　　　　　七郎丧命在芭蕉。
　　　　　杨洪他星夜驰马来禀告，
　　　　　太君我凌晨击鼓启奏当朝。

　　〔丫头上。

丫　头　报！今有一女子候在府门之外，号称是杨家七娘杜金娥返京投亲！

佘太君　好，吩咐杨家六位娘子与八妹，还有那烧火丫头杨排风，一起前来迎候客人！再请杨洪前来认人。

丫　头　是！

丫　头　太君吩咐，杨门女将上堂咯。

　　〔女将们上场。

佘太君　带杜金娥小姐上来。

丫　头　遵命。杜小姐，太君有请！

杜金娥　（唱）一路疾驰到帝京，
　　　　　　　搬请援兵救亲人。
　　　　杨氏七儿媳杜金娥，叩拜婆母老太君与众位姐妹！

佘太君　一旁坐下。

杨大娘　这一女子，口口声声号称是七郎之妻，不知有何凭证？

杜金娥　七娘身边带有七郎佩剑。

穆桂英　将此剑呈上太君查验。

　　〔丫头踉踉跄跄，双手拖剑，将剑转呈。

佘太君　　剑是七郎之剑，只是此剑削铁如泥，沉重非常，一般女子如何佩戴得起？

杜金娥　　哎呀太君哪！

（唱）儿媳我自小习武艺，

千钧之力不足惜。

嫁与延嗣我心欢畅，

交换佩剑御强敌。

杨排风　　真的啊，那你将七郎哥哥之剑，舞起来看看！（取剑，欲交给杜金娥）

佘太君　　且慢，自古娶妻必告父母，怎么你与七郎这桩婚事，为娘我是概不知晓啊？

杨排风　　是呀，老令公在沙场浴血奋战，苦盼援兵，你们却燕尔新婚，卿卿我我，似这等不忠不孝，不仁不义之事，如何分解？

杜金娥　　哎呀太君哪，只因贺朝进将一匹病马谎称为千里马，七将军遂与孩儿借马比武。是孩儿自愿与七郎上阵杀敌，营救老令公……当夜我俩一未拜堂，二未圆房，七郎他遵命回营，孩儿我取道铁牌关，前来汴京搬兵来啦！

杨大娘　　听说小姐的坐骑，是中原罕见的汗血宝马，日行千里，夜行八百，却又为何耽误了行程？

杜金娥　　金娥我先闯铁牌关，一路上又杀死了耶律沙所布置的三路暗哨，这才耽误了时间。

杨二娘　　想你一孤身女子，那耶律沙狡猾多端，你又是如何闯过铁牌关大防啊？那潘仁美里通辽邦，中的是耶律沙的美人之计。今日里你独自一人返京投亲，莫不是又行的是连环美人计？

杜金娥　　哎呀二娘啊，是我与丫环杜香乔装猎户，灌醉了耶律沙，

　　　　　这才得以闯关成功。可怜我那杜香丫环，为了掩护我杀出重围，被耶律沙给活活地刺死了！

佘太君　好！你若是耶律沙的里应外合之人，老身念你与我儿的夫妻名分，即刻放你回程。适才所言，倘若句句是真，便是我天波府的杨七娘！

　　　〔杨洪上。

杜金娥　（委屈地痛哭）哎呀太君哪，

　　　（唱）一腔热情见亲人，

　　　　　　搬救兵，救性命，

　　　　　　媳妇尚未拜天地，

　　　　　　重重盘问似雷霆，似雷霆！

　　　　　　千悲万苦是心苦，

　　　　　　被误解，难辨清，

　　　　　　媳妇尚未入洞房，

　　　　　　诘难如刀扎我心，扎我心！

　　　　　婆婆啊，你七儿媳生是杨家人，死是杨家鬼。只要能火速搬兵，搭救公公与夫君，孩儿我纵然满怀冤屈，战死沙场，也在所不辞！

杨　洪　老太君啊，杜小姐临危相助，愿与七将军结亲，好率领杜家兵丁，同赴金沙滩，搭救老令公。似这等大义高德之人，你们可千万不能冤枉她呀。

　　　（唱）杨家男儿陷险境，

　　　　　　杜府满门愤填膺。

　　　　　　夫妻只有名分在，

　　　　　　杜小姐就是那下地狱、灭妖魔，救苦救难的观世音。

佘太君	原来如此。七娘孩儿啊,我杨府上下,错怪你了!(拜揖)
杜金娥	婆婆请起!
佘太君	七娘啊,你可知杨老令公我那忠勇的夫婿,已经弹尽粮绝,撞碑而亡?
杜金娥	(叩头哭诉)公公,媳妇不贤,媳妇我来迟了!
佘太君	你可知我七郎儿与你分别之后,回转大营,他他他……
杜金娥	七郎我夫,他便怎么样?

〔丫头、杨排风等忍不住放声大哭.

佘太君	事到如今,也瞒你不得了。我那七郎儿比武成亲,回到宋营之后,那潘仁美与耶律沙内外勾结,将我儿以擅自成婚、违背军令之罪,在那芭蕉树下,被活活给射死啦!

〔丫头拉开帷幕,出现老令公、大郎、二郎、三郎、四郎、七郎、八郎的灵牌。

〔杨家上下全部披上黑衣白纱。

杜金娥	夫君啊!(拈香,跪拜发誓)皇天在上,婆母太君在上,我杜金娥此番回京搬兵,再返铁牌关,若不手刃耶律沙,活捉潘仁美,誓不为人也!
佘太君	好!老身已向圣上奏本,率领杨门女将,挂帅亲征。这征辽先锋之印嘛,你也可参与竞争!
杜金娥	太君哪,你七儿媳一定要为夫报仇,这先锋大印嘛,我是非争不可了!
杨 洪	老太君,七娘武艺超群,熟谙铁牌关一带情形,正好请她执掌先锋大印!
佘太君	这先锋大印嘛,皆看今日下午我杨家儿媳校场比武,得胜

者方可执掌先锋大印,

杜金娥 儿媳熟悉铁牌关内外地形,愿讨先锋大印。倘不能亲手报仇,孩儿将抱憾终生!

佘太君 儿啊,太君我与众位儿媳,哪一个不是为夫报仇,血泪交集。想那铁牌关依山傍水,黑石如铁,易攻难守,形势险要……

柴郡主 耶律沙彪悍无比,诡计多端,七娘你一路困乏,尚需多多休息……

杜金娥 太君、众位姐姐!

(唱)令公、夫婿归天去,

痛彻肝肠伤心脾。

耶律沙的本事儿曾领教,

铁牌关的地形儿更熟悉。

也曾化装猎户去,

只恨未曾杀强敌。

也曾一骑闯关去,

女扮男装无人识。

可怜杜香伤了命,

可怜忠良命归西,

火速出兵是正理,

报仇雪恨难休息。

再拜婆母求方便,

领取先锋印,出发早出击。(再拜)

杨　洪 老太君啊,七娘说得对,我看这先锋正印啊,非七娘执掌不可!

佘太君 此话怎讲?

杨　洪 且不说七娘为夫君报仇的仇恨之深,为杜香雪恨的心事之切，也不说她进出铁牌关如入无人之境，戏弄耶律沙险些行刺成功……

杨排风 啊啊，这不说，那不说，一切都不说，那说什么呀。

杨　洪 单说七娘她的武艺之高强——这个，不好讲了。

佘太君 恕你无罪，且说无妨。

杨　洪 七娘的武艺之高强，就连打遍天下的七将军，生前也不得不甘拜下风。如若不然，这天赐的姻缘，又怎如何得以成就呢？

佘太君 如此说来，这先锋的正印，七娘子领得的？

杨　洪 领得的。

佘太君 既然如此，速速禀报圣上，就将先锋大印授予七儿媳便了。

杜金娥 多谢老太君，孩儿遵命。

佘太君 且慢，今日出征，必须喜庆。诸位儿媳、女儿，必须要换掉孝服，穿上盛装，为我那七郎七娘小夫妻，增补拜堂成亲之礼！

众　人 得令！（更换服装）

杨大娘 一拜天地！二拜爹娘！

佘太君 老令公啊老令公，为妻挟领大宋国征辽急先锋七儿媳，前来拜谒你了！

杜金娥 （拈香，叩头）啊，公公，七儿媳与延嗣在天之灵，一起来拜谒您了！

杨大娘 夫妻对拜！

杜金娥 （三叩头）夫君啊！杜金娥愿与你生生世世，永为夫妻。大地有灵，皇天可鉴！

〔一声响亮，旗幡摇动，杨七郎英灵下凡。夫妻双人舞。
〔伴唱：夫妻姻缘三生结，

　　　　　比武结亲眷,佳话千秋热。
　　　　　破辽兵,打铁牌,报仇冤,灭奸贼,
　　　　　国土浸染英雄血。
　　　　　生不同寝死同穴,
　　　　　夫妻同打擂,黄泉镇妖邪!

　　　〔八贤王上。

八贤王　圣旨下。潘仁美里通外国,残害忠良,着寇准斩杀奸臣,覆盆的沉冤得以重光。着老太君挂帅捧印,杨七娘担任先锋,即刻启程杀敌去者。

　　　　（唱）手捧圣旨宣吾皇,
　　　　　杨门女将自刚强。
　　　　　扶保大宋重抖擞,
　　　　　山河一统永无疆。(——授印)

佘太君　老臣领命!

　　　　（唱）杨门女将赴国难,
　　　　　太君我领御命抖精神挂帅亲征破敌辽。
　　　　　今日里校场来比武,
　　　　　选取先锋武艺高。

杜金娥　（唱）接过大宋先锋印,
　　　　　展开杨家旌旗樱,
　　　　　铁牌雄关如齑粉,
　　　　　为亲人报仇恨、枪挑耶律沙、赶走西辽军。

佘太君　杨洪!

杨　洪　有!

佘太君　有请众位夫人、八姐、九妹杨排风,听候七娘先锋之令,列队出征!

杨　洪　　有请众位夫人、八姐、九妹杨排风，听候七娘先锋之令，列队出征！

杜金娥　　大宋杨门女将，列队集合，准备出征！

第七场　凯歌悲音

〔铁牌关外。

〔杜金娥（内唱）风潇潇云茫茫群山叠嶂——

杜金娥　　（唱）马衔枚人噤声一路行来无声响，

　　　　　　来了我骁勇善战为国尽忠为夫报仇的杨七娘。

　　　　　　兵贵神速趁黑夜，

　　　　　　急如星火马蹄忙。

　　　　　　三壁合围扎口袋，

　　　　　　铁牌关前摆战场。

　　　　　　杨家的血仇今要报，

　　　　　　大宋的疆土归故乡。

　　　　　　杨洪带人攀岩上——

杨　洪　　得令！（带人攀岩进关）

杜金娥　　（唱）奇袭敌酋快如光。

　　　　　　一声号令震天响，

　　　　　　管教他群魔乱舞无方向，

　　　　　　众妖打滚好仓皇，

　　　　　　恰便似滚滚热汤浇蜂房。

　　　　　　传令官——

传令官　　有。

杜金娥　　五更已到，传令四营篝火四起，号令齐发，不得有误。

传令官　　得令！（篝火四起，军号齐奏）

杜金娥　　再着副将张玉堂悄悄地埋伏左右，以防耶律沙伏击突围。

传令官　　末将即刻便传。

〔下。

〔宋军下。

〔耶律沙上。

耶律沙　　（念）近日常做梦，

　　　　　　　　唯恐战事发。

　　　　　　　　佘太君再挂帅，

　　　　　　　　潘仁美也被掐。

　　　　　　　　逃到铁牌关，

　　　　　　　　让我保护他。

　　　　　　　　其实别人均不怕，

　　　　　　　　只怕那杨七娘那朵袅袅婷婷娇娇滴滴含露带刺的霸王花。

　　　　　　　　说我怕，我也不怕，

　　　　　　　　万夫不当非我自夸。

　　　　　　　　一夫当关我怕谁？

　　　　　　　　七郎已亡抢其娘子我睡梦之中也笑哈哈，笑哈哈。

〔番兵甲乙丙丁分上。

番兵甲　　报！宋军攻打北关！

耶律沙　啊，敢情今天不是做梦，动真格的了。

番兵乙　报！宋军围攻西关！

耶律沙　吩咐喽啰们，不得惊慌，小心看守着！

番兵丙　报！宋兵在东关叫骂！

番兵丁　报！

耶律沙　不要报了，三边合围，势必南边开口，引蛇出洞，我老耶偏偏闭关不出，且看宋军其奈我何？

众番兵　报报报报报！宋朝军士，骁勇非常。他们不是虚张声势玩假的，都从东西北面攻上来了。大王你也赶快逃命哪！

耶律沙　（手刃数番兵）这就是当逃兵的下场，来人哪！

众番兵　有！

耶律沙　俺家从来不中调虎离山之计。来呀，给我围成铁桶阵，赶快去把那杨家女先锋紧紧围困住！

番兵将　是！

〔杜金娥上。

杜金娥　（唱）宋家军号震天响，

铁牌关四面楚歌定破亡。

耶律沙罪大恶极称战犯，

众血债要他一命偿。

耶律沙　（念）小娇娘，久违了。

见到你，俺家脸红心狂跳。

你们汉人有句话，叫做说到曹操曹操到，

现如今，娇娘与俺试比高。

未曾开战话说好，

自古猛男爱妖娆，

只要我，能娶你如花闭月貌，

还你土地归宋朝，归宋朝。

小娇娘，你看你这一伙人马，全给咱家团团围住，料你插翅也是难逃的了。

杜金娥　哈哈。张将军何在！

〔张玉堂带领人马将耶律沙人马复又团团围住。

张玉堂　末将在此。

耶律沙　啊呀不好。待我将小娇娘抢为人质，方可脱身也。（动手）

杜金娥　好一个花心的癞蛤蟆，看枪！

〔杜金娥与耶律沙厮打。

耶律沙　啊，这杨七娘好生厉害！若论咱家的武艺么，原本也不输她；只是这两条臂膀，都曾被她与其死去的丫环伺机刺伤，眼下还是十分地疼痛，打她不过了。

杜金娥　大宋征辽正先锋杨七娘，正告敌酋耶律沙，快快还我铁牌关，如若迟疑，管教你一命勾销！

耶律沙　小奶奶且住手，可别逼着俺们失手、出手动起绝招。你要还不打住，到时候输定之后，一定要给我去当压寨夫人哪！

杜金娥　大胆狂徒，休得无理。

耶律沙　点火，火攻！

番　兵　是！（欲点火，被张玉堂等控制）

耶律沙　不好了！

杜金娥　看枪！（冲向耶律沙，一枪取其咽喉）

耶律沙 （倒地,艰难地）美人枪下死,做鬼也不冤呐。

杜金娥 众兵将,奋勇向前进,收复铁牌关!

杜金娥 七郎,为妻今日为你复仇啦,为妻想念你!

〔合唱:大宋凯歌唱不尽,

慷慨悲歌山河长。

杨门女将多忠勇,

巾帼中又走来保国灭辽、情意深厚的美七娘。

〔剧终〕

武汉市黄陂区楚剧团　大型楚剧

木兰传奇

编剧：谢柏梁、朱永山

人物表：

花木兰	女扮男装，替父从军，先点将，后拜为驸马元帅，解甲归田，孝敬父母
花　弧	花木兰父亲，曾任前朝镖骑将军，后荣归故里
母　亲	花木兰母亲
花木莲	花木兰姐姐
花三叔	花家远房族人，马夫
天　子	当朝皇上
玉公主	天子的大女儿
银公主	天子的小女儿
铁　牛	征兵之校尉，花木兰战友
木　马	铁牛的部下与心腹
赵偏将	东路军校尉，后为偏将
钱偏将	西路军校尉，后为偏将
孙偏将	南路军校尉，后为偏将
李偏将	北路军校尉，后为偏将
巴勒图	匈奴柔然部落可汗大元帅
夏公公	太监
众太监、宫女、将士、番兵、百姓等	

引 子

〔时段：北魏时期之割据小邦。
〔地点：黄陂双龙镇木兰家乡、皇宫、边关等。
〔天子驾临御花园，夏公公、官女等跟随。

天　子　（唱）边关遭扰多吃紧，
　　　　　　　独坐金銮头发晕。
　　　　　　　移步花园遣烦闷，
　　　　　　　番兵压境心不宁。

〔不远处传来一阵欢笑声，同时传来做斗百草游戏的歌声。

　　　　（合唱）采采芣苢，薄言采之。
　　　　　　　采采芣苢，薄言有之。
　　　　　　　采采芣苢，薄言掇之。
　　　　　　　采采芣苢，薄言捋之……

天　子　何人在此喧哗？
夏公公　陛下，我去看看。是玉公主、银公主她们在斗百草啊，我也会。

〔玉公主、银公主带着宫女玩得尽兴，不小心把夏公公摔倒。

玉公主　赢了，我们赢了。
夏公公　好淘气的公主！（狼狈地爬起来）
银公主　（追上来）夏公公输了，要罚要罚。
夏公公　皇上，公主她们欺负我不说，还要罚我！
天　子　（威严地）嗯？

玉公主 银公主	（合）女儿拜见父皇。
天　子	朕的公主，就该德行工容、知书达理，打打闹闹，成何体统？
银公主	父皇，我们也在想如何悬梁刺股，背诵诗书……
天　子	怎么说话，悬梁损头发，刺股留疮疤，万万不可啊。
玉公主	现在是……课间休息，采采芣苢……
天　子	唉，淘气。朕要是有一个带把的王子，就好带兵打仗，为国分忧解难啦。
玉公主	父皇，谁说女子不如男？夏公公就打不过我们。
夏公公	公主取笑啦，洒家不是男人，
银公主	看您老人家，也不是女人啊。
天　子	玉儿休得造次。天子有女初长成，咱就招一个驸马，为朕分忧！
银公主	父皇也有忧愁啊，我们姐妹二人，就是您的开心果。
玉公主	是啊，咱就是开心果，解语花、忘忧草，来给父皇捶背解乏。

〔传令官上。

传令官	禀报圣上，匈奴首领巴勒图大军压境，狂言要……小的不敢讲。
天　子	恕你无罪，但讲无妨。
传令官	巴勒图要将玉公主、银公主都抢过去，做他的压寨夫人。
玉公主 银公主	（合）父皇，您为我们做主啊。
天　子	真是欺人太甚，给我调兵遣将，力压匈奴！
传令官	可前朝征战太多，现如今兵不强马不壮，更无主帅名将，盖过匈奴。
天　子	匈奴凶狂碾压，如之奈何？

玉公主	想我泱泱大国，藏龙卧虎！
天　子	依玉儿之见？
玉公主	父皇，不如征兵选将，谁能打败匈奴，孩儿就……
天　子	知女莫如父。玉儿啊，你是说谁能杀敌制胜，咱就选他做驸马爷？
玉公主	儿臣请父皇恩准，沙场点将，为国分忧。
天　子	好好好，玉儿一片诚心，亲选驸马元帅，朕准奏啦。
银公主	我也要选……
天　子	去，没你的事，（对玉儿）有女如斯，寡人从此高枕无忧也。
玉公主	谢父皇！

〔切光。

第一场　替父从军

〔黄陂双龙镇，花木兰与姐妹们在大寨上织布。

姐妹们	（合唱）唧唧复唧唧，
	姐妹把布织。
	㵲水河岸同相聚，
	双龙戏珠景色迷。
姐妹甲	姐妹们，大寨坡上看过去，真像是双龙戏珠啊。
姐妹乙	双龙镇名不虚传。
花木莲	双龙看点睛，宝珠亮晶晶。
花木兰	（叹气）唉！
花木莲	木兰妹，你叹么气？
花木兰	爹爹他在宝珠口接到征召书，要到边关出征，老人家年老

体弱……

花木莲　是啊，可你我都是女流之辈，也替不了爹打仗呀！

花木兰　姐姐，你又来了，尽孝报国，谁说女子不如男？

花木莲　依我看，爹爹传武给你，你的本事啊，凭他多少男人也打不过。

花木兰　要不我女扮男装，与爹爹比试一下？

花木莲　妹妹真个要试？我帮你换上男人的衣装。

花木兰　真个要试。自小习武艺，小妹也无敌！（姐妹同下）

〔花弧、三叔牵马上。

花　弧　（唱）边关紧胡笳急天下征召，
　　　　　　　花弧我老当益壮孤胆气豪。
　　　　　　　保家卫国匹夫志，
　　　　　　　双龙镇家家习武勇立功劳。

〔花弧耍锤，众人喝彩。

花三叔　平时多练武，战场少流血。今日还有谁来比武？

众　人　花大叔武艺非凡，我等甘拜下风。

〔花木莲上。

花木莲　爹。有一小将军，要来拜师比武啊。

众　人　无名鼠辈，敢来招惹老将军？

花　弧　比武报国，但来不妨啊。

花三叔　有请比武的小将。

〔花木兰策马上。

花木兰　　（唱）骑马使枪寻常事，

花木莲　　（唱）女扮男装好新奇。

花木兰　　（唱）今日与爹来比试，

花木莲　　（唱）且看妹妹的好消息。

花　弧　　这一小将姓甚名谁，家住何处？

花三叔　　是啊，来将通名，将军不打无名鼠辈啊。

花木莲　　哎呀，爹，人家诚心来拜师比武，报上名字，打输了多不好意思啊。

花三叔　　木莲言之有理。大哥，咱们就与他练练把式吧。

花　弧　　哈哈，也好，英雄莫论出处，咱们就练起来。

〔征兵校尉铁牛带木马上，也在一旁观看。

〔幕后合唱：是父女，是对手，

是纠结，是心忧。

花将军双锤贯耳日月暗，

俏闺女黑虎掏心神鬼愁。

老人家久经沙场武艺熟，

小女子聪明伶俐枪法溜。

无奈人老力不足，

终归年轻不罢休。

木兰尽孝下狠手，

为把父亲来挽留。

花　弧　　（唱）金戈铁马想当年，

一夫当关谁敢前。

现如今喘大气动作渐慢，

心有余力不足步步拖延。

花木兰　　（唱）上马舞枪，身轻如燕，
　　　　　　　　木兰习武，自小流连。
　　　　　　　　多少次遵父命勤学苦练，
　　　　　　　　多少回习兵书月下灯前。
　　　　　　　　老爹爹年纪大气力涣散，
　　　　　　　　木兰我替父从军心比铁坚。
　　　　　　　　急如星火马踏飞燕，
　　　　　　　　勒马回枪悬崖挥鞭。

花　弧　　（唱）小将军武艺高枪法熟练，
　　　　　　　　似苍鹰如飞虎左右盘旋。
　　　　　　　　驰骏马来至这崖谷边沿，
　　　　　　　　只怕他回马枪跌下河泉。
　　　　　　　　为保小将平安返，
　　　　　　　　急忙丢锤扑向前。

〔花将军摔下马。

花木兰　　爹！你老人家摔伤了！（急下马，为父揉腰）

〔花木莲疾跑过来扶住父亲。

花　弧　　（强站起来）兰儿，好你个调皮的女子，把老爸都蒙过啦！
花木兰　　嘘，爹爹噤声，我知道是爹爹怕我摔下悬崖，这才摔下马的。

〔铁牛、木马在人群中鼓掌。

铁　牛　　好身手，想必这位就是花老将军吧？这位小将是……
花木兰　　（抢嘴说）花将军之子，花木兰。
铁　牛　　花木兰枪法娴熟，英勇无比。

花　弧　　多谢客官夸奖。敢问尊姓大名？
铁　牛　　某姓铁，人称铁牛，就是前来征兵的校尉。
花木兰　　校尉军爷……
铁　牛　　哎，就叫我铁大哥吧。花老将军，您老人家也报名在册，今日随军启程？
花木兰　　我爹年事已高，又有伤痛在身，花木兰情愿替父从军。
花　弧　　哎，使不得，使不得。
铁　牛　　使得的。花老将军，长江后浪推前浪，有朝一日，公子也能当上将军！
花　弧　　这个……
铁　牛　　老将军有此孝子，替父从军，家之有幸，国之有幸啊！
花　弧　　哎呀……
木　马　　老将军不必哎呀，您儿子武艺超群，定能够上阵立功！
花　弧　　儿行千里，父母担忧。还需他三叔陪同？
花三叔　　三叔我早已收拾妥当，随行从军也。
铁　牛
木　马　　（合）三叔也是爽快人。花木兰替父从军，快快收拾，准备上路了。

花木兰　　哎。

〔母亲、花木莲、众姐妹相送。

母　亲　　木兰儿啊，半天不见，你你你，就要远行从军了。
　　　　　（唱）母亲女儿心连心，
　　　　　　　　荷花莲蓬根连根。
　　　　　　　　今日送女从军去，
　　　　　　　　风筝飞天系回程。
　　　　　　　　多带些黄陂的糍粑、莲蓬吧。（哭）

花木莲	这是爹爹给你炮制的金枪祛毒药、跌打损伤丸,你也带在身边啊。
花木兰	爹。
花　弧	这家传兵书,你也带着吧。
花木兰	爹爹,母亲,姐姐……

〔切光。

第二场　公主点将

〔校场。玉公主坐阵封将,一众随从观阵。

〔幕后合唱:杀声阵阵震天响,

　　　　　　公主校场出奇方。

　　　　　　胜者为将败者痛,

　　　　　　驸马指日戴花黄。

铁　牛	哈哈,东、西、南三路英雄都被我打败,还有谁敢应战?
李校尉	铁牛切莫高兴太早,俺北路军来也。
铁　牛	还真有不怕输的啊,废话少说,放马过来!
李校尉	接招。

〔铁牛和李校尉开打,铁牛不敌,被打败。北路军欢呼。

北路军	北路军胜利啦。铁牛铁牛,泥巴糊牛;北路北路,通天的大路。
铁　牛	(败下阵)哼,气煞我也!
李校尉	哈哈哈,东西南北中,唯俺最威猛。今番来比武,北路站正中!

玉公主　　北路李校尉，力战群雄，暂夺魁首。中路铁校尉也表现不俗，英勇可嘉。

铁　牛　　（不服气地）哼，他不过捡了个便宜。

李校尉　　不服者尽管再战，本人在此恭候。

玉公主　　匈奴抢亲，欺人太甚天子命本公主校场点将，得胜者统领东西南北中五路人马，沙场杀敌。若能大获全胜，封其为驸马元帅。

北路军　　北路军，李将军；北路军，李将军！

铁　牛　　哼，再战一盘，我定打他个落花流水。

士兵甲　　是啊，不蒸馒头争口气，中路军绝不是软柿子。

众士兵　　中路军，不能输。

铁　牛　　好，既然大家有志气，我就再战一场？

花三叔　　（摇头）你不行。

铁　牛　　你……

花三叔　　败军之将不言勇，胡搅蛮缠，丢不起人咯。

铁　牛　　弟兄们，我都不行，你们谁行？

众兵士　　铁牛不行，我们更不行！

铁　牛　　大家都不行，那还乱喊什么中路军，不能输，只能赢？

花三叔　　铁校尉，依我看，花壮士能行。

花木兰　　（欲阻止）三叔。

铁　牛　　哦？花木兰倒是武艺过人，可是万一输了？

三　叔　　（唱）小兵秧子不怕输，

　　　　　　　过了黄河便拱车。

　　　　　　　自古兵家多胜负，

　　　　　　　转败为胜大家服。

铁　牛　　（背介）他若胜了，我这脸往哪里搁？哎！

　　　　　　（唱）木兰他资历尚浅可奈何？

　　　　　　　　　无名之辈岂适合。

　　　　　　　　　公主校场把阵坐，

　　　　　　　　　休得要节外生枝惹风波。

花木兰　　三叔。

　　　　　　（唱）铁大哥说得有道理，

　　　　　　　　　凡事还需顾大局。

　　　　　　　　　他连胜三人大不易，

　　　　　　　　　小弟尊他为良师。

　　　　　　　　　战沙场，岂能横生风波起涟漪。

　　　　　　　　　报国家，何必今日分雄雌？

花三叔　　（唱）公说公有理，

　　　　　　　　　婆喊有分歧。

　　　　　　　　　不为分雄雌，

　　　　　　　　　荣誉不可欺。

　　　　　　　　　木兰是您招的兵，

　　　　　　　　　荣誉永远属于你。

铁　牛　　哈哈，此话有理，木兰若得胜，荣誉还是属于咱中路军嘛。

花三叔　　花木兰若胜了，那是您带队有方，将军还得封给你。

中路军　　花壮士，必胜。花壮士，必胜。

玉公主　　哦，既然有人请缨，那就有请这位花壮士吧。

花木兰　　（不得已上前）在下花木兰，请李校尉赐教。

李校尉　　就凭你这个小兵篓子？不必啰嗦，看招。

　　　　　〔二人开打，李校尉先声夺人，花木兰先退后进，渐入佳境，
　　　　　　反败为胜。

中路军	哦,花壮士,打赢了。
铁　牛	中路军,我们赢了。
花木兰	(对着铁牛喊)中路军,铁将军……
中路军	(围着铁牛庆贺)中路军,铁将军……
玉公主	(唱)众将士来比武喊声阵阵,
	中路军得胜利威严森森。
	五路兵马皆好汉,
	一将难求花将军。
花三叔	公主请降懿旨。
众兵士	公主请降懿旨。
玉公主	东西南北中各路校尉,英勇善战,升为偏将军。
众兵将	拜谢公主恩德。
花三叔	完了,花木兰没戏啦?
玉公主	花壮士资质最浅,但却力压群雄,本公主封为将军总督,总领五路大军。
花三叔	守信用,这还差不多。
花木兰	这个……花木兰偶然取胜,铁将军才当之无愧。
玉公主	军中无戏言,花将军不得推辞。此番上阵杀敌,谁能生擒敌酋,立得大功,本公主亲点其为驸马元帅。
花木兰	拜谢公主。此番上阵杀敌,谁能生擒敌酋,本将力推他为驸马元帅。
众　人	(欢呼)公主千岁、千千岁!

〔众人散。

铁　牛	(叹气)唉!

（唱）一霎时校场冷清自发呆,

万般失落难遣排。

我久经沙场闯关隘,

多少次伤痕累累命悬一线死里逃生险遭活埋。

花木兰是我招兵是我带,

现如今反成头将受拥抬。

我做偏将实无奈,

出奇制胜看铺排。

〔切光。

第三场　闯营救将

〔边关。一行大雁从天上掠过。

花木兰　（唱）替父从军解倒悬,

女扮男装到军前。

比武得胜握将印,

顿感到骑虎难下重任在肩。

敌兵压境多凶险,

作战计划待周全。

战士们长途跋涉需休整,

打胜仗战家国重担挑在肩。

敌方举动要察看,

前方地形要查勘。

知己知彼操胜券,

　　　　　　　同甘共苦解危难。
　　　　　　　要抚平铁牛他心中难堪，
　　　　　　　出奇兵施巧计把敌来歼。
　　　　　　　爹娘把我盼，
　　　　　　　姐妹眼望穿。
　　　　　　　阵阵雁叫勾起我无限思念，
　　　　　　　盼只盼早退敌兵返回家园。

　　　〔铁牛上。

铁　牛　（唱）狂妄至极莽匈奴，
　　　　　　　天天骂战未肯休。
　　　　　　　丈夫当有血气勇，
　　　　　　　我军困守举国羞。
　　　　　　　花将军临阵怯场一新手，
　　　　　　　怎比我久经沙场有勇谋。
　　　　　　　似这般缩头乌龟定挨揍，
　　　　　　　我需要主动出击夺头筹。
　　　　　　　且看我立得战功凯歌奏，
　　　　　　　到那时他为我庆功来央求。
　　　　　　花将军。
花木兰　铁大哥。
铁　牛　花将军，你听听，匈奴骂战，都欺负到俺们头上来啦。
花木兰　是吗，敌人怎么欺负咱们啦？

　　　〔匈奴骂战：花将军花拳绣腿，
　　　　　　　　　铁副将纸糊的魔王。
　　　　　　　　　是男人，沙场搏命，

是乌龟，滚回家乡。

交出双公主，快快来投降，

冤家变亲家，免得小命亡。

铁　牛　将军，敌人太猖狂，再不给他们点颜色看看，都要在咱头上拉屎拉尿了。

花木兰　战机还不成熟，不能贸然出击。

铁　牛　我军士气正旺，岂能容忍中伤？若不一鼓作气，你我便成败军之将。

花木兰　不战则已，每战必强。寻找破绽，再谋远长。

铁　牛　铁牛立下军令状，愿意袭击敌军，以弱胜强！

花木兰　铁大哥切莫逞强。我已派赵钱二将，分头侦查两侧敌人情况……

铁　牛　花将军偏心，就咱中路军困守大营？

花木兰　这是命令，必须接受。

铁　牛　敌人欺负到家门口，友军眼看要得手，

中路军　放屁一样的臭，抢功大家都该有！

花木兰　谁先随后，本将军自有计谋。

铁　牛　唉，妇人之见，我也蒙羞。

临阵怯战，太多借口。嘿！

〔生气地下。

〔花木兰拿出家传兵书。

花木兰　知己知彼，百战不殆。

打蛇七寸，否极泰来！

　　　　　（唱）敌我两军成对垒，

　　　　　　　　赵钱二将尚未归。

　　　　　　　　铁牛他嗷嗷欲战莽撞应对，

　　　　　　　　靠蛮力匹夫之勇容易吃亏。

　　　　　　　　还需要习兵书、摸敌情，蓄势以动，

　　　　　　　　一战功成解困围。

校尉甲　　（上）花将军，大事不好。

花木兰　　何事惊慌？

校尉甲　　铁校尉不堪敌军阵前叫骂，当场带人，追杀过去了。

花木兰　　真是胡闹！传令赵将军东面佯攻，钱将军西面佯攻，孙、李二将左右同时佯攻，我带亲兵直取中路，不得有误！

校尉甲　　得令。

　　　　　〔下。
　　　　　〔花木兰下。
　　　　　〔铁牛率领三叔、木马等人追击敌人。

铁　牛　　（唱）主将胆小我自下令，

　　　　　　　　迎击敌兵杀出了营。

　　　　　　　　贼子们胆小如鼠急逃命，

　　　　　　　　趁势追杀不歇停。

　　　　　　　　杀……

木　马　　杀……

士兵们　　杀……

铁　牛　　（唱）匈奴贼腿短扭大腚，

　　　　　　　　铁爷爷快马如流星。

快快投降求饶命，

马踏瓜地一扫平。

哈哈哈，追……

士兵们　　追……

〔匈奴柔然部主帅巴勒图领军合围。

巴勒图　　（唱）自古骂阵为攻心，

焉有追杀赌输赢。

领兵合围如铁桶，

瓮中捉鳖准能行。

〔铁牛与敌军开打，敌军如潮水般涌来。

巴勒图　　小的们，给我抓活的人质，好换那两位娇娇滴滴的美公主啊……

铁　牛　　大丈夫战死沙场，也死得其所。奶奶的，越杀越多，杀不动了！

巴勒图　　哈哈哈，匹夫之勇，你当这是庄稼汉打架？太业余了。

〔两人开打，巴勒图佯退，挥手射箭，铁牛左臂中箭。

铁　牛　　啊呀，巴勒图用阴招，射暗箭，老子与你拼了！

巴勒图　　给我抓活的！

匈奴甲　　主帅，大事不好，汉军从左侧杀来了。

匈奴乙　　元帅，右侧也有汉军掩杀过来。

匈奴丙
匈奴丁　　（合）大元帅，前方阵地上，汉军主力部队杀过来了。

巴勒图　　唉，汉军将计就计，布阵专业，我们上当了。逮住铁牛，给我往后山撤！

〔花木兰与亲兵飞驰而至。

花木兰　　（唱）事出无奈闯疆场，
　　　　　　　　风驰电掣一道光。
　　　　　　　　左杀右突谁敢挡，
　　　　　　　　要救铁牛必逞强。

巴勒图　　哇呀呀……这一小将枪法过人，来者通名？

花三叔　　说出来吓破你的狗胆，大将军花木兰在此！

巴勒图　　哎呀，果然是少年英雄，有备而来，咱们三十六计走为上计，撤！

花木兰　　（为铁牛拔箭裹伤）铁大哥流血不止，咱先敷上黄陂的糍粑，好啦，快走。

铁　牛　　此箭有毒，俺走不动了。

花木兰　　三叔，木马，将铁大哥抬上战马，一起回营。

花三叔
木　马　　（合）是。

〔花木兰领军杀出重围，救出铁牛。

敌士兵　　追。

巴勒图　　慢，汉军一向兵不厌诈，鸣金收兵，咱们下次再战。

〔敌军撤退。
〔花木兰等救出铁牛，得胜回营。
〔切光。

第四场　疗伤罚将

〔汉军大营。

木　马　（念）偷鸡不成蚀把米，
　　　　　　　死里逃生绊马蹄。
　　　　　　　铁牛大哥中毒箭，
　　　　　　　疼死！

铁　牛　（唱）龙游浅海遭虾戏，
　　　　　　　虎落平阳被犬欺。
　　　　　　　方晓得上阵杀敌非儿戏，
　　　　　　　多亏了主将救我出危急。
　　　　　　　遭毒箭痛钻心生不如死，
　　　　　　　要学那王佐断臂断舍离。

木　马　大哥，搞拐了，左胳膊肿得像冬瓜了。

铁　牛　这箭有剧毒，要不是主将紧紧绑住，剧毒入心，老铁这辈子就报销了。

木　马　大哥命大福大，就有贵人相助。

铁　牛　木马啊，大哥平日待你如何？

木　马　大哥待我，恩重如山！

铁　牛　可是大哥疼得受不了、撑不住了。来！（递刀）

木　马　这是……

铁　牛　这不仅是锥心的痛，还是致命的毒。帮大哥砍掉左臂，兴许还有救。

木　马　大哥，我实在下不了手啊。

铁　牛　好兄弟，要救我，就砍下来！（忍痛伸出左臂）

木　马　　大哥，我这就砍了！

〔花木兰、花三叔上。

花木兰　　住手，刀下留情！（一脚把刀踢飞，为之吸毒）。

铁　牛　　（挣扎）花将军，伤口有剧毒，你、你、你，你不要命啦？

花木兰　　三叔、木马，绑住铁大哥，不许他动弹！

三　叔
铁　牛　　（合）遵命！

花木兰　　（唱）吮一口，吐剧毒，

　　　　　　　　五花八门有奇臭。

　　　　　　　　倘若毒液入胸口，

　　　　　　　　生死恨，立时三刻鬼见愁。

花三叔　　木兰，你不要命了？要吸毒液，也该我来啊。

花木兰　　（推开三叔）

　　　　　　（唱）吸二口，想呕吐，

　　　　　　　　倒海翻江三江口。

　　　　　　　　平生爱美有洁癖，

　　　　　　　　为救人，不顾污秽不知羞。

铁　牛　　花贤弟，你是主将，大敌当前，你可不能倒下啊。嗨！

花木兰　　（唱）唆三口，腥味透，

　　　　　　　　毒浆去掉鲜血流。

　　　　　　　　丹药敷上痊愈快，

　　　　　　　　刹那间，猛将上阵乃铁牛！

铁　牛　　奶奶的，主将为我吸毒敷药，这胳膊，说不疼就不疼啦！

　　　　　　（唱）花将军战场把我收，

　　　　　　　　好贤弟冒死吸剧毒。

　　　　　大哥的性命是你救，

　　　　　你就是重生的父母领队的头。

　　　　　从今后，

　　　　　生生死死鞍前马后听你使唤为你做马牛。

　　　　快快与我松绑啊，我要谢恩，我要磕头。

木　马　来了。

花木兰　住手！三叔，木马，号令东西南北中各路兵将，堂前议事啊。

三　叔
木　马　（合）东西南北中各路兵将，堂前议事啊。

〔胡笳声起，各路兵将集合。

赵偏将　东路军列队完毕。

钱偏将　西路军集合等候。

孙偏将　南路军悉数在此。

李偏将　北路军不甘落后。

铁　牛　中路军偏将蒙羞！

三　叔
木　马　（合）主将啊，各路军马，悉数集合完毕。

花木兰　东西南北四路将官，将中路军偏将铁牛，杖打四十！

赵偏将
钱偏将
孙偏将　（合）主将在上，大敌当前，不敢责打同僚啊。
李偏将

花木兰　大敌当前，铁偏将不守将令，擅自闯营，坏我大事，该打不该打？

赵偏将
钱偏将
孙偏将　（合）该打！
李偏将

花木兰	那就打起来！
赵偏将 钱偏将 孙偏将 李偏将	（跪下，合）铁大哥中了毒箭，性命垂危，不忍打垂危之人……
铁　牛	各位大哥，我是该打啊。

（念）脑子发了昏，
　　　擅自闯敌营，
　　　活该遭毒箭，
　　　主将救我命。
　　　不怕死，他亲口为我吸毒液，
　　　敷丹药，他妙手回春似亲人。
　　　今日我若不挨打，
　　　两军大战怎打赢，怎打赢？

花大叔 木　马	（合）花将军，你为铁大哥吸毒，我们两人，愿意代铁偏将挨打受罚。
赵偏将 钱偏将 孙偏将 李偏将	（合）花将军，我们四位偏将，原意代铁偏将挨打受罚。
铁　牛	多谢各位兄弟美意，我自己心甘情愿自扇嘴巴，维护军威！
花木兰	打，还是轻的，铁牛这偏将职位么……
众　人	主将留情！
花木兰	权且过渡保留，此后令行禁止，以观后效。众将兵！
众　人	到。
花木兰	（唱）柔然部兵强马壮，巴勒图智勇双全， 　　　　铁偏将牢记教训，听指挥快马加鞭。

　　　　　　保家卫国，号令在先。

　　　　　　军号一响，一往无前！

众　人　（唱）保家卫国，号令在先。

　　　　　　军号一响，一往无前！

〔切光。

第五场　巡营巧遇

〔玉公主率众上。

玉公主　（内唱）拒匈奴亲点大将山高水长，

　　　　（急上）花木兰文质彬彬武艺高强。

　　　　他呀他离了校场到沙场，

　　　　我呀我才下印堂到胸膛。

　　　　白天想，花解语，

　　　　夜里想，玉生香，

　　　　菱花镜藏不住娇模样，

　　　　相思情掩不了羞面庞。

　　　　与其胡思又乱想，

　　　　不如督军到边疆。

　　　　车马兼程跑得快，

　　　　一轮明月点天光。

　　　　盼只盼，海晏河清笙歌响，

　　　　玉公主、驸马爷成对成双。

夏公公　公主殿下，来此已是边境地界。

玉公主　　花将军安营扎寨，想必就在这里。

夏公公　　中军哪里？速请花将军前来迎接者！

中　军　　小的遵命（欲下）。

玉公主　　慢，我们马含枚、人噤声，前往我军大营，来他个突然袭击，微服私访。

夏公公　　公主殿下，英明果断，出其不意，佩服之至哟。

〔玉公主等人下。

〔花木兰率众上。

花木兰　　（唱）趁月夜瞭山岗胸有八方，

　　　　　狮子峰蝙蝠峪重峦叠嶂。

　　　　　敌营扎寨千层浪，

　　　　　青龙白虎镇两旁。

　　　　　易守难攻悬崖上，

　　　　　居高临下杀气彰。

　　　　　正面强攻不可取，

　　　　　两侧迂回云路长。

　　　　　最可恨巴勒图他忽然转向，

　　　　　以守为攻以逸待劳不急不忙。

　　　　　必须要引蛇出洞打七寸，

　　　　　方能够一局得胜灭强梁。

　　　　　前车之鉴他未曾忘，

　　　　　怎能够诱他出巢全扫光？

赵偏将　　咱们两翼包抄？

花木兰　　太远了。

钱偏将	切断后路？
花木兰	太险了。
孙偏将 李偏将	（合）正面强攻？
花木兰	太笨了。
铁偏将	那就苦等他出笼？
众　人	就怕太久啦。
花木兰	（翻兵书）当今之计，唯有"诱"字为上。可该怎么诱，用何来诱呢？

〔花三叔、木马上。

花三叔 木　马	（合）报，后方有一队车马，直奔我大营而来。
花木兰	车马？闯我大营？
众　人	若是我方队伍，事先定有通报；
花木兰	若是匈奴人马，咱们兵分四路，等我号令，合围起来，才见分晓！
众　人	得令。

〔玉公主队伍上。
〔花木兰一声呼哨，众人将来人团团围住。

夏公公	大家莫闹，公主驾到！
玉公主	刚才静悄悄，现在枪并刀， 静若处子，动若马啸， 好啊，这才是我王者之师，用兵之道。
花木兰	多谢公主夸奖啊。

玉公主	天子命我千里跋涉,前来劳军。花木兰多谢天子恩典、公主盛情。
玉公主	将士们劳苦功高,朝廷送来钱粮玉帛,马匹武器,以壮声威!
众将官	天子万岁,公主千岁,千千岁。
花木兰	诱敌深入,天助我也。公主千岁,借过几步,咱俩说话?
玉公主	好!花将军有何指教?
花木兰	(唱)话到唇边口难开,
玉公主	(唱)胸中小鹿撞满怀。
花木兰	(唱)问公主,军中可行订婚礼?
玉公主	(唱)到底是,将军本色不拖挨。
花木兰	(唱)一言为定大张旗鼓春色天上排,
玉公主	(唱)两心合拍我心欢喜琼枝并蒂开。
花木兰	(唱)三十六计兵不厌诈美人月下来,
玉公主	(唱)四面威仪五体投地合欢前生栽。
花木兰	(唱)六六大顺宴席摆,
玉公主	(唱)七番鼓乐喜开怀。
花木兰	(唱)八成胜算看匈奴浑身不自在,
玉公主	(唱)九九归一到此间红晕满腮。
花木兰	(唱)十全十美智擒敌首危难化解,
玉公主	(唱)将在外洞房花烛髻斜影歪……
花木兰	各路将士,谨听军令。
众将官	公主千岁,将军圣裁。
玉公主	天子言而有信,但凡将军破得了贼兵,封其为驸马元帅,与俺……成亲。
花木兰	咱们先成亲,后杀敌。先办一个热热闹闹欢欢喜喜的婚事。

赵偏将	
钱偏将	（合）花将军，破敌在先，封帅在后，婚事又在后啊。
孙偏将	
李偏将	

夏公公　众将提醒得对，要走程序，须提防欺君之罪……

玉公主　夏公公切莫担心，一切有本宫做主。

花木兰　多谢各位提醒，自古道将在外，君命有所不受。

铁　牛　唉，以我的教训，主将之命，理解也要接受，不理解也要接受。

花木兰　东路军左阵把守！

赵偏将　得令。

花木兰　西路军右阵看营。

钱偏将　遵命。

花木兰　南北两路军，分别把守前后。

孙偏将	（合）守阵如守命！
李偏将	

铁　牛　还有俺中路军……

花木兰　敞开大门，操持婚礼，红灯高照，喝酒吃肉！

铁　牛　这……

花三叔　这事闹大了！

木　马　好戏在后头。

花木兰　（对三叔、木马耳语）如此这般，

花三叔	（合）大口吃肉，大碗喝酒，
木　马	肥肉管饱，美酒管够！

众将官　嗨！

〔切光。

第六场　洞房生擒

〔巴勒图上。

巴勒图　（内唱）乘夜晚瞭汉营水秀山清，
　　　　　（接唱）催快马穿过了路障密林。
　　　　　休道我蛮横无理匈奴人，
　　　　　蒙古包汉宫阙代代抢亲。
　　　　　江都公主刘细君，
　　　　　西嫁乌孙留美名。
　　　　　三峡美女王昭君，
　　　　　两代单于蒙恩情。
　　　　　东汉有个蔡文姬，
　　　　　才女贤王双婷婷。
　　　　　葫芦籽开出了葫芦花，
　　　　　一双儿女两颗星。
　　　　　巴勒图，贤子孙，
　　　　　学祖辈，来抢亲。
　　　　　抢人的英雄蛮力大，
　　　　　生儿育女藤连荫。
　　　　　抢来的女子天仙美，
　　　　　天仙美女传文明，
　　　　　胡汉两交好，
　　　　　相拥一条心。
　　　　　现如今的汉天子，生下了如花似玉的玉公主、银美人，真是天赐我也，养着也是养着，闲着也是闲着，非但不嫁给我，居然还兴兵点将，拒我入境，真是可恨得紧！是俺乔装打扮，来此打探也。

〔花三叔、木马上。

花三叔　公主要结婚，
木　马　我等来巡营。
花三叔　有酒不喝好郁闷，
木　马　闹心！
巴勒图　（唱）男人不喝酒，
　　　　　　　枉在世上走。
　　　　　　　扔去两个皮囊袋，
　　　　　　　接手。

〔花三叔、木马接酒。

花三叔　卧倒。
木　马　抱头！
巴勒图　爷们儿，不是暗器莫要怕。
花三叔
木　马　（合）美酒！
巴勒图　还不喝？怕有毒？我先来，喝几口？
花三叔　你是何人？
巴勒图　匈奴。
花三叔
木　马　（合）匈奴？送上门来，莫非要挨揍？
巴勒图　（将二人左右推开）大惊小怪，不是带把雄起的爷们儿！
花三叔　是爷们儿都能雄起，
木　马　做乌龟总是缩头。

花三叔	是雄鹰，哪里亮双翅？
木　马	是大雁，何方在领头？
巴勒图	（唱）边关的爷们儿爱喝酒，
花三叔 木　马	（合）天气冷啊，说娘们也爱喝酒。
巴勒图	（唱）美酒三囊暖心头。 　　　我家三代酿美酒，
花三叔 木　马	（合）是个酿酒的家族。
巴勒图	（唱）美酒入了喉，进了肚，开了心，上了头，雄起无止休！
花三叔	原来是卖酒的哥哥来啦，拉手拉手。
木　马	今日公主与驸马成婚，军营正好缺酒。
花三叔	若有美酒贡献，便是大功成就。小哥哥，你有多少酒？
巴勒图	应有尽有，无止无休。
木　马	三百桶美酒？
巴勒图	五百桶可够？
花三叔	一言为定，等你送酒。
巴勒图	多问一句，免得浪费我的酒。玉公主在帝都深宫，一向没有驸马，忽然在边关军营成婚，是何道理？
花三叔	这话您问得好。这可要感谢大媒人巴勒图。
巴勒图	与我……
花三叔 木　马	（合）你是？
巴勒图	与我番邦的巴勒图大帅何干？
花三叔	巴勒图要抢亲，举国来征兵。谁能退匈奴，公主就招亲。
木　马	花将军打得巴勒图像个缩头乌龟，不敢动弹。
花三叔	玉公主劳军慰问，闲着也是闲着，就此与花将军成亲！

巴勒图	仗都还没打,就要成亲了。这汉人雄起得可真是快!
木　马	别说了,快快送酒来。
花三叔	银子,一分一厘也不会少你的。
巴勒图	好嘞,我去取酒啊。

〔下。

花三叔	金钩钓巨鳌。
木　马	美酒灌大瓢。

〔下。
〔布置一新的军营洞房。玉公主坐在床上。

玉公主　　（唱）朝也思暮也想花映新娘,
　　　　　　　　军营里酬凤愿烛照红妆。
　　　　　　　　我这里羞答答罗帕罩上,
　　　　　　　　只等那驸马爷近水一方。

〔花木兰扮伴娘、李偏将扮成新郎上。

花木兰　　（唱）兵不厌诈,水不嫌长,
　　　　　　　　智取为上,攻心乃强。
　　　　　　　　护公主红妆将计就计,
　　　　　　　　擒敌酋获全胜方可返乡。

李偏将　　（唱）眼前两位美娇娘,
　　　　　　　　陪着一个假新郎。
　　　　　　　　洞房恰似钓鱼洞,
　　　　　　　　美色虽好不能尝。

〔巴勒图上。

巴勒图　　（唱）五百桶酒尽喝光，
　　　　　　　　汉营兵将醉琼浆。
　　　　　　　　花三叔，把路指，
　　　　　　　　巴勒图，我进洞房。
　　　　　　　　呀，无边春色动天地，
　　　　　　　　脂粉勾魂胜酒香。
　　　　　　　　自古赢家才择偶，
　　　　　　　　恨只恨别有男人在一旁。（敲门）

李偏将　　何人敲门？
巴勒图　　小人来送酒。
李偏将　　真酒假酒？
巴勒图　　小人先尝。（斟酒）
李偏将　　如此饮得的？
巴勒图　　驸马爷饮得的。
李偏将　　如此我饮三盅。
巴勒图　　我饮三碗。
李偏将　　本爷饮不得了，退下吧。
巴勒图　　驸马爷欺负人！
李偏将　　我一不打你，二不骂你，怎么欺负你啦？
巴勒图　　喝酒不喝得趴下，就是欺负人。接招！

〔巴勒图与李偏将开打。李偏将败下阵来。

巴勒图　　哈哈，这么不经打，胜家当新郎。（揭开二位新娘的盖头）
　　　　　新郎来也。
玉公主　　你是？
花木兰　　他早就是俺手下败将。

〔二人开打。

花木兰　苍龙出海来试探。
巴勒图　鲤鱼摆尾快滚翻。
花木兰　丹凤朝阳屏翠罩,
三　叔　猿猴上树逃得欢。
花木兰　大鹏展翅佯收敛,
巴勒图　得得得,懒驴打滚闪一边。这一招厉害,我接不住啊!
花木兰　接不住也要接!
巴勒图　娘的,新娘都这么能打,咱家不做这新郎了,咱们惹不起躲得起。

〔铁牛、李偏将等将巴勒图绑起来。

花木兰　绑起来,送回朝廷发落者。
玉公主　这是……
花木兰　舍不得公主套不住狼!
　　　　传令三军,明日得胜回朝者!

〔切光。

第七场　花好月圆

〔御花园。
〔夏公公上。

夏公公　天子有令,我军得胜而归,于御花园摆下庆功宴、流水席,论功行赏。

天　子	众爱卿，边患已除，本天子论功行赏，花将军，你看谁的功劳大啊？
花木兰	启禀天子，铁将军和李将军，生擒匈奴主帅巴勒图，他们立下了头功。
李偏将	俺打不过巴勒图，羞愧得紧，不敢领功。
铁　牛	俺也被巴勒图一箭射伤过，败军之将，不敢领功。
赵偏将 钱偏将 孙偏将 李偏将	（合）我等都是策应，边角材料，不敢领功。
天　子	嘿嘿，天子面前，朝堂之上，从来只见争功，少见推功。今日太阳从西边出来，未必众爱卿是打太极的祖宗？
巴勒图	败军之人，蒙天子不杀之恩，俺有话要说。
天　子	恕你无罪，就说吧。
巴勒图	花将军先在阵前打败我，第二次在洞房活捉我，当仁不让，他立头功。
众将军	花将军，立头功，花将军，立头功。
夏公公	天子金口玉言，皇家威风霸气，排山倒海，雷厉风行，办喜事啊。
花木兰	陛下容秉，是玉公主立下头功，她若不来巡营，洞房就难擒匈奴的龙。
巴勒图	奶奶的，还是花将军智商高，会说话，俺又上当了。
夏公公	匈奴人，败军之将，说话要文明。
玉公主	（害羞、急躁、生气地）哎…… （唱）花将军推来又推去， 　　　玉公主好似皮球踢。 　　　难道是相貌丑不如他意？

　　　　　　难道我欠温柔不配他妻？

　　　　　　难道说边关巡营不冒险，

　　　　　　难道说洞房设局不新奇？

　　　　　　有主见有追求标新立异，

　　　　　　有撒娇有刁蛮玉叶金枝，

　　　　　　外柔内刚有志气，

　　　　　　千娇百媚娇滴滴。

　　　　　　似这般好姻缘推三挡四，

　　　　　　真叫令我情难堪颜面有失。

　　　　　　即是他有眼不识金镶玉，

　　　　　　本公主要刁蛮让你见识。

天　子　　孩儿，这么说，此番洞房擒敌，你是大大的功臣？

银公主　　是啊，我姐姐才是大大的功臣。

玉公主　　去，小丫头片子，别搅和。得胜招驸马，军中无戏言，有违令者……

天　子
银公主　　（合）斩，提头来见！

夏公公　　御林军，上来拿住花将军！

玉公主　　慢，本宫还是舍不得斩啊。

天　子　　斩又斩不得，你说怎么办？

玉公主　　那就以婚代斩，以罚补过吧。

巴勒图　　好一个能耐的公主，撒娇发嗲用计谋，非要花将军竞争上岗！俺没戏了！

银公主　　父皇，姐姐她选驸马，要抛彩球，说话要算数，让她抛啊。

天　子　　是是。与民同乐，彩球选婿，你倒是抛啊。

玉公主　　天女将花散，公主把球抛，且看我鸿运当头节节高。

〔玉公主将绣球抛下,赵、钱、孙、李与铁牛,都将球先后踢给花木兰。
〔花木兰情急之下,将球踢给了巴勒图。

巴勒图 （唱）玉公主与俺有姻缘,

彩球抛在眼面前。

花将军谦让我不让,

可汗我雄赳赳气昂昂抱得美人心意甜。

夏公公 我靠,你不是被俘虏的匈奴主帅巴勒图吗?怎么又变成可汗啦?

巴勒图 公公啊,你可靠不住,俺家就是大匈奴柔然部落第三十五代正宗的可汗巴勒图,来向汉天子公主求亲来啦。

天　子 花将军,你、你执意不娶玉公主,犯有欺君之罪!

花木兰 （脱下军装,露出女儿装束）陛下容禀!

（唱）木兰天生为民女,

家住在孝信之城古黄陂。

怀抱有尽忠尽孝鸿鹄志,

兵书武艺常不离。

边关紧天子征召抗强敌,

老爹爹花弧他报国心急。

解甲归田年老体衰伤病重,

怎经得金戈征战马蹄急。

女扮男装尽忠孝,

替父从军不迟疑。

军中施下美人计,

贤公主巧配合看准时机。

欺君之罪非有意，

无意间错把公主欺。

贤公主智勇双全我欢喜，

再欢喜也是花相映莲并蒂难做夫妻。

好姐妹义结金兰惺惺相惜，

愿公主嫁可汗门当户对，

金枝玉叶配可汗，姻缘最适宜。

汉家匈奴情永好，花月多迷离，

草原平原艳阳照，和睦长相依。

妹妹我许下了菩提心愿，

盼只盼锦江山、美社稷，

海晏河清国泰民安家家尽孝福寿绵长九九总归一。

〔跪下。

玉公主　好妹妹，起来讲话。咱们义结金兰，不弃不离。
银公主　慢着，还有我呢，御花园三结义，又是一段好故事。
花木兰　谢公主。

（唱）近前把姐姐搀扶起，

同是女儿心相知。

亲情最怕隔千里，

天下女儿念孝慈。

父母在日日长相依，

双亲别夜夜长相思。

爹爹伤病常挂记，

也想撒娇绕父膝。

姆妈年迈腿无力，

|女儿搀扶总相宜。

天　子　女儿家尽孝报国，这话朕爱听。可你把公主私自转给匈奴的单于，让她千山万水，与我远离，这又是何意啊？

花木兰　（唱）这几日提审巴勒图，

才知他求亲的真情意。

二十万骑兵都待命，

举国上下等消息。

巴勒图　俺家求亲，真心实意，打仗只是幌子，胡汉联姻，才是硬道理！

花木兰　（唱）自古龙凤结连理，

公主单于最合适。

汉家匈奴两交好，

丝绸铺路芳草碧。

朝中还有银公主，

解语花忘忧草不弃不离。

银公主　这话我也爱听。我就是父皇天子的乖乖女，一生一世都不嫁，与父皇永不离。

花木兰　（唱）花木兰说出了馊主意，

欺君之罪不敢辞。

天子要斩就该斩，

公主治罪理适宜，

临死有一要求提，

就说我战死沙场为国尽忠黄沙盖脸没马蹄，

忠孝两全我顾不全，

报国尽孝来不及。

下辈子还做爹娘的乖乖女，

　　　　　　到来生还愿意为国尽忠不迟疑。

　　　　　　诸位，来生再见，后会有期，就此别过啦。

巴勒图　　汉天子，玉公主，花将军有情有义，有家有国，我愿意代花将军一死。

众将官　　我们都愿意代花将军一死。

玉公主
银公主　　（合）我们舍不得这位好妹妹（姐姐）。

天　子　　花将军女扮男装，替父从军，为国尽忠；其父花弧老将军，为父王鞍前马后，功勋卓著。虽有欺君之罪，但却情有可原。朕也是有女儿的天子，封她为孝女大将军，准她回家尽孝，为父母养老送终，钦此！

众　人　　多谢圣上恩典。

天　子　　匈奴单于巴勒图，以一国之君，来求亲事。尽管出言不逊，但有抢亲之俗。几次舍命相求，先为玉公主，后为花将军。如此情深意笃之人，堪为玉公主的丈夫啊。

巴勒图　　大匈奴柔然部落可汗巴勒图，跪谢汉天子赐妻！

玉公主　　喂呀呀，女儿远嫁匈奴，真心舍不得父皇与阿妹啊。

银公主　　姐姐！

天　子　　巴勒图啊巴单于，我把玉公主远嫁番邦，望你夫妻和睦，定国安邦。你要是敢欺负我女儿啊……

巴勒图　　今日夙愿得偿，含在口里怕化了，抱在马上怕摔了……

花木兰　　她要敢欺负公主啊，那我就再次披挂上阵，远征匈奴也。

夏公公　　来呀，我宣布，汉宫主、巴单于的婚礼现在举行，今夜不醉不归！

众　人　　（唱）饮美酒，

　　　　　　　举金杯，

花好月圆夜,

海晏河清绥,

花语丝路,

汉胡融汇,

天上人间都一醉,

不知更鼓催。

〔切光。

余　韵

〔牧童短笛声。
〔父母、亲人、友人们,在村口迎接花木兰。
〔花木兰、花三叔在铁牛与赵、钱、孙、李四将军簇拥下,缓缓而来。
〔花木莲与姐妹们起舞蹁跹,木兰回到织布姐妹的行列。
〔幕后合唱:唧唧复唧唧,

　　　　　滠水女儿织。

花木兰　（唱）替父从军人称颂,
众将官　（唱）镇守八方不迟疑。

山水湖泊在黄陂,

唐皇历代有咏题。

辽宁看内蒙,

河南观陕西。

木兰花,木兰织,

木兰砌,木兰织。

木兰拳法传天地,

木兰的故事大聚集。

有动漫,迪士尼,

看楚剧,最痴迷。

木兰从军一本戏,

双龙戏珠映虹霓。

〔众人织布、习武。

〔黄陂双龙镇和各地、各国木兰文化之次第呈现。

〔剧终〕

2018年仲夏创意,
2019年孟春写毕。